한티재 하늘 2

권정생

지식산업사

한티재 하늘 2

초판 제 1쇄 발행 1998. 11. 20.
초판 제15쇄 발행 2023. 2. 10.

지은이   권 정 생
펴낸이   김 경 희
펴낸곳   (주)지식산업사
　　　　 본사 ● 10881, 경기도 파주시 광인사길 53(문발동)
　　　　　　　 전화 (031) 955-4226~7 팩스 (031) 955-4228
　　　　 서울사무소 ● 03044, 서울시 종로구 자하문로6길 18-7(통의동 35-18)
　　　　　　　 전화 (02) 734-1978 팩스 (02) 720-7900
　　　　 영문문패 www.jisik.co.kr
　　　　 전자우편 jsp@jisik.co.kr
　　　　 등록번호 1-363
　　　　 등록날짜 1969. 5. 8.

책값은 뒤표지에 있습니다

ISBN 89-423-7008-X 03810
ISBN 89-423-0026-X(전2권)

이 책에 대한 문의는
지식산업사 전자우편으로 해 주시길 바랍니다.

한티재 하늘 2

13

군데군데 오목진 골짝 물에 버들치가 놀고 개울 둑으로 찔레 덩굴이 우거지고 그 섶으로 넌저리나게 보랏빛 쑥북쟁이가 피어 있다.

분옥이네 골짜기 오두막에도 가을이 온 것이다.

막살이 오두막 둘레로 여름내 가꿔 온 고추밭과 모지랑 무가 마치맞게 자랐다.

오늘도 동준이는 동냥을 나가고 분옥이 혼자 텃밭에 익은 고추를 따고 있었다. 빨갛고 야무진 고추를 오독오독 따고 있는 분옥이 손가락이 다섯 개 가운데 두 개가 벌써 손톱이 빠지고 없다. 가을 햇살이 눈썹이 없는 이마에 따끔따끔 비추면 땀이 축축이 밴다. 그러면 이내 눈거죽이 째금거리고 눈알이 알알해진다.

그래서 그런지 분옥이는 벌써 눈물이 나고 코가 맨다.

언니 귀돌이 생각이 난다. 어릴 때 같이 놀던 동무들이 보고 싶어진다. 이순이는 어떻게 살고 있을까? 이금이는 좋은 신랑 만나 잘산다는데…….

삼밭골 골짝 물과 산비탈로 뛰어다니던 잔솔밭과, 봄이면 그 애들과 함께 따먹던 참꽃들…….

이따금 이금실 두칠이 생각도 난다. 그이는 딴 데 새장가 가서 잘살고 있을까? 내 생각 더러 해주고 있을까?

또금아 또금아 옥또금아
너 어데로 가서 왜 안 오노?
콩 한 짐 지고 팥 한 짐 지고
할매하고 둘이서 콩 팔러 갔제

또금아 또금아 옥또금아
너 어데로 가서 언지 오노?
가마솥에 삶은 콩이
움돋으마 온다드라
동쪽 솥에 삶은 닭이
홰치거덩 온다드라

분옥이는 고추 따 담던 바가지를 털썩 놓고는 그냥 밭고랑에 쪼그리고 앉아 버린다.

구구 구구 구구 구구

산비둘기가 저만치 솔밭에서 울고 찡하도록 외롭게 소슬바람이 분다. 위잉 위잉 솔바람 소리가 그렇게 분옥이 가슴을 오비고 간다.

오늘 밤도 동준이는 돌아오지 않는다. 한번 나가면 사나흘씩, 대엿새씩 안 오는 적도 있다. 동냥 한 자루 얻기가 그렇게 쉽지가 않기 때문이다.

분옥이는 혼자서 옹달질솥에다 밥을 해서 깍지통 같은 흙방에 앉아 조근거리며 먹는다. 꼬끌불을 밝혀놓고도 분옥이는 무서워 일찍 이불을 덮고 옹크리고 누웠다.

뭐, 동준이가 같이 있어도 분옥이는 언제나 이렇게 혼자 오그리고 잔다. 동준이가 그렇게 하자고 했다. 처음부터 동준이는 분옥이를 이녁 각시 삼으려 한 게 아니고 이렇게 불쌍한 분옥이한테 적선하는 마음뿐이었는지 모른다. 벌써 십 년이 훨씬 넘도록 한 번도 한 이불 속에 자 보지 못했으니까.

처음엔 동준이도 괴로웠고 분옥이도 괴로웠다. 동준이는 알고 그랬지만 분옥이는 까닭도 모르고,

'그러마 그릏제, 문디년 각시 삼아 끌안아 줄 리 없겠제.'

그렇게 분옥이는 동준이를 원망했다.

그런데 한 달쯤 지났을 때, 한날은 동준이 밖에서 술이 취해 돌아왔다. 술이 취한 동준이를 본 건 분옥이는 그때가 처음이었다.

동준이는 밤이 이슥해서 돌아와 찬물 한 사발을 벌컥벌컥 마시고는 쓰러지듯 누웠다. 분옥이는 여느 날이나 같이 잠든 동준이 어깨에 이불을 덮어 줬다. 이불자락이 떠들리는 걸 다독거리는데, 잠든 줄 알았던 동준이가 분옥이 작은 몸을 힘껏, 너무도 힘껏 끌어안는 것이었다.

"왜 이러니껴?"

분옥이는 갑자기 그러는 동준이가 무서웠다.

동준이는 묻는 말에 대답 않고 분옥이 바들바들 떠는 몸을 끌어들이며 조그만 얼굴에 동준이 제 얼굴을 포개고 비벼댔다.

"보이소, 이러마 안 되니더. 싫으이더."

분옥이는 정말 무서웠다. 한사코 밀쳐내며 버둥거리자 동준이는 마구마구 달려들던 황소가 갑자기 털썩 주저앉듯이 분옥이를 털썩 놓아 버린다. 그리고는 벌떡 일어나 뒤돌아 앉는다.

동준이는 술취했던 것이 금방 말짱 깨난 듯했다.

분옥이는 한쪽 구석으로 떨어져 앉아 아직도 바들바들 떨고 있었다. 그러다가 어느새 분옥이는 눈물이 나왔다. 서러웠다. 동준이 마음을 알 수 없었다.

한참 지났을 때, 동준이가 울고 있는 분옥이 곁으로 무릎걸음으로 다가갔다.

"내가 놀래게 해서 미안쿠만."

동준이도 울고 있는지 목소리가 잠겨 있다.

"아이시더. 서방임은 좋은데 장개 가야 되니더. 내 긑은 빙든 몸이 아이고, 성한 처자한테 장개 가서 아들 딸 낳고 살아야 되니더."

분옥이는 그게 진심이었다.

"아이네, 그게 아이네……."

"왜 그게 아이라니껴? 첨부터 이러는 기 아이시더. 내 긑은 것하고 이렇게 한방에 잠자리를 같이 하는 게 아이시더."

"그기 아이라. 내 말 좀 들어보게나. 나는 내 욕심만 생각해서 이 녁을 그 동안 맘고생 시켰잖소? 나는 내 생각만 하고……."

"괜찮니더. 인지라도 헤어져 내일 곧장 떠나가이소. 떠나가도 나는 서방님 미워않음시더."

"우리 이르지 말고 속마음 드러내고 이야기하세나. 내가 말할 테니까 들어주게나."

동준이는 고개를 떨구어 가볍게 한숨을 내쉬며 천천히 얘기했다.

동준이 지난날 살아온 이야기였다. 분옥이는 간간이 흐느끼며 조용히 듣고 있었다.

"……우리 어매도 빙든 몸으로 시집에서 쫓겨났다네. ……뱃속엔 애기가 들어 있었고……우리 어매도 친정집에 갔지만, 거기서도 쫓겨나 그때부터 걸버생이가 됐다는구만. ……시상에 문디병자 거두어 줄 곳이 어디 있다든고. ……그때나 지금이나 한가지잖소. ……어매는 무거분 몸으로 이 집 저 집 댕기며 밥 얻어먹고 한뎃잠 자면서……어매는 몸이 점점 시들어져 결국 아들을 낳고는 숨을 거둔 거지. ……각설이 아바씨 하나가 그 아들아를 주워서 키워 준 게고마운 건지, 차라리 그냥 죽도록 냇비리 뒀으마 좋았을걸. ……그 각설이 아배는 그 아아가 열 살 때 죽었고……그 아아는 그때부텀 떠돌이로 컸고……."

그 뒷 이야기는 안 들어도 훤히 알 수 있다.

분옥이는 처음엔 작게 흐느끼다가 점점 어깨를 들먹이며 꺼이꺼이 소리나게 울었다.

동준이는 길게 길게 이야기하고 나서 마지막 한마디를 하고 말을 마쳤다.

"그르니까 나는 이렇게 고생살이하면서 살아야 할 내 아들은 낳고 싶지 않소."

분옥이는 꺼이꺼이 울면서 그 마지막 말을 똑똑히 들었다.

이제야 동준이 마음을 알게 된 것이다.

둘은 밤이 깊어지면서 따로따로 구석쪽으로 쓰러져 그냥 잠이 들었다.

다음날, 해가 중천에 떠올랐을 때야 잠이 깼다. 둘은 아무 말을 안 했다. 아무 말을 할 수도 없었고, 안 해도 마음만으로 말이 통했다.

하루가 가고, 이틀이 가고, 열흘도 넘게 훨씬 지난 다음에야 둘은 한두 마디씩 말을 했고, 그리고 그때부터 둘은 내외간이면서도 남매같이 친한 동무같이 그렇게 살아왔다.

분옥이는 동준이가 애처로웠고 동준이는 분옥이가 안스러웠다. 그러면서도 분옥이는 동준이의 반듯한 얼굴을 볼 때마다 흡사 부처님처럼 어질어 보였다. 정말 동준이는 부처님인지도 모른다.

하지만 분옥이 얼굴은 반대로 나날이, 다달이 일그러지고 손발이 망가져 갔다. 분옥이는 그런 병든 몸을 아무렇지 않게 참아내지는 못했다. 그래서 동준이 지극한 사랑이 가끔 힘들고 외로워지는 것이었다.

동준이는 부지런히 동냥을 나갔고, 양식자루와 분옥이 저고리감도 떠오고, 콩고물 인절미도 가끔 사왔다.

집에서 쉬는 날은 텃밭을 일구고 산에 올라가 땔나무를 해 왔다.

한 해가 가고 두 해가 가고, 세월이 가면서 동준이도 분옥이도 그렇게 살아가는 데 길들여졌다. 동준이는 분옥이가 다소곳이 곁에 있는 것만으로도 마음이 푸근했다. 떠돌이로 살면서 동준이는 갓난

아기 때 죽은 어매 생각을 얼마나 했고 그리워했지 않는가?

어쩌면 동준이는 분옥이를 죽은 어매같이 의지하게 된 것인지도 모른다.

이 장 저 장, 걸어다니면서 동준이는 각설이를 부르고 울다가 웃다가 얼러리를 쳤다가, 동준이는 세상 사람들이 살고 있는 저기만치 떨어진 데서 살고 있었다. 쌀 한 줌도 좋고, 좁쌀 한 식기도 좋고, 그것도 저것도 안 줘도 그만이었다. 그냥 동준이 부르는 소리만 들어주기만 하면 신명이 나고 답답한 가슴을 풀어 낼 수 있었다.

여름엔 강가 버드나무 밑에서 거적을 덮고 자기도 하고, 비오는 날은 뉘 집 처마 밑에 웅크리고 자기도 했다. 겨울은 좀 더 나은 동네 바깥 비각 안에 체면도 없이 들어가 신세를 지기도 하고, 눈보라가 치면 남의 집 보릿짚 가리를 파고 들어가 몸을 녹였다.

구름처럼 둥둥 떠돌아 다니다가 베갯짝만한 자루에 곡식이 차면 분옥이 기다리고 있는 골짜기 집으로 갔다. 죽은 어매를 만나러 가듯이 하늘에 선녀님을 만나러 가듯이 동준이는 그렇게 세월을 흘러 보냈다.

거렁뚝으로 노란 말똥굴레가 몽실몽실 피어나고 논뚝가에 장다리 꽃이 핀다.

이순은 바삐바삐 그 길을 걸었다.

섶밭밑 어매가 칠배골 오라배한테 간다니 잘된 일이지, 진작 갔으면 이석이 오라배가 덜 외로웠을 텐데.

이순은 이석이 오라배가 불쌍했다. 처음엔 흡사 여우한테 홀린 듯이 낯선 처자하고 훌쩍 가 버린 뒤, 이순은 그 오라배가 원망스

럽고 얄미웠다. 동네 사람들 말대로 "종년하고 붙어 도망친 놈"이
지 않았던가.

그러던 이석이 오라배가 나달이 지나가면서 이순은 그립고 보고
싶고, 그리고 불쌍해졌다. 장득이한테 시집 가서 살면서 이순은 이
석이 오라배가 월캐 형님 달옥이와 그리 된 것도 모두가 인연으로
여겨졌다. 순흥 가래실에서 죽은 아배 생각, 벙어리 외숙모도, 그리
고 외할매 수동댁도, 인지쯤 어떻게 됐을꼬. 모두가 불쌍한 목숨들
이지 않는가.

섶밭밑 어매 정원이는 벌써 집안을 말끔 치워 놓고 있었다.

"어매가 가만 오라배네는 좋제만 나는 외로버서 어야제?"

"내가 여게 있다꼬 어디 보고 섶을 때 볼 수 있었나?"

"그래도 개깝게 있다 생각하만 맘 든든했는걸."

이순은 시어매 분들네가 싸준 마른 대추 보따리를 펼쳐 놓았다.
빤들빤들 진한 자줏빛이 나는 구리대추가 탐스럽다. 서너 되가 넉
넉히 될 것 같았다.

"어인 대추를 일케나 많이 가지고 왔제?"

"그기 어디 많은가. 해마다 스무 말도 넘게 따는 대추, 한 말쯤
줘도 될 낀데, 어매임은 아까바서 요것뿐이 못 주신다카이."

"그게 뭔 소리로. 대추농사도 한 해 농산데 그걸 맘대로 흔틀 수
있나?"

"글체만 이분엔 다르잖애. 어매가 멀리 가는데."

분들네가 자리꼽재기(자린 고비) 같다는 소문은 가근방에 널리 퍼
져 있다. 하지만 살림사는 아낙이면 그렇게 인색하지 않고 어째 어
려운 살림을 살아가겠는가.

"이금이도 오늘 올란가 모리겠다."

정원은 얘깃거리를 그쪽으로 돌렸다.

"이금이한테 어째 알과줬나?"

"지난 풍산장날 거랫집 아바이한테 부탁했디만 찾아가서 알과줬다두구망."

"그라마 저녁답에 오겠네."

모녀는 저녁장만을 하기 시작했다.

정원은 마지막 남겨 뒀던 밀가루를 모두 긁어 내어 국수를 말았다.

"어매, 칠배골 형님은 얼라를 지웠다는데 불나는 바람에 놀랬는갑제?"

"놀랠 수밖에 없제. 거기다 누가 수발들어 주는 사램도 없었으이, 내가 죄 많제."

"어매가 곁에 있었으마 괜찮았을지도 모리제."

정원이가 칠배골 산불이 났다는 소식을 들은 건 이석이네가 동네 머슴으로 들어가고도 한 달 뒤였다. 진팡산팡 찾아가 보니 다행히 다섯 식구 모두 무사히 불길을 빠져나왔고, 다만 달옥이 뱃속 아기는 죽은 채 태어났다. 비록 동네 머슴이지만 산속 외딴집이 아닌 장터 마을 한가운데 디딜방앗간까지 갖춰진 마당이 넓은 집에 살고 있어 다행이었다.

이석이는 어매한테 한사코 빌 듯이 말했다.

"어매도 그만 이리로 와서 우리캉 같이 살게나."

"니가 정 그릏다면 와서 같이 살아야제."

"자아들이 할매 낯도 모리고 크만 어야는공."

"그래, 할미 노릇 못해 줘서 내가 볼 낯이 없제."

정원은 머리꼬리가 허리 밑까지 내려오는 순덕이를 봤다. 내년 봄엔 어디 좋은 짝이 있으면 시집 보낼 나이다. 순태, 순원이도 할매 없이 저렇게 커 버렸다.

"내 가서 내년 봄 되그덩 이리로 오꾸마."

정원은 그렇게 약속을 하고 힘없이 굽이굽이 산을 넘어 삼밭골로 돌아왔다. 칠배골 불탄 자리를 보면서 옛날 가래실에서 쫓겨오던 생각을 했다. 이석이는 어쩌면 불 때문에 두 번이나 쫓겨난 걸 보니 자식이지만 무슨 팔자가 저리 힘드는가 싶어 한없이 애처로웠다.

그렇게 해서 정원은 삼밭골을 떠나기로 작정을 했고, 겨울 내내 이것저것 세간살이 쓸 만한 걸 이웃에 나눠 줬다. 베틀연장도, 물레도, 돌것도 모두 어매 수동댁이 쓰던 것들이다. 그걸 나눠 주면서 정원은 몰래 눈물을 닦았다.

효부골 이금이는 어두워서야 행이 남매를 데리고 왔다.

아홉 살짜리 행이는 어쩌면 일찍 죽을 아이래서 그랬는지 달덩이처럼 예뻤고, 하는 짓이 어른스러웠다. 다섯 살짜리 성준이는 이순이네 지복이와 한동갑이다. 까만 눈과 야무진 입술이 이금이와 흡사했다. 두 애들 모두 이금이가 손수 짠 무명으로 똑 맞게 옷을 지어 입혔다.

이순은 그 애들을 보면서 밤낮으로 일에 바빠 더덕더덕 깁고 때 묻은 옷을 입은 수복이 남매들이 생각나서 웬지 낯이 붉어졌다.

"성준이가 이 먼 길을 어예 걸어왔네?"

정원은 외손자들을 번갈아 쓰다듬으며 잠깐이지만 즐거웠다.

"쉬엄쉬엄 그래도 잘 참고 걸어왔제."

이금이는 입을 꽉 다물고 말없이 그 먼 길을 자족자족 따라온 성준이가 여간 대견스럽지 않았다.

"자 얼른 국시 삶아 먹자."

정원은 정지 부뚜막에 들기름불을 밝히고 큰솥에다 물을 그득히 붓고 불을 지폈다.

"어매, 내가 불 때꾸마."

이순이가 어매를 밀어내고 마른 소깝가지를 우둑우둑 분질러 넣었다.

물이 끓고 소쿠리에 그득히 썰어 놓은 국수를 넣어 거품이 넘치도록 끓였다.

그새 정원은 건넛집 복남이네 고부를 불러왔다. 수식이 남매도 따라와 행이 남매와 같이 어울렸다. 호롱불을 켠 큰방에 둘러앉아 모처럼 떠들면서 저녁을 먹었다.

서로서로 많이 먹으라고 권하면서 한 자배기나 되는 국수가 바닥이 났다. 먼 길을 걸어온 행이 남매는 뱅뱅도리로 두 그릇씩이나 먹고 나서 배를 쓸어 내린다.

저녁상을 치우고 나서 모두 옹기종기 둘러앉았다.

"금이네가 이리로 온 지 스무 해도 훨씬 넘었제?"

복남이는 옛날 똑같이 과부가 되어 삼남매를 데리고 저녁 늦게 찾아왔던 정원이네를 엊그제 일처럼 떠올렸다.

"우리 이금이가 첫돌을 지냈으니 스물 몇 해나 되겠구망."

정원이도 그때 나흘 길을 걸어 가래실에서 쫓겨오던 일을 생각했다.

"평생 같이 살 걸로 여겼디이만 또 이룽기 히이져야 되이, 우리 혼자 외로버서 어예 살제."

"그르게 말이시더. 그 다안 형제긑이 지냈는데……."

"이금이 할매는 왜 아무 소식이 없제요?"

"어매는 일부러 자춰 없이 숨고 싶어 가셌는데, 웬걸 소식 긑은 거 알렐리껴? 여지껏 살아 기실 리도 없제요."

정원은 벙어리 채숙 형님과 종대 모습이 떠올랐다. 나중에 한번 어매 산소라도 가 볼 수 있었으면……정원도 찔끔 솟구치는 눈물을 옷고름으로 닦았다.

이쪽 구석에 앉아 있는 이순은 윗목에 오뚝하니 앉았는 수식이 얼굴을 찬찬히 보고 있었다. 가물가물 생각나는 어릴 적 서억이 오라배와 꼭 같은 수식이는 너무도 점잖다. 열한 살 나이니까 그때 버들피리 만들어 주고, 참꽃가지를 꺾어다 주던 서억이도 저런 얼굴이었지.

끝없이 이런저런 이야기를 나누다가 복남이네 식구들은 모두 돌아갔다.

이불을 펴고 눕고 나서도 한쪽 옆에 나란히 누운 이순이와 이금이는 밤을 새워 소곤소곤 얘기했다.

"이금아, 성준이 동상 아직 안 들어서나?"

이순은 아까부터 궁금했던 걸 물었다.

"몰래. 터불이 좋아서 쪼매 더 있다가 생길란갑제."

이금이는 별로 걱정되지 않는 듯이 말한다. 하기야 자식이 많다고 좋은 것만 아니지. 오히려 자식 많은 건 고생이 훨씬 더할 뿐이지 않는가.

"기부(제부)는 맨날 나가 있고, 앞으로 핑생 그르마 어얄라노?"

"앞으로 행이 아배 점방 하나 채리마 대구나 부산 가서 살지도 모린다."

"꼭 그룿기 되마 좋겠네. 농사꾼들 고상고상 사는 것보다 수월찮겠나."

"일 수월은 거사 어디 있겠나. 그이는 쪼맨한 때부터 객지로 댕기다 보이 저리 된 거제. 차라리 궂은일 하더라도 식구끼리 모예 농사짓고 사는 게 더 좋제."

그러면서도 이금이는 아까부터 언니 이순이 손이 거칠다 못해 남자 손 같다고 생각하면서 얼마나 일을 하면 저렇게 되는가 싶었다. 이금이 제 손은 명주처럼 보드랍고 작지 않는가. 이금이는 시집 가서 여태 들일도 모르고 그냥 재용이 갖다 주는 돈으로 쌀도 사고 반찬도 사고, 기껏 하는 일은 아이들 키우고 하고 싶을 만큼 길쌈하고 바느질하는 정도였다. 그러니 얼굴도 그을리지 않고 손도 거칠지 않다.

'딸하고 버드낭구는 자리를 잘 잡아줘야 한다제.'

이순은 반대로 이금이 그런 고운 손을 보면서 다행이라 여기면서도 부러운 생각이 들었다.

"싱야."

"응?"

"싱이네 큰 시동생 빙은 어뚱노? 시아배도 많이 아프다면서?"

"글씨다. 집안이 어예 될란동 우환이 끊지질 않네. 시동상은 점점 모양이 나빠지제."

"그럼 새댁은 어짜제?"

17

"새댁은 벌써 초다짐에 친정 갔단다. 어매임이 가라고 밀어냈제."

"어야꼬나! 그람 두불 시집 가야겠네?"

"요새는 개화시상이래서 그리 할지도 모리제. 글채만 아시 선밥이 두불 한다꼬 더 낫겠나?"

"그것도 이녁 팔잔갑제?"

"글케다."

"싱야, 계산골 분옥이는 장걸버생이하고 달라빼서 어디 가서 살아 있으꼬?"

"어딘동 가서 아매 잘살 끼다. 장걸버생이 그 사람 좋은 일 했제. 어디꺼정이라도 분옥이 살뜰히 애껴 줄 께다."

"그랬으마 좀 좋을꼬. 분옥이 불쌍해서 생각나마 눈물이 나는걸."

"누구는 안 그릏겠나. 어매도 없이 섧게 컸는데. 시상에 그른 빙들게 뭐 있노? 하늘님도 무심하시제?"

"가아는 어쨌지? 귀돌이 싱이 큰딸 쌍가매 저 아부지한테 갔나?"

"아잇다. 쌍가매 지난 가을게 시집 갔다."

"하매 그릏게 컸나?"

"그래, 시상 참 날래제."

첫닭 우는 소리가 날 때야 둘은 겨우 잠이 들었다.

깜빡 잠들었다 싶었는데 어느새 해가 돋고 어매 정원이가 잠든 두 딸의 얼굴을 쓰다듬으며 울먹이고 있었다. 이순이 얼굴에 눈물방울 하나가 떨어져, 퍼뜩 잠이 깨어 눈을 떠 보니 바로 위에 어매가 내려다보고 있었다.

"어매!"

"그래, 그만 일나서 밥 먹고 서둘러 가야제."

서두른다고 했지만, 이 집 저 집 이웃을 돌며 인사를 하다보니 거지반 한나절이나 되어서야 정원은 스무 해도 넘게 살아온 정든 삼밭골을 떠났다.

복남이는 흰머리가 반 너머나 되는 게 정원이보다 나이 더 들어 보인다. 한사코 눈물을 찍어 내며 붙든다.

"서억이 가아가 얼른 돌아와 맘잡고 살아야 할 낀데……."

정원은 이녁이 이석이 찾아가 같이 산다는 게 괜히 미안했다.

"우리 수식이 애빈 집에 돌아오기 글렀제. 가아는 저 아배 귀신이 둘러 씐 거제요."

"뭔 소리이꺼. 시상이 어지러버 우리 이석이나 서억이 모도가 고생하는 거제요."

"그마 얼른 가이소. 가을게 한분 꼭 놀러 오세이."

"와야제요. 부디 몸 간수 잘하세이."

정원은 사구미재를 넘고, 이금이는 이릿재로, 이순은 골짝길을 따라 곱내강쪽으로, 세 모녀는 세 갈림길로 헤어졌다. 뿔뿔이 그렇게 헤어져 걸으며 내내 울었다.

봄바람은 이들 모녀의 이별을 아는지 모르는지 간지럽게 불고, 연둣빛 버들가지가 흔들리고 새들이 조잘댄다.

그렇게 살가리 골짜기에도 봄이 한창이고, 수임이네 암소가 새끼를 낳았다. 수임이 시집 갈 때 따라갔다가 수임이 친정에 오자 소도 같이 돌아와 저렇게 천연덕스레 새끼를 낳았지만 수임이는 이 봄이 하나도 기쁘지 않았다.

수임이는 아무도 몰래 혼자서 종다래끼를 들고 들로 나갔다. 살가리는 산이 높고 골짜기가 깊다. 소나무 숲이 우거진 고운사 절집이 남쪽으로 있고, 꿀밤나무 숲이 우거진 뒷산엔 가을이면 도토리가 지천으로 연다.

수임이는 누가 볼세라 조심조심 언덕 아래로 숨어다니며 나물을 캤다. 하지만 수임이는 꼭이 나물을 캐러 나온 건 아니다.

수임이는 골짜기 안으로 안으로 더텨 올라갔다. 그러고는 막바지 구석까지 들어가 아무도 없는 데서 그만 주저앉아 어깨를 들먹거리며 울기 시작했다.

"나는 어야꼬……나는 어야꼬……."

수임이는 가으내 겨우내 답답했던 가슴을 훑어내듯이 울고 또 울었다.

수임이가 보낸 지난 반 년 동안은 십 년이란 세월만큼 길었다. 시집 가서 반 년도 안 돼 쫓겨 온 것인지 달아나 온 것인지 기구한 몸으로 이렇게 힘들게 살았다.

수임이 어매 오금댁은

"임아, 패안타. 니가 잘못한 것도 아이고 김서방 잘못한 것도 아이고, 첨부터 인연이 아닌 거라서 이리 된 거제."

그러면서 오금댁은 딸한테는 의논도 없이 구겟리 모퉁이를 돌아 깊숙이 있는 절집에 백일기도를 다녔다. 사위 김서방 병을 낫기 위해 빌고, 수임이 앞날을 위해 부처님께 빌었다.

하지만 수임이는 어매가 어딜 가서 무얼 하는지 금방 눈치채었다.

'부체임은 시상 부귀영화 버리시고 한펑생 마음을 닦으셨다는데…….'

어릴 적부터 수임이는 이따금 들려오는 절집 종소리와 스님들의 독경소리도 들어 왔다. 산나물을 뜯거나 송이(송이버섯)를 따러 갈 때, 골짜기를 헤매다 보면 바로 절집 마당 근처까지 쉽게 가게 되었기 때문이다.

수임이는 문득문득 세상하고는 너무도 외딴 곳에 살고 있는 머리 깎은 스님들 모습이 눈앞을 가리는 때면 어쩐지 온몸이 오싹해졌다.

'만약에 내가 머리 깎고 중이 되마 어찌 될꼬? 어매야……'

수임이는 생각만 해도 무서워 몸이 떨렸다.

하지만 수임이는 잠이 들어도, 잠이 깨어도, 밤낮없이 마음 속은 어쩌나 어쩌나 하는 생각에 시달렸다. 그러면서도 세월은 무심히 흘러가는 것이었다.

골짜기에서 목놓아 울고 났지만 수임이는 가슴 그 어느 곳도 시원하지 않았다. 옷 매무새를 고치고 눈물을 닦고 일어나 종다래끼에 채워야 할 나물을 부지런히 캤다.

그렇게 수임이는 그 해 봄을 보내고 여름을 보내고 가을을 또 보냈다.

그리고 다음해 봄, 뜻밖에도 버려 두고 온 시가댁에서 부고가 날아왔다. 시아배 조석이 죽은 것이다.

사돈 어른신네가 죽었다는 부고를 받고 수임이네 아배 오금어른은 밤을 새다시피 생각하고 나서 수임이를 불렀다.

"수임아, 사돈댁에서 이렇게 부고를 보내 온 걸 보이까네 니를 그 댁 미느리로 아직 잊지 않은 거다. 어서 매살라가지고 나서 가그라."

"하제만 아배요, 지가 어째 다시 그 집으로 갈 수 있을리껴? 지는 못 갈시더."

수임이는 망설이지도 않고 아배한테 그리 말했다.

"못 간다이, 그기 말이 되나? 니는 뭐라 캐도 김씨 집안 미느리다. 두말 말고 얼른 가그라."

"아배요, 지발 그리 마시이소. 다시 그리로 가라 하지 마시이소."

수임이는 울음을 터뜨렸고 아배는 완고했다. 점심 나절이 되도록 아배는 딸을 닦달했고 딸은 죽어도 가지 않겠다고 했다. 아배는 지치고 딸도 지치고, 그날은 그렇게 날이 또 저물었다.

수임이는 울면서 울면서 어야꼬 어야꼬를 입속으로 되뇌이며 괴로워했다.

결국 수임이는 마음을 굳게 먹었다.

첫닭이 울 때까지 수임이는 잠을 못 이루다가 새벽같이 일어났다.

'어매야, 어매가 부체임께 빌었던 게 영험이 있었던 갑제. 난 이 길로 그 부체임한테로 갈란대이. 아모리 생각해도 그 길밖에 어짤수 없대이. 나 끝은 건 첨부터 불효막심한 딸인 갑대이. 아배도 부디 이 딸자식 용서해 주이소.'

수임이는 아직 어두운 하늘에 반짝거리는 별을 바라보며 골짜기를 돌아돌아 한평생 몸을 맡길 수 있는 절집을 향해 걸었다.

그때, 마침 새벽 예불을 알리는 종소리가 저렁저렁 울려왔다.

조석은 두 해를 그렇게 누워 지내다가 일어나지 못하고 숨을 거두었다.

그날 아침, 조석은 미음을 한 모금도 마시지 못했다. 퉁퉁 부어올 랐던 몸이 밤새 살가죽이 주글주글해질 만큼 빠져 내리면서 바지를 몇 벌이나 버렸다.

분들네는 장득이, 재득이, 수득이를 불러다 아배 머리맡에 앉게 하고 손자들도 모두 사랑방에 불러들였다.

순지는 그때부터 벌써 눈물을 찔금찔금 흘리며 허둥대고 있었다. 이순은 아직까지는 아무 것도 내색 않고 아침 준비를 하느라 밥솥 에 불을 지피고 국거리로 삶은 무시래기를 썰었다.

생콩가루 바가지에 썬 시래기를 넣고 당개당개 콩가루를 묻히느 라 바가지를 까부는데 갑자기 사랑방에서 통곡소리가 터졌다. 이순 은 까불던 콩가루 바가지를 털썩 놓치고 말았다. 열한 식구가 먹을 시래기 국거리가 정지 바닥에 퍽석 흩어져 널린 것도 모르고 한참 동안 이순은 넋이 나간 듯이 서 있었다.

순지가 정지 안으로 쫓아 들어오면서

"새댁아, 아배가 고마 죽었다……."

그러고는 그냥 퍼질러 앉아 울음을 터뜨리자 이순은 그때서야 바 가지를 떨어뜨린 걸 알아차렸다.

이날 아침, 온 식구 모두가 아침을 굶었다.

아랫집 서서방이 와서 조석이 생시에 입던 저고리를 지붕에 올리 며 혼을 불러들였다. 사잣밥을 세 그릇, 짚신 세 켤레, 동전 세 닢 을 싸리채반에 올려 삽작거래 내다 놓았다.

이렇게 조석의 장례는 하나하나 치러져 갔다.

여기저기 부고를 보냈다.

강생이와 말숙이가 삼베치마를 머리꼭대기까지 덮어싸고 큰소리로 곡을 하면서 왔다. 어떻게 부고가 알려졌는지 그 동안 소식 없던 배서방이 춘영이와 같이 찾아왔을 때, 순지는 다시 한번 하늘이 내려앉듯이 절망을 했고, 동네 사람들은 잔뜩 구경거리가 생긴 듯이 바라보고 있었다.

살가리엔 부고를 보냈지만 장례가 끝날 때까지 수임이는 나타나지 않았다. 재득이 마음 속이 어떤지 이녁 처지가 서러워 그랬는지 눈물이 두 볼에 마르지 않았다. 장득이 형님과 나란히 굴건제복을 하고 내내 고개를 숙이고 있었다. 아직 장가를 못 간 수득이는 터드레만 쓰고 재득이 옆에 서서 곡소리도 조용조용 했다.

그러고 보니 서럽게 우는 건 순지와 말숙이와 재득이였으니, 결국 자기네들 설운 신세 때문에 그렇게 울고 또 우는 것이었다.

닷새장으로 행기봉 공동묘지에 조석은 묻었고 삼우제까지 지냈다. 장례식은 모두 잘 지냈다고 생각했는데 분들네 집안 불상사는 그때부터 시작된 것이다.

그날 아침, 순지가 밥상을 들고 안방문을 열어 보니 분들네와 배서방이 삼진이를 앉혀 놓고 타이르고 있었다.

"진이는 이자 위갓집에 못 있는다. 그라이께네 아배 따라 가그라."

순지는 하마터면 밥상을 놓칠 것처럼 어지러웠다. 억지로 밥상을 들여놓고 방문을 닫았다. 그냥 문앞에 서서 엿듣자니까 분들네는 줄곧 꾸짖듯이 타이르고 배서방은 쓰다듬고 달래고 있었다. 기어코 삼진이를 데려가 버릴 것이라는 걸 알자 순지는 하얗게 핏기를 잃었다. 순지는 흙봉당에 쿵덩 소리나게 넘어졌다.

방문이 열리고 배서방이 쫓아나오고 정지에 있던 이순이도 뛰쳐

나왔다.

"이보게! 이보게! 정신채리게!"

배서방이 순지를 흔들어대며 소리지르고, 이순이도

"형님, 정신 채리이소. 형님요, 형님요……."

불러대었다.

방안으로 데려다 눕히고 시침바늘로 손가락마다 찔러 피를 내고 찬물을 떠다 입에 떠넣었다. 겨우겨우 순지는 깨어났지만 기운을 차리지 못했다.

순지는 누운 채 중얼거리듯이 말하고 있었다.

"삼진이 데러가지 마이소. 지발 우리 삼진이는 데러가지 마이소 ……."

그러나 순지가 슬퍼하는 만치 분들네는 더 못 견디게 악이 북받쳐 있었다. 조석이 죽어 버린 지금, 집안에 걸리적거리는 이런 군식구는 한시바삐 없애버려야 한다고 생각했다. 그래서 순지가 저렇게 기운을 잃고 누워 애원을 하는데도 분들네는 눈도 깜짝 안했다. 삼진이한테 지복이 몫으로 지어놓은 자줏빛 고름이 붙은 바지 저고리를 입혔다. 삼진이를 위해 할 수 있는 마지막 적선이었다.

삼진이는 울면서 아배 배서방 손에 이끌려 춘영이와 함께 사립문을 나섰다.

이제 여섯 살짜리 삼진이는 친어매한테 한마디 인사도 못하고 끌려가는 송아지처럼 그렇게 가 버렸다. 순지는 온 힘을 다해 버티고 일어나 문고리를 붙잡고 그 모양을 바라보며 이를 와득와득 갈았다. 생각 밖에도 눈물은 나오지 않았다.

순지는 이순이가 끓여 준 미음을 입술을 깨물며 받아 마셨다. 사흘 뒤엔 일어나 부엌일을 거들었다. 어쩌면 순지는 아무 내색도 없이 보통 때같이 그렇게 몸을 움직였다. 물을 길어오고, 마당을 쓸고 밥상을 날랐다. 식구들은 마음을 놓았다.

하지만 이순은 어쩐지 그러는 순지가 예사롭지가 않았다. 뭔가 위태위태한 것이 무슨 일을 저지를 것만 같았다.

닷새가 지났다.

그날 저녁, 순지는 끼고 있던 은가락지를 뽑아 이순이한테 내밀었다.

"이 가락지 새댁이 줄꾸마."

"뭔 소리래요. 그건 시매씨가 준 건데 형님이 가주 기세야제요."

"이잔 삼진이도 없는데, 내가 어째 끼고 있제. 나는 보기 싫다네."

그러면서 순지는 억지로 가락지를 이순이 손가락에 끼워 줬다.

"그럼, 지가 얼매 동안 끼고 있다가 형님한테 돌려 디림시더."

이순이는 웃었다. 순지도 따라 웃어서 이순은 마음이 놓였다.

다음날 새벽, 순지는 조석이 살았을 때 꼬들꼬들 야무지게 틀어 사랑채 처마에 걸어 놓은 소잇가리를 걷어 들고 아무도 몰래 서깥으로 나갔다.

이순이가 아침 일찍 눈을 떠 보니 곁에 누워 있던 순지가 보이지 않는다.

이순은 순간 가슴이 철렁했다. 얼른 나가 정지문을 보니 그냥 닫긴 채였다. 뒷간에 간 것 같지도 않았다.

"어매임요, 형님이 안 보이니더."

"삼진이 에미가 안 보인단 말이라?"

"자고 나 보니 어디 가고 없니더."

"……."

분들네도 뭔가 심상치 않다 싶었는지 문을 열고 나오는 모양이 허둥거렸다.

두 고부는 누가 먼저인지 사립문을 젖히고 비탈길을 뛰어갔다.

아침해가 벌써 떠오르고 있었다.

벼루 밑으로 나 있는 오솔길로 두근거리는 가슴을 꾹꾹 눌러가면서 달려가 보니, 서깥 나무숲 속 가장자리 홰나무에 순지의 시체가 소잇가리에 목이 매인 채 늘어져 있었다.

14

대롱아 대롱아 홍대롱아
너 어머이 어디 갔노
징게 밍게야 너른 들에
목화 동냥 하러 갔지

삼진이는 아래위 면바지 저고리를 입고 삼베띠를 허리에 묶었다.
순지 무덤은 깨금이 무덤과 나란히 양지쪽에 조그맣게 묻혔다.
분들네는 그냥 삿자리에다 싸서 묻자는 걸 배서방이 널을 맞췄다.
보름새 명주 한 필을 사다가 먼옷(수의)도 지어 입혔다.
"저렇기 정성디릴 꺼 왜 냇비리고 딴 기집을 얻었제. 그냥 디루
고 살았으마 이른 사달은 안 났으 꺼 아이라."

분들네는 배서방이 그러는 게 영 못마땅했다. 더군다나 죽은 이녁 딸 깨금이 옆에다 묻어 주기까지 했으니 심술이 날 만도 했다.

순지는 죽어서야 이렇게 배서방 아낙으로 대접받게 됐다. 깨금이만큼은 안 되었지만 배서방은 속마음으로 울어 주었고 마음 아파했다.

'여자는 한분 시집 가마 어뜬 일이 있어도 그 집 귀신이 돼야 한다.'

순지는 친정어매가 살았을 때 들려준 말을 그대로 지켰다. 누가 뭐라 해도 순지는 배서방 후취 각시고 아들까지 낳아 준 당당한 어마이였다.

순지는 이 모든 것을 죽음으로 이뤄 낸 것이다.

'아이고, 모진 년, 독한 년!'

분들네는 두고두고 순지 억척 같은 짓을 반은 시샘하듯이 반은 감탄하듯이 되뇌었다.

집안에 식구가 셋이나 줄어든 분들네는 그게 저절로 된 것이 아니고 억지로 생떼거지로 된 것이 찜찜했다. 아무리 모질게 마음먹어도 순지한테 못할 짓을 했다는 죄스러운 걸 떨쳐 내지 못했다.

하지만 그것도 한동안 그러다가 잊어 버릴 쯤, 분들네 집안에 빚쟁이들이 몰려 들었다. 조석이 앓아 누운 이태 동안 앞뒤 가리지 않고 빌어다 쓴 장리쌀이 열 섬이 넘었고 돈이 이백 원이 넘었다.

분들네는 찾아오는 빚쟁이들한테

"올농사 짓그덩 가실게 갚을 끼까네 걱정 마소."

그렇게 쉽게 돌려보냈다.

장리쌀이야 가을에 갚으면 되겠지만 이백 원이 넘는 돈은 참으로 난감했다. 돈 이자는 일 년에 곱쟁이로 늘기 때문이다.

분들네는 식구들을 불러 앉혀 놓고 빚돈 걱정을 했다.

"에미야, 비 짜논 거 몇 필이나 있나?"

이순은 날래게 머리 속으로 셈을 했다.

"명비가 한 구부 있고 삼비가 시 필은 되께시더."

"그래뱆에 안 되나?"

"짜투리 명비 스무 자쯤 더 있으께시더."

"짜투리 비야 누가 온 값 주고 산다드나."

"읍내 비전에 가주가마 온 값 주고 산다디더."

이순은 될 수 있으면 몇 원씩이라도 빚돈을 갚아야 한다고 생각했다.

하지만 올 여름 베옷을 못해 입고 헌 옷으로 살게 되더라도 겨우 다섯 필의 베를 판들 오십 원이 안 될 것이다. 지난 장날 상준이네가 삼베 두 필을 겨우 십오 원에 팔았다는 말을 들었다. 상준이네 삼베는 아홉 새고 이순이가 가지고 있는 삼베는 여덟 새밖에 안 된다. 보통 농사꾼들 여름옷이야 여덟 새라도 웃질로 들지만 내다 파는 물건으로는 값이 덜 나간다. 열 식구가 넘는 집안에 길쌈해서 내다 판다는 건 엄두도 못 낸다. 그래서 이순은 여태 열 새 베 한 필 못 짜 보고 언제나 일여덟 새였다.

"에미야, 그라마 어야겠노? 그거라도 팔아 몇 푼이라도 빚을 갚아야제."

"그르이시더. 올 여름 헌 옷으로 그냥그냥 입제요."

그렇게 해서 다섯 필의 베를 한꺼번에 내다 판 것이 그래도 오십 원에서 이 원이 빠진 사십팔 원이었다. 포목장사가 이순이가 짠 여

덮 새를 딴 사람이 짠 열 새 베와 한 값으로 쳐 줬기 때문이다. 베올이 고르고 벳받이가 워낙 짱짱했기 때문이다. 이순의 길쌈은 그렇게 포목쟁이도 알아줄 만큼 야무졌다.

그러나 베를 판 돈은 겨우 마실 푼돈 이십 원만 갚고 나머지는 재득이 약값으로 써 버렸다.

이순은 눈물이 날 만치 알찌근했다. 얼마나 힘들게 한 올 한 올 손이 닳고 어깨 부서지도록 일한 것을 의논 한마디 없이 저러나 싶었다.

'바람빙엔 약도 없다는데, 밑빠진 독에 물 붓기제.'

이순이 큰아들 수복이 이제 겨우 열세 살이다. 아직 고만고만한 자식들을 키우는 이순이 시어매 분들네 마음을 어떻게 다 헤아릴까. 이순은 아직까지는 세상살이에 너무 서툴고 어두웠다.

그날 하루종일 입을 꾹 다물고 꽁해 있는 이순이가 시어매한테 못마땅해 하고 있다는 걸 분들네는 눈치채고 있었다.

"에미야, 내가 미안태이."

분들네는 여지껏 그러지 않던 말을 이순이한테 했다. 안 그래도 분들네는 조석이 죽고 난 뒤부터 많이 주눅들고 기가 죽었다. 조석이 살았을 땐 등다락 같던 위세가 그만치나 꺾인 것이다. 한 쪽 죽지가 꺾인 새처럼 분들네도 이젠 며느리 눈치를 봐야 했다.

"어매임, 빌말씀하시니더. 데럼이 얼른 나아야만 하제요."

분들네가 그러는 만큼 이순이도 어쩔 수 없이 시어매 대접을 해야 했다.

베 판 돈은 그렇게 잘 마무리가 되었는데, 이때부터 분들네는 전에 안 하던 방법을 쓰기 시작했다. 이순이 눈을 속이는 일이었다.

쌀독에 쌀이 엄청나게 축나는 거랑, 고방에 대추 말린 것도 줄금줄금 없어졌다.

'어짠 일로 쌀이 일케나 줄어들제?'

이순은 움쑥움쑥 들어가는 쌀독이 아무래도 이전 같지 않았다.

그러던 어느 날, 뒤란에 장작을 가질러 갔다가 이순은 못 볼 것을 보아 버렸다. 담 너머로 분들네가 넘겨주는 쌀자루를 거랫집 또식이네가 담 밖에서 넘겨받고 있었다. 또식이네는 술주정뱅이 아바이가 농사 한 떼기 안 짓고 이 장 저 장 다니면서 쇠전에 쇠구전이나 들어 구전 돈 몇 푼씩 받아다가 겨우겨우 살아가고 있었다.

담 밖에서 쌀자루를 넘겨받으면서 또식이네는 종이돈 한 장을 치켜 올리며 분들네 손에 쥐어 주고 있었다. 둘 다 깨금발을 딛고 모가지가 황새모가지만치 솟아올라 있었다.

"어매임, 뭘 하시니껴?"

이순은 얼떨결에 묻지 말아야 할 것을 그렇게 물어 버렸다.

"아이고매 !"

분들네는 어찌나 놀랬는지 두 팔을 하늘 높이 치켜 올리며 뒤로 넘어질 듯 넘어질 듯 비틀거리다가 억지로 버티고 섰다. 낯빛이 쉬어빠진 풀자루같이 하얘졌다.

"저어게……저어게…….."

분들네는 숨이 차서 헉헉거리며 말을 더듬는다. 그새 담 너머 또식이네는 쌀자루를 껴안고 줄똥싸게 달아나고 있었다.

이순은 쌀독에서 움쑥움쑥 쌀을 퍼간 쌀도둑년이 바로 시어매라는 걸 알자 속은 것이 분해서 온몸이 떨렸다. 가질러 갔던 장작은 그냥 둔 채 호틀쳐 돌아 나와 정지 구석에 엎어져 큰소리로 울었다.

"너무하니더! 너무하니더……!"

분들네는 멋적기도 하고 남세스럽기도 했지만 모른 척 능청을 떨었다. 이틀 동안을 이순이 얼굴을 안 보려고 왼 데로 낯을 돌리며 지냈다.

그러나 분들네는 사흘이 못 가 본디 자리로 돌아갔다. 한 번 들키나 두 번 들키나 들킨 건 마찬가지다. 분들네는 이젠 숨기지도 감추지도 않았다.

장날이면 어디서 찾아냈는지 콩이고 팥이고 달걀이고 오불쳐 들고 나갔다.

분들네는 조석이 죽고 없는 빈 데를 병든 자식 재득이한테 온통 붙들어 매고 살았다. 조석이 몫까지 쏟아 부을 수 있는 상대가 있다는 것이 다행이기도 했다. 그래서 분들네는 하다못해 재득이한테 엿이야 떡이야 사다 주면서

"이건 너어 애비가 남가 놓고 간 몫이까네 걱정 말고 니가 먹어라."

하는 것이었다.

그렇게 분들네가 재득이한테 넋이 나가 있는 새 삼거리 강생이 내외가 아이들을 끌고 서간도로 떠나는 길에 친정집에 들렀다.

"장모임요, 걱정 마이소. 몇 해만 가서 살다가 돌아올 채미시더."

"그래, 가서 한 밑천 잡그덩 돌아오게나."

분들네는 그다지 섭섭해 하지도 않는 것처럼 어디 이웃 마을로 이사를 보내듯이 말했다.

수복이랑 한동갑인 상구랑 외손자들이 넷이나 된다. 네 아이들

가운데 역시 눈에 띄는 아이는 금주였다. 어쩔 수 없이 분들네 가슴이 누가 손톱으로 꼬집듯이 아프다. 눈이 동글동글한 금주는 열 살이나 되는 나이만큼 얌전했다.

금주는 외할매가 저를 보는 듯하다가 금방 왼 고개를 치는 까닭을 몰랐다. 그냥 별로 이뻐 보이지 않아 저런다 싶었다.

"할매요, 이것 자요."

금주가 일 원짜리 한 장을 반으로 접힌 채로 내밀었다.

"이게 웬 돈이로?"

금주는 아배 윤서방을 힐끗 쳐다보고 나서

"아배가 할매 디리라고 줬니더."

하는 것이었다.

"아배가 해필이마 니 손으로 주라 하노?"

말하면서도 분들네는 윤서방 생각을 금방 깨닫고는 코허리가 찡했다.

'에고 쑥덕 겉은 사람아.'

분들네는 말대가리 사위 윤서방이 새삼 고마웠다.

"아배는 뭐라도, 뭐라도 싱야한테만 씨겠드라."

이제 일곱 살짜리 금님이가 시샘을 하듯이 한마디 했다.

"금님아, 그건 싱이가 니보다 크니까 그롷다."

분들네는 금님이 작은 손을 잡고 쓰다듬었다. 이런 땐 분들네한테도 여느 어매처럼, 할매처럼 다정한 마음 구석이 있었던 것이다.

이날 밤, 분들네는 모처럼 딸과 함께 잠자리에 들었다.

"야야, 상구 에미야."

"어매 왜 그러제?"

호롱불을 꺼버렸기 때문에 둘은 그냥 허공만 쳐다보고 얘기를 주고받았다.

"니 동상 재득이 날이다."

"이이?"

"무신 짓을 해도 빙을 곤쳐 줘야 안 되나?"

"그래, 내라도 돈만 있이마 먼 데 용한 의원한테라도 찾아가 보제."

"그르이께네, 윤서방 벌이가 잘되거덩 얼매든동 되는 대로 보내주마 그런 좋을 데가 있겠노?"

"걱정 마래. 윤서방 말 안 해도 벌이만 좋으만 얼매든지 처남 생각해서 돈을 보내줄 끼까네."

둘 모녀는 이렇게 태평스럽게 말을 주고받았다.

앞으로 강생이네가 그 먼 간도땅으로 가서 눈물겹게 살아가야 할 것은 꿈에도 못 생각했던 것이다.

그래서 막내둥이 세 살짜리 상철이를 윤서방이 등에 진 이불보따리에 포개어 업고 여섯 식구가 떠나는 뒷모습을 보면서도 분들네는 하나도 서운하지가 않았다. 오히려 금주가 낯선 먼 곳으로 가서 살게 된 것을 다행으로 알았다.

간도에만 가면 농사 지을 땅이 얼마든지 있고, 양반네들도 없고 왜놈 순사도 없어, 조선 농사꾼들의 세상으로만 알고 있었다. 그래서 너도 나도 다투어 떠나가고 있었으니 오히려 못 가는 것이 아쉬웠고 원통하기까지 했다.

단지 강생이가 아배 조석이 삼년상도 나지 않고 떠나는 것이 캥기었다.

그렇게 분들네는 딸 하나를 쉽게 떠나보내고 만 것이다. 그 딸을 평생 다시는 만날 수 없다는 것을 알지 못했고 생각해 보지도 않았다.

오히려 분들네 가슴을 아프게 한 건 막내딸 말숙이였다.

안평 새터에도 보리고개는 영락없이 찾아왔고 말숙이는 이웃 새댁네들과 함께 산으로 산나물을 뜯으러 다녔다. 이제 여덟 살이 된 옥주하고 둘이 장길 가까운 길갓집에 살면서 말숙이는 청상과부로 여태 말수 없이 살았다.

말숙이는 분들네보다 아배 조석이를 닮아 세상일엔 어두웠지만 제 앞가림은 할 만치 부지런했다. 하지만 남정네가 없는 혼자살림은 힘들고 외로운 건 어쩔 수 없었다.

갑수가 전기사고로 죽은 다음해, 시동생이 장가를 들었고 말숙이는 그 아시동새한테 큰집 살림을 모두 넘겨주고 옥주를 데리고 딴살림을 나왔다. 말숙이가 나온 것이 아니라 떼밀려 쫓겨나온 것이다. 그 큰집에서 해마다 곡식말이나 보태주면 말숙이는 생쥐가 콩을 갉아먹듯이 아껴 아껴 먹으며 살았다.

육 년 동안의 과부살림은 말숙이한테도 힘들고 외로웠다. 더욱이 양식거리가 떨어지는 보리고개는 굶는 날도 예사였다.

말숙이는 삼거리 강생이 언니가 식구들을 거느리고 간도로 떠날 때도 헤어지는 슬픔보다 내외간이 자식들 데리고 어디든지 갈 수 있다는 것이 부럽고 서러웠다.

'옥주 아배도 살았으마 우리도 간도땅에라도 가서 살 낀데……'

말숙이는 그래서인지 그 해 보리고개는 전에 없이 힘들고 어려웠다.

산도라지랑 고사리를 꺾어 안평장에 내다 팔아 겉곡 두어 되씩 받아다 디딜방아에 찧어 죽을 끓여 먹으며 말숙이는 밤이면 베갯잇이 젖도록 울었다.

결국 말숙이는 몸져 누워 버렸다.

"옥주야, 니는 큰집에 가서 밥 얻어먹고 온네이."

"싫애!"

옥주는 질금질금 울면서 고개를 젓는다.

"어매가 아파서 밥도 못 하는데, 큰집에 가서 먹고 와야제."

"큰집에 가마 마카 싫애하는걸."

"싫애하기는 누가 싫애한다노?"

"작은어매도 싫애하고 작은아배도 싫어한다."

"그럼 할매한테 가마 안 되나. 할매캉 같이 밥 먹고 자고 온나."

"그래도 싫애! 밥 안 먹고 어매하고 같이 자지 뭐."

옥주는 고집을 피우고 끝내 가지 않았다.

말숙이는 할 수 없이 일어나 양치미(아가리가 좁은 단지) 단지 안에 좁쌀을 긁어 정지로 나가 조당수를 끓였다. 어떤 어마이는 자식들 때문에 앓아 눕지도 못한다더니 말숙이가 그 짝이었다.

이렇게 힘들게 살아가는 말숙이한테 한날은 장거리 주막집 술어마시가 난데없이 말숙이네 집으로 찾아왔다. 보기만 해도 배부를 듯 싶은 쌀을 닷 되나 가지고 저녁 나절 늦게 온 것이다.

"웬 일이시껴?"

말숙이는 저절로 가슴부터 콩콩 뛰었다.

"이거 말이제. 옥주네가 어렵게 산다꼬 밥이나 몇 때 해 먹으라고 주는 거이께네 받아 도라."

"누군데 일케나 쌀을 주마 어야니껴?"

"시상 인심 암만 무섭다 캐도 이런 좋은 양반네도 있으이 우리 겉은 없는 사람이 살아나는 거제."

술어마씨 용동댁은 눈을 꿈쩍꿈쩍 해 가면서 이내 쌀자루만 놓고 곧장 일어났다.

"하제만 어째 거저 받아 가주고 어야니껴?"

말숙이는 한편은 반갑고 한편은 영문을 몰라 찜찜하기도 했다.

그러나 용동댁은 총총걸음으로 가버렸고 말숙이는 그냥 깊은 생각 없이 누군가 모르는 인심 좋은 양반네한테 속으로 고맙게 여기며 그 쌀로 밥을 지어 먹었다.

"어매, 어매가 아프이께네 이렇게 누가 쌀을 갖다 주는갑제."

옥주는 하얀 쌀밥을 숟가락 가지껏 떠서 입으로 넣으며 즐거워했다.

"그래, 어느 부자 양반이 우리 옥주 굶을까 봐 고맙게도 쌀을 준 거제."

"앞으로 자꾸자꾸 갖다 주마 참 좋겠네."

"아잇다. 자꾸 얻어먹으마 못씬다."

"왜 못씨노?"

"사람은 체면없이 남우 것 공걸로 바래마 평생 걸버생이로 산단 다."

"그라마 햇보리 날 때꺼정만 갖다 주면 좋겠네."

"그랬으면 좀 좋겠나."

말숙이네 모녀는 아무 생각 없이 그렇게 즐기면서 말을 주고받았 다.

말숙이는 기운이 나서 일어나 다시 산에 가서 나물을 뜯고 도라지도 캤다.

그런데 열흘쯤 지났을 때, 술어마씨 용동댁이 또 찾아왔다. 이번에는 쌀 닷 되와 돈 일 원까지 쥐어 주었다.

말숙이는 지난번 옥주하고 밥을 먹으면서 주고받은 말을 누가 엿들은 거나 아닌가 싶었다. 이때도 역시 말숙이는 딴 생각 없이 쌀과 돈을 받아 놓았다. 그리고는 옥주하고 둘이 재미나게 얘기하며 쌀밥으로 배를 채웠다.

그리고 또 열흘 뒤에 용동댁은 쌀자루를 들고 왔고, 그리고 그 다음 어느 장날, 말숙이는 장에서 용동댁을 만났다.

"아이고 옥주네가 용케 장에 왔구만!"

용동댁은 죽은 어마씨가 살아온 것만치나 반가워하는 눈치였다.

"약초 뿌리 몇 근 팔러 왔니더."

말숙이도 용동댁이 반갑지 않을 수 없었다. 일부러라도 주막에 찾아 인사라도 해야 할 처지이기 때문이다.

"그래, 가주고 온 건 팔았나?"

"예, 일찍이 팔았니더. 이제 옥주 미투리라도 한 커리 사서 집에 갈라니더."

"그라마 됐구마. 울 집에 가서 점심이라도 먹고, 그리고……."

용동댁은 하던 말을 끊고 잠깐 동안 말숙이 얼굴색을 살폈다.

"뭐이 또 다른 일이 있니껴?"

"그, 그래. 우리 집에 그 어른이 와 계시다네."

"예?"

"저어기, 이적제 옥주네한테 쌀을 준 어른신네 말이제."

"그러이까네, 우리 모녀 불쌍타꼬 쌀을 준 어르신네가 지금 와 기신다꼬요?"

"그래, 그르이께 한분 만내 인사라도 하는 기 사람 도리 아인가 배."

"……."

말숙이는 덜컹 겁이 났다.

하지만 무슨 죄지은 것도 아니고 불쌍한 사람 적선해 준 걸 고맙다는 인사는 해야겠지. 그래서 말숙이는 내키지 않았지만 용동댁을 따라 주막으로 갔다.

주막 안은 술손님으로 시끌짝했다. 용동댁은 말숙이를 정지로 데리고 가 뒷골방 문을 열었다. 말숙이는 뒷걸음을 치면서 용동댁을 쳐다보고 울상이 되었다.

"지는 여게서 그만 인사 디리고 갈라니더."

그러니까 용동댁은

"누가 잡아먹을까 봐서 겁내네. 걱정 마고 얼픈 들가세."

그러면서 말숙이 등을 떼밀어 방안으로 억지로 들여버린다.

방안에는 갓을 똑바로 쓰고 얼핏 보기에 껑청하니 생긴 남정네가 점잖게 앉아 있었다.

말숙이는 선자리에서 고개를 숙이고 할딱할딱 떨고 있자니까, 용동댁이 팔을 잡아 끌며 주저앉힌다.

"자, 어르신네한테 인사 디리게."

하지만 말숙이는 인사는커녕 숨이 막힐 듯이 온몸이 떨려 숫제 말소리도 안 나왔다. 말숙이는 괜히 남이 주는 쌀을 공으로 넙죽넙죽 받아먹은 것이 후회스러웠다. 이제라도 당장 쌀값이 있으면 던

져주고 달아나고 싶었다. 어쩌면 지금 말숙이는 바늘방석에 앉은
것 같고 활활 타는 장작불 속에 갇힌 것처럼 괴로웠다.

"뭔 사람이 이리 떨고만 있네. 낯이나 들고 무신 말이라도 한마
디 해야제."

용동댁은 자꾸 재촉했고 그럴수록 말숙이는 점점 몸이 오그라들
었다.

그러자, 그때까지 앉아 보고만 있던 갓을 쓴 남정네가

"그만 됐네. 디루고 나가 점슴 요기나 씨게 보내소."

하고 점잖게 말하는 것이었다.

말숙이는 갑자기

"으왱......!"

울음을 터뜨리고 조그만 몸뚱이를 더욱 수그리고 골방에서 빠져
나왔다. 그러고는 너털너털한 어벅다리 짚신을 끌고 진동생동 달아
나기 시작했다.

"이보게! 이보게. 점슴이라도 먹고 가게나! 이보게 옥주네야…
…."

용동댁이 뒤따라 나왔지만 말숙이는 벌써 장터 모퉁이를 돌아 저
만치 달아나고 있었다. 용동댁은 골방으로 도로 들어가 갓쓴 남정
네한테 딱한 듯이 푸념을 했다.

"뭔 일을 이래 하시니껴? 한마디 말도 못 붙여 보고 그냥 보내다
이, 어예 맘에 안 드니껴?"

"자, 이거나 받아 두소. 앞으로도 쌀이나 받아다 주고 그 댁이 맘
이나 한번 떠보소. 될 수 있으마 하루라도 빨리 우리 집으로 오두
룩 하소."

남정네가 오 원짜리 지전을 건네 주며 이렇게 말하자 용동댁은 그제야 한숨을 쉬면서 일이 쉽게 되어간다 싶어 우줄대며 웃고 있었다.

"그르마 그릏제. 옥주네 끝은 청상과부 어디 흔하게 있다든가배. 걱정 마소. 내 꼭 한 달 안으로 보내 줄 끼까네."

그 남정네는 말없이 일어나 주막을 나섰다. 나이가 마흔다섯이나 되는 점잖은 홀아비 용필은 장터 건너 마실 못골에 산다. 안식구는 벌써 십 년 전에 죽고 딸 하나 있던 것도 시집 보낸 지 다섯 해나 지났다.

용필은 진작 재취 장가를 갈 생각이었지만 마땅한 데가 없었다. 그러다가 이렇게 주막집 용동댁이 말숙이 이야기를 꺼냈고 일을 꾸민 것도 용동댁이었다.

이날 밤, 말숙이는 잠자리에 들어가지고도 내내 가슴이 할딱거렸다. 한짝으로는 옴싹옴싹 겁이 나면서도 한짝으로는 껑청하게 점잖게 앉아 있던 그 남정네 목소리가 귀에 쟁쟁 남아 있었다.

무슨 못된 일이라도 벌어질 것 같아서 달달 떨기만 했는데, 뜻밖에도 그 남정네는 그리도 따뜻이 돌려보내 주는 게 아닌가.

"그만 됐네. 디루고 나가 점슴 요기나 씨게 보내소."

그 소리를 듣자 말숙이는 친정 아배 조석이 딸냄이를 달래주는 듯이 마냥 정겹고 서러워 울면서 뛰쳐 나왔던 것이다. 얼굴 모습은 어찌 생겼는지 보지도 못했지만 그냥 점잖게 앉아 있던 것만으로도 말숙이는 눈에서 그 남정네를 지우지 못했다.

다음 장날, 말숙이는 장에 가지 못했다. 그리고 그 다음 장날이 지나고 이틀 뒤에 뜻밖에도 용동댁이 찾아왔다.

"옥주네야, 지난번에는 언간이 놀랬제? 내가 미리 자시이 갈챌걸 그냥 인사나 하라고 한 기 그리 됐구망."

용동댁은 가지고 온 쌀자루를 내려놓으면서 말숙이 낯색을 살피느라 요리조리 눈을 굴렸다.

말숙이는 반갑기도 하고 두렵기도 해서 또다시 가슴만 콩콩 뛴다.

"저어게, 이잔 쌀은 안 받을라니더. 싫으이더."

말숙이는 그러면서 자루 귀퉁이를 손으로 밀어낸다.

"그게 아이고 말이지……옥주네야, 그 양반 옥주네도 봤지만 사람 얼매나 점잖든고. 나이도 지긋하고 살림살이도 괜찮다네. 그 양반은 옥주네가 맘에 든다는구망."

용동댁은 망설이지도 않고 곧장 바른 소리를 꺼내었다. 말숙이는 숨이 막힐 듯이 답답해지고 낯빛이 빨갰다가 하얬다가 종잡을 수 없었다.

'결국은 그 소리구망. 그 양반이 홀애비였구망.'

말숙이는 어쩐지 그 소리가 싫지 않은 것이 더 겁이 났다.

"옥주네야, 홀애비가 과부댁을 맘에 두는 기 뭐 흉인가? 팔자가 모두 기박해서 그 양반이나 옥주네도 이래 된 거지. 그르이께네 암말도 말고 내 말 명심코 있다가 좋은 꿈이나 꾸는 거제."

용동댁은 쌀자루를 그냥 두고 갔고 말숙이도 어정쩡 받아 놓고 말았다.

그날 밤은 날이 새도록 잠이 안 왔다.

죽은 갑수 생각이 났다.

'옥주 아밴 왜 죽었비렸니껴? 왜 날 두고 죽었니껴?'

말숙이는 무덤도 남기지 않고 죽은 갑수가 야속했고 일본 순사들이 한없이 한없이 원망스러웠다.

말숙이는 뭐가 뭔지도 모르게 깜짝깜짝 놀라다가 넋나간 듯이 멍했다가 날 지나가는 것도 모르게 힘겨웠다.

못골 용필이 홀애비와 말숙이가 장터 주막 골방에서 만났다는 소문이 난 것이다. 그것도 별 째질 소리까지 보태져 가지고 사방팔방 퍼져 나갔고 말숙이 시댁 시어매 사촌댁 귀에까지 들어가 버렸다.

사촌댁은 큰소리 안 나게 일을 수습했다.

"에미야."

"예."

말숙이는 시어매 앞에 쪼그리고 앉아 기어드는 소리로 대답했다. 옥주는 곁에서 무슨 큰일이 벌어지고 있다는 걸 눈치채고 있었다.

"당장 친정에 갔으마 좋겠구만."

"어매임요……지는 암 것도 몰랐니더."

"아닛다. 니를 탓하자는 게 아이라 니를 생각해서 그런 기다. 그 다안 고생 많이 했다."

"……."

"친정에 가마 사돈이 알아서 해 줄 꺼구망. 가서 잘살아라."

"……."

말숙이는 어깨를 들먹거리며 울고 옥주도 덩달아 눈물을 방울방울 떨어뜨렸다.

"옥주는 해미하고 큰집으로 가자."

사촌댁은 옥주 손을 잡고 일어났다.

옥주는 할매 손에 잡힌 채 뿌리치지도 못하고 그냥 끌려갔다.

그 뒤, 옥주는 말숙이 어매 곁에 두 번 다시 자 보지 못했고 밥
도 같이 먹어 보지 못했다.

할매는 옥주 귀에 다데기가 앉을 만큼 이르고 또 일러 주었다.

"너 어매는 이젠 에미가 아잇다. 좋은 서방한테 시집 가서 거기
서 얼라 낳고 살 낀데, 니는 작은어매하고 작은아배하고 살아야 된
다."

사촌댁은 그렇게 옥주 마음 속에 말숙이를 미워하도록 가르치고
길들였다. 죽은 사람 정 떼듯이 산 사람도 때에 따라서는 이렇게
미움도 심어 줘야 된다. 결국 옥주는 저를 두고 낯선 홀애비한테
시집 가 버린 어매가 날이 가고 달이 지나면서 점점 미움으로 가득
차게 되었다.

돌음바우골 분들네는 가슴 한녘으로 상채기 하나가 더 생겨났다.
다만 한가지 막내딸년 말숙이가 인지부터 더는 배고프지 않고 춥지
않고 살아 주기만 간절히 바랄 뿐이었다.

말숙이가 못골로 훗살이를 떠날 때, 이순은 친정집 외할매 수동
댁과 이석이 오라배가 집 떠날 때를 떠올렸다. 사람 사는 것이 이
렇게 졸지에 어긋나 버리는 게 무서웠다. 앞으로는 또 무슨 일이
어떻게 일어날지 아무도 모른다.

"형님아, 형님은 날 욕 안하제?"

말숙이가 입술을 실룩대며 울먹였다.

"액시야, 괜찮다. 아무도 아무도 욕 안하니까네 걱정 마래."

"옥주가 보고섶어 어야제?"

"옥주 보고섶으마 가서 봐야제. 옥주는 뭐라캐도 액시가 낳은 딸
이자네."

"글체만 내가 무신 낯으로 가를 보러 가겠노."

"액시야……."

이순은 말숙이 손을 잡고 같이 우는 수밖에 없었다. 무슨 말을 어떻게 해야 할지 말이 안 나왔다.

못골 골짜기 소랫길로 조그맣게 수그리고 걸어가는 말숙이 액시가 더없이 애처로웠다.

이순이네가 이렇게 하루도 편할 날이 없이 힘들게 살고 있을 때, 효부골 이금이는 하루하루가 즐거웠다. 어떻게 잘되면 재용이가 대구나 부산으로 일자리를 얻어 갈지 모르기 때문이다. 일찍부터 객지물을 먹어 온 재용이는 동네에서 제일 먼저 새 세상에 눈을 뜬 젊은이가 됐다. 더러는 가난을 떨쳐 버리기 위해 유씨댁 마름 노릇으로 살림을 불려 가는 이도 있고, 굽신대면서 양반네들 부림꾼으로만 살아가는 이도 있었지만, 재용이는 혼자 힘으로 일어나고 싶었던 것이다.

재용이는 이제 놋갓일이면 자질구레한 일까지 훤히 알았다. 방짜 그릇을 두드려 만드는 솜씨는 어디를 가도 알아줬다.

이런 재용이한테 시집 온 이금이는 말 그대로 좋은 자리를 잡아 앉았는지도 모른다. 행이나 성준이 남매 둘만을 동그랗게 낳고는 애기도 더는 배지도 못한 게 이금이한테는 큰 복이 되었다. 자식새끼 주렁주렁 낳아 골몰스레 키워가는 이순이 언니는 저리도 고생이지 않는가.

열 살짜리 행이는 하회 마을 마님들까지도 탐낼 만큼 얼굴이 곱고 새차웠다. 여섯 살짜리 성준이는 어매가 웃으면서

"낸줴 커서 뭐 할래?"

물으면

"돈 많이 벌어 어매한테 크다란 집 사준다."

그러는 거였다.

이금이는 한없이 한없이 행복에 겨웠다.

따로 길삼내이를 하고 있지만 그건 이금이가 하고 싶어서 했고 그 길쌈으로 옷을 지어 재용이 두루마기도 짓고 행이 남매 옷해 입히는 것도, 모든 게 행복했다.

그런 이금이한테 돌음바우골 이순이 언니네가 집이야 살림이 온통 짜부라져 무너졌다는 소식이 들려 왔다. 늦모심기 나락까지 물 뿜듯이 이삭이 패 오르는 음력 칠월이었다.

그 이전부터 빚 때문에 어쩌면 집안이 망할 거라고 이웃 마을 사람들까지 입놀림을 하고 부집대었다. 장득이 어깨가 점점 무거워지고 이제는 더 버티고 있을 수 없어 주저앉게 됐을 때, 문득 장득이는 엉뚱한 생각을 했다.

장터 껄렁패들은 농사철도 아랑곳않고 노름을 하고 있다는 걸 알자, 장득이는 슬그머니 마음이 움쩍거렸다.

이제 겨우 아시논을 매고 한숨 돌리고 있는데 집을 나간 것이다. 이전에 자주 노름방 출입이 잦았던 장득이는 뒷돈 얻어 쓰는 건 쉬웠다. 노름방 뒷돈은 길미돈보다 이자가 비싸고 빈틈없이 갚아야 했다.

보름 동안 장득이는 노름방에서 먹고 자고 돌아오지 않았다.

"어매임요, 어짜마 좋제요? 애비가 저르다가 큰일 낼지 모리니더."

이순은 이것저것 걱정이 태산 같았다.

"무신 소리 그리하노? 남정네 하는 일 여편네는 군시렁대마 안 된다."

어이없게도 분들네는 장득이가 대단한 일이라도 하러 간 것처럼 은근히 바라는 눈치였다. 하기야 사람 살아가는 데 요행을 바라는 것도 나쁜 게 아니지만 노름판에 간 자식한테 기댈 게 뭐 있다던 고. 이순은 안팎으로 일에 지치면서 혼자서 애만 태울 뿐이었다.

그런 장득이는 보름 만에야 온몸이 파김치가 되어 첫닭 우는 새벽에 돌아와 밤낮 사흘을 꼼짝 않고 들어박혀 잠을 잤다.

눈알은 시뻘겋고 콧구멍은 그을러 새카맣고 중우 적삼은 걸레짝처럼 고질고질했다. 거지행세나 같은 몰골이 되어 돌아온 것이다.

아무도 무어라고 물어 보지도 못한 채 서로 눈치만 보고 지낼 뿐이었다.

그러나 장득이 보름 동안 노름방에서 저지른 노름빚이 여태 지고 있던 빚보다 갑절도 넘었던 걸 짐작도 못했다.

칠월 중순이 되면서 이순이 뱃속 애기가 제법 자라나 몸이 홀가분치 못했다. 그날도 이순은 여름내 모아 놓은 보리 꿰뎀이를 까부느라 온몸이 휘청거렸다. 수득이 데럼은 경청경청 일하다가도 어느새 빠져나가 그늘나무 밑으로 숨어 버렸다. 수복이와 재복이는 소 두 마리를 시시마끔 한 마리씩 몰고 풀을 뜯으러 나갔고 지복이와 순옥이는 봉당에서 코를 맞대고 동두깨미살림을 하느라 그래도 울지 않아 고마웠다.

분들네는 도랑에 담궈 놓은 삼단을 가져다가 대추나무 밑에 앉아 삼 껍질을 벗기고 있었고, 재득이는 여전히 삿갓집 방구석에 틀어박혀 있었다.

주재소 순사가 집달리를 둘 데리고 들이닥친 건 점심 나절이 지난 한참 뒤였다. 마침 장득이는 며칠 전 큰물에 터져 버린 봇둑을 막으러 가고 없었다.

"김장득! 있소?"

집달리 하나가 큰소리로 장득이를 부른다. 분들네는 벗기던 삼 껍질을 손아귀에 불끈 쥔 채 사시나무 떨듯이 떨고 이순이도 낯빛이 하얗게 질렸다.

"저어게, 보가 터져 나가 수리하러 갔니더."

분들네는 입에 침이 말라 더듬거리며 겨우 말했다.

"없어도 좋으니 막카 차압하시오!"

누가 그렇게 말했는지 가늠할 수도 없었고 일이 이렇게 되는지도 몰랐다.

집달리들은 빨간 딱지를 집안 구석구석 정지 밥솥 소댕이까지 붙여 나갔다.

고방문에도 뒤주문에도. 그리고는 그늘나무 밑에 있던 수득이를 앞세워 논들로 나갔다. 부옇게 패오른 나락논 여기저기 말뚝을 박고 거기도 어김없이 딱지가 붙었다.

이순은 웃골 버드나무 아래 봇둑으로 쫓아갔다.

"수복이 아배요, 보래요!"

장득이는 적삼을 아예 벗어 놓고 굵은 돌멩이를 끙끙 들어다 봇둑을 쌓고 있다가 이순이 헐떡대며 부르는 소리를 들었다. 뭔일인지는 몰라도 이순이가 저렇게 숨막히게 뛰어오며 부르는 건 처음이어서 놀랜 얼굴로 바라봤다.

"무슨 일이로?"

"큰일 났더. 집달리들이 와서 고방문꺼정 못 열게 하더이."

"뭐라꼬!"

장득이 낯빛이 졸지에 노래졌다.

"쌔기 집에 가시더."

"안 된다."

"와 그르니껴? 순사가 이녁을 찾고 있는데요."

장득이는 갑자기 허둥대며 벗어놓은 삼베 적삼을 서둘러 입으면서,

"암말도 마고 그양 가서 나는 어디 있는둥 없다 캐라."

하는 것이었다.

"있는 사람을 어예 없다 카니껴?"

"나는 이따가 저물그덩 들어갈 채미니 누가 찾아도 없다 캐라."

장득이는 서둘러 건너편 산으로 달아나고 있었다. 이순은 어쩌면 장득이가 순사한테 끌려갈지도 모른다는 생각이 들었다. 이 일은 보통일이 아니라 사람까지 해치고 말 것 같아 그만 정신이 아뜩해졌다. 도로 집으로 뛰어와 아이들을 불러 모으고, 그리고는 앞으로 어찌 될는지 새파랗게 질려 떨고 있었다.

건넛집 서서방이 와서 마답에 매인 소를 보고는,

"집달리들이 소는 어예 못 봤제?"

하고 물었다.

"들에 믹이러 갔는 새 와서 못 봤더이."

분들네가 그러자 서서방은 두 팔을 흔들면서 깝치듯이 야단을 친다.

"그르마 얼른 소를 몰고 피하소. 소꺼정 잡아갈 텐데 이냥 있어 안 되니더."

그러나 분들네나 이순은 참말 뭘 어찌 했으면 좋을지 막막했다.

정지 솥이야 사랑채 가마솥까지 딱지가 붙어 있어 아무 것도 끓여 먹을 수도 없었다.

수득이가 소깝불을 놓고 거기다 감자를 한 소쿠리 붓고 구웠다.

식구들이 군 감자를 먹고 있는데 그때서야 장득이가 소리죽이며 집에 돌아왔다.

분들네는 주먹으로 장득이 등을 내리치며 벌써 울먹거리고 있다.

"이눔아, 어얄 채미로! 이눔아……."

"이러지 말고, 얼른 서둘러 가시더. 이냥 있으마 나는 잡히 가니더."

"이 밤중에 어델 간단 말이로? 갈락끄덩 니 혼자 가그라!"

"저어게 어르신네요, 누가 우리 소 살 사람이 없을리껴? 바쁘이께네 주는 대로 받고 팔어 주이소."

장득이는 서서방 어른한테 빌듯이 여쭈었다.

"이 밤중에 누가 소를 사겠노? 각중에 돈을 가진 사람이 있을란가……."

그러나 하늘이 무너져도 솟아날 구멍이 있다 했듯이 황소 한 마리를 오십 원에 팔 수 있었다. 생골 부자 강씨네가 사 간 것이다. 장에 내다 팔면 팔십 원을 쉽게 받을 수 있는 네 살배기 황소였다.

조석이 살았을 때부터 애지중지 키워 온 이 집안의 재산이었다.

소 두 마리를 다 팔려는데 분들네가 새끼 밴 암소는 기어코 못 팔게 했다.

"안 된다! 갈라끄덩 너어꺼정만 가그라. 나는 재득이 데리고 따로 갈 채미다. 소 한 마리는 내가 그냥 몰고 갈 끼다."

이렇게 해서 분들네는 마흔 해나 살아온 돌음바우골을 뒤에 두고 뿔뿔이 흩어졌다. 그것도 죄진 몸으로 야반도주를 하게 된 것이다.

이순은 다섯 달이 조금 넘은 뱃속 애기를 품고 등에는 세 살배기 순옥이를 업었다. 다섯 살짜리 지복이는 장득이가 업고 여섯 식구만 따로 왜기재를 넘어 정한 곳도 없이 그냥 북쪽을 향해 밤길을 걸어갔다.

"어매임요, 지발 몸 살펴 주시고, 작은데럼은 형님하고 어매임 잘 모시이소."

이순이 선 채 몸을 구부려 인사를 하자 수득이는 꺼이꺼이 울고 말았다.

아들 식구를 북쪽으로 보내 놓고 분들네는 소 등에 이불 보따리를 얹고 쌀독에 있는 대로 쌀을 퍼 싣고, 다른 물건도 이것저것 요긴한 걸 수득이 재득이 등에 지워 반대 쪽 남으로 밤길을 더듬어 갔다.

"못골 말숙이네한테로 가 보자."

분들네는 어깨를 펴고 꿋꿋이 꿋꿋이 걷고 걸었다.

15

칠배골은 이 해 가을도 여전히 딴 데 산골보다 일찍 찾아왔다.

올 가을 이석이네는 전에 없이 바빴다. 순덕이가 시집을 가게 된 것이다.

지난 봄, 정원이 이리로 와서 자리잡고 나서 여태 하지 못했던 길쌈농사를 시작했다.

정원은 달옥이를 데리고 장터 씨앗전에 가서 삼씨 고르는 것부터 가르쳤다. 반들반들 윤기가 나고 오도독 알이 고른 걸로 한 되 반을 받았다.

달옥이는 늦은 나이에사 길쌈을 배우게 되어 힘도 들었지만 즐거웠다.

동네에서 내준 바닥밭에다 삼을 갈았다. 이석이 괭이로 긁고 삼

씨는 정원이 뿌렸다. 몇 고랑 뿌리다가 정원은 며느리한테 씨두구미를 건네 주면서,

"에미야, 요렇게 니도 한분 뻐려 봐라."

하고는 삼씨 한 줌을 오부려 쥐고 암송아지 오줌 지리듯이 쨀금쨀금 뿌려 나갔다.

"지가 잘못하마 어야니껴?"

달옥이는 겁이 났다.

"첫 술에 배부른 게 어데 있나. 겁내지 마고 뻐려라."

달옥이는 손이 떨려 삼씨가 벗골에 튕겨 나가는 게 더 많은 것 같았다. 그러나 정원은 암말도 않고 보고만 있었다.

달옥이는 이마에 땀이 맺히고 정신없이 한 바퀴를 뿌리고 나니 좀더 솜씨가 늘고 이내 떨리던 가슴이 가라앉는다.

"그래, 그라마 된다. 봐라 대분에 잘 하잖나?"

이렇게 해서 달옥이는 삼을 갈 때부터 차근차근 배워 나갔다.

삼밭은 자라는 모양만 봐도 그 해 삼농사를 가름할 수 있다. 달옥이가 삼씨를 뿌린 삼밭은 드문 쪽은 우북우북 잘도 컸고 달게 뿌린 쪽은 노랗게 더디 자랐다.

거두고 보니 머구집이 반이나 되었다.

그러나 오랫만에 시어매와 며느리는 손을 맞추며 삼대 한 대궁 한 대궁 살뜰이 만지며 그 삼배 길쌈처럼 정이 깊어졌다. 가지가 벌고 어설픈 건 지게 고리나 소잇가리로 쓰면 되고 머구집은 무삼 베, 고운 삼대는 지추리로 나눈다.

삼대 한 대궁도 버릴 건 없다.

지추리는 톱으로 겉껍질을 훑어내고 속껍질로만 하는 것이고, 무

삼베는 겉껍질이 붙은 걸 그냥 드문드문 쪼개어 무릎 위에 얹어 머리끝과 꼬리끝을 비벼 잇는다. 그걸 물레에다 길게 길게 자아 돌 것에 감아 잿물에 익히거나 오줌분지에 담갔다가 냇물에 두둘겨 겉껍질을 벗겨낸다. 무삼베는 까다롭고 힘들지만 질기기 때문에 농사꾼들의 일옷으로는 더 없이 좋다.

순덕이한테는 삼 껍질을 쩰 때부터 꼼꼼히 가르쳤다. 노랑 지추리는 가늘고 고르게 쪼개야 한다. 왼손 검지가락에 한 꼭지씩 되는 삼을 뱅 틀어 다른 손가락으로 붙잡고 오른손 엄지가락 손톱으로 쪼갠다. 지추리는 눈썰미가 좋아야만 된다.

"순아, 니 신랑 옷감은 니 손으로 짠 삼비로 하두룩 해라."

"할매는 남세시럽다만."

순덕이는 얼굴을 붉혔지만 그래도 가슴은 콩콩 뛰었다.

그 순덕이 신랑은 의성 읍내서 소금장사를 하는 무지랭이 총각이었다. 신랑감 오복이는 의성 읍내 빠꼼이 집에서 나이 많은 할매하고 둘이 살았다. 저지난해 어매 아배와 동생들은 만주로 살길을 찾아 떠나갔고 죽어도 가지 않겠다는 할매 때문에 오복이는 남은 것이다.

스물한 살짜리 오복이는 이 장 저 장 다니며 소금을 파는 장돌뱅이가 되었다.

칠배골 장터 쇠전 모퉁이에서 소금을 팔고 있는 오복이를 처음 본 건 지난 겨울 이석이 쇠전 구경을 나갔다가 소금 한 되배기를 샀을 때였다. 머리는 하이칼라로 깎았지만 바지 저고리는 누덕누덕 기웠다.

그날은 소금 한 되만 샀고 그 뒤로는 지나치다가 얼굴을 마주하게 되면 오복이쪽에서 이석이한테 꾸벅 절을 했다. 그러다가 섣달 어느 장날, 난데없이 눈발이 몰아쳤다. 오복이는 소금자루를 껴안고 쇠전 모퉁이 개장국집 추녀 밑에 웅크리고 눈발을 피했다. 그 앞을 지나치던 이석이 흘깃 쳐다보고

"이보게, 거 서 있지 마고 우리 집에 가세."

그러면서 이석은 오복이 웅크리고 서 있는 추녀 밑으로 다가갔다.

"아이시더, 괘한으이더."

오복이는 소금자루만 불끈 끌어안고 고개를 젓는다.

"눈이 안 근챌 낀데……. 집은 어딘고?"

"읍내시더. 의성요."

"재를 넘어 오십 리가 넘을 낀데, 집에 어예 갈란고?"

"눈이 근채만 가제요. 글케 많이 올라꼬요."

그러나 눈은 점점 세차게 퍼부었고 오복이 할 수 없이 이석을 따라 나섰다.

눈보라를 안고 걸으면서 오복이가 물었다.

"어른신네는 뭘 하시니껴?"

"농사짓고 동네 일도 보제."

"장날매둥 쇠전엔 뭣하러 자주 오시니껴?"

"그냥 소 귀경하러 나오제."

"소 귀경이 재미있니껴?"

"그래, 돈이 많으마 소나 한 마리 샀으마 싶으네."

"아직 집에 소가 없니껴?"

"없다네. 형편이 안 돌아가 살 수 없었다네."

둘은 말을 주고 받으며 웃골목 들머리집 고지기네 집에 닿았다.

궂은 날, 낯선 손님은 반갑지가 않다. 하지만 이석이네 집 식구들 아무도 손님을 싫어하지 않는다. 이석은 삼밭골서 수동댁 주막에 손님이 나드는 데 길들여져 있었고 달옥이는 아직까지 사람이 그리운 판이다. 이래서 소금장수 오복이는 첫날부터 따뜻이 손님대접을 받았다.

달옥이는 조밥이지만 시래기국과 찐 된장으로 푸짐히 대접했다.

눈은 좀처럼 그치지 않아 오복이는 건넌방에서 이석이와 순태, 순원이와 같이 묵었다.

이날 밤, 오복이는 할머니와 단 둘만이 살게 된 집안 이야기를 들려 줬고, 어서 돈을 벌어 어쩌면 만주로 떠난 식구들을 도로 데려오고 싶다고 했다.

"그래, 소금장사가 할 만한가?"

이석은 칠배골에서 달옥이와 함께 부대기밭을 일구며 고생했던 것을 떠올리며 물었다.

"기우기우 먹고 살 만치는 되지만 아직 모두지는 못하니더."

오복이는 쑥스럽게 대답하며 웃었다.

"그래, 먹고 살다보마 모다질 때도 있을 걸세."

"일본 사람들이 조선에 들어오고부터 농사꾼들이 살기 더 힘들어졌제요."

"글쎄다. 모두 만주로 일본으로 살길을 찾아 떠나는 걸 보니 앞으로 나라가 어째 될지 걱정이네."

그러고부터 오복이 총각은 종종 이석이네 집에 와서 점심 요기도 하고 궂은 날엔 묵어가기도 했다.

지난 봄, 정원이가 이리로 왔을 때 웬 낯선 총각이 장날이면 찾아오는 걸 봤다.

"어매임, 읍내 사는 소금장사 하는 총각이시더."

달옥이가 정원이한테 알려줬을 때, 정원은 뭔가 예삿일이 아닌 걸 느꼈다.

오복이라 부르는 소금장수 총각은 키는 자그만했지만 새까만 눈썹이 야무져 보였다.

"그른데 어째 우리 집에 자주 오네?"

"애비가 불쌍타고 날만 궂으만 디루고 오고 점슴 때도 디러다 요기를 씨게는구마요."

"나이 몇이라제?"

"스물하나라 카니더."

정원은 돌아서서 가슴을 쓸어 내렸다.

이석이 달옥아와 그렇게 맺어졌던 것도 모두 인연인데, 그게 하늘의 뜻이면 어쩔 수 없겠지. 동네 머슴 노릇하는 애비가 어째 번듯한 사위를 바라겠는가? 번듯한 사위란 또 뭐고? 세상에 사람 다른 게 뭣이 있는고?

이런 것이 모두가 운명인지 정원의 마음도 어느새 소금장수 오복이한테 끌리고 있었고, 결국은 정원은 소금장수를 손주사위로 삼게 된 것이다.

이석은 칠배골 부대기밭까지 농사일에 힘들면서 마을에 좋은 일 궂은일을 보살펴야 했다.

삼밭골에 떨어져 있을 땐 보지 않아 잊고 살 때가 많았는데, 정작 눈앞에서 지켜보니 안스럽고 허전했다.

순흥 가래실에서 건재가 그렇게 죽지만 않아도 이석이 저리 고생
스레 살지는 않을지도 모른다는 생각도 했지만, 정원은 이내 고개
를 저었다.

'그래도 이석이는 지 소실하고 자석은 안 냇비리고 살어 주이 고
맙제.'

정원은 그러면서 섶밭밑 복남이와 영분이 생각을 했다.

'서억이 가아도 지 맘대로 안 되니 저리 떠돌아댕기며 고생이제.
할배도 아배도 모도 왜놈 순사한테 죽었으이 얼매나 원통캤노?"

이석이네 동네 머슴살이도 일 년이 되었다. 칠배골 불탔던 부대
기밭은 조밭도 콩밭도 모두 전에 없이 잘되었다.

"순덕이 시집 간다꼬 곡속도 알아주는갑제."

이석은 허리 밑까지 땋아내린 순덕이 머리꼬리를 바라보며 웃었
다. 열아홉 해 전 달옥이와 함께 낯설은 칠배골에 둘만이 찾아와
살아오면서, 추위와 굶주림으로 둘이 부둥켜안고 한없이 울었지 않
은가.

이석은 그때 외할매 수동댁이 일러준 말이 생각났다.

"이석아, 니는 사내 대장부다. 대장부는 지가 저질른 걸 지가 끝
꺼정 책임져야 한다."

이석은 그 말대로 얼마나 입술을 깨물며 모질게 살았던가.

잔칫날이 다가오던 어느 날, 이석은 순덕이를 데리고 달이 휘영
청 밝은 냇가로 나갔다. 가을 밤은 차가와 모닥불을 가운데 피워
놓고 마주 앉았다.

순덕이는 모닥불 건너 아배를 쳐다보니, 아배는 뭔가 하고 싶은
얘기가 있어 보였다. 그런데도 아배는 꼬챙이로 타고 있는 나뭇가

지만 거둬 올린다. 광대뼈도 턱뼈도 아배 얼굴은 모든 뼈가 불거져 나왔다. 귀밑으로 수염이 덮이지 않았으면 아배 얼굴은 어찌 생겼을지, 수염 때문에 깡 마른 데를 가리워줘서 다행이었다. 모닥불 때문에 낯빛이 온통 빨개졌는데 눈빛만이 까맣게 반짝거린다.

"아배요, 그만 집에 가시더."

모닥불은 사그라져 가는데 아배는 내두룩 아무 말을 않자 순덕이는 지루했다.

"그래, 그만 가자."

이석은 뭔지 할 말을 못하고 일어났다. 사그라져 가는 모닥불을 짚신발로 자근자근 밟아 불씨가 없도록 다져놓고는 이석이 앞장서서 냇물 둑길을 걸었다. 순덕이는 아배 뒤를 바싹 붙어 따라 걸었다.

"순아."

앞서 걸어가던 이석이 우뚝 멈춰 서면서 순덕이를 부른다.

"뭔데?"

순덕이도 걸음을 멈추어 서면서 아배 얼굴을 쳐다봤다.

"니 먼처 집에 들가그라. 아배는 좀더 있다가 들갈꾸마."

"추분데 뭐하러 있니껴?"

"그냥 좀더 있다 갈 끼까네 어서 들가그라."

순덕이는 찌뿟찌뿟 할 수 없이 먼저 걸어갔다. 순덕이 발자국 소리가 안 날 때쯤 이석은 둑길 섶에 쭈그리고 앉아 무릎을 머리에 묻으며 그만 흐느껴 울었다. 울면서 가래실에서 아홉 살 때 죽은 아배를 불렀다.

"아배요……아배요……."

어쩌면 이럴 때, 서억이라도 곁에 있으면 외로운 걸 덜어줄 수 있을 텐데, 이석은 혼자서 그렇게 울고 또 울었다.

여태 살아온 일들이 그렇고, 또 앞으로 어떻게 힘든 세상을 살아갈지 칠배골 장터 동네 머슴 이석은 너무도 적막하고 외로웠다. 그것이 맏딸 순덕이를 시집 보내는 애비의 허전한 마음까지 겹쳐서 울음은 좀처럼 그치지 않았다.

이석이 이러는 것과는 달리 달옥이와 정원이는 잔치 준비에 바쁘고 가슴이 설레었다. 정원은 아들 며느리가 혼례도 못 치르고 살아가는 게 마음 아팠는데 순덕이 혼렛날을 기다리는 게 기쁘지 않을 수 없었다.

달옥이는 길쌈도 못했지만 바느질도 서툴렀다. 밤늦도록 시어매 정원이와 마주 앉아 등잔불 밑에서 순덕이 치마 저고리를 손을 맞춰가며 짓는 일은 참으로 행복했다.

잔칫날은 장터 마을 사람들이 줄지어 감주동이를 이고 왔다. 낯선 마을에 와서 일 년 동안 몸으로 살아준 것이 이런 보답으로 돌아온 것이다.

그렇게 순덕이를 소금장수 오복이한테 보내 버린 이 해 겨울, 이석은 문득문득 외로워 아무도 몰래 눈물을 흘린 것이 한두 번이 아니었다.

우구치는 경상도와 강원도 중간에 있었다. 춘양 장터에서도 사십 리나 들어가는 산속의 산이었다.

장득이네가 우구치 산속까지 온 건 돌음바우골을 떠난 뒤 한 달이 지나서였다. 팔월이 다 가는 우구치는 가을이 한창이었다. 산꼭대기로는 죽죽 뻗은 소나무가 빽빽이 서 있고 기슭으로는 참나무가 아름들이로 자라 있었다.

도심이서 강줄기를 따라 올라가면 뜸뜸이 외딴집이 오 리에 한 집, 십 리에 한 집씩 있었다. 우구치 외딴집은 그 가운데서도 제일 막장이었다.

"먹고 살기 에라버 어디나 살 데를 찾아가니더."

장득이는 주막이나 어디 쉴 때면 그렇게 말하였다.

"어데꺼정 가는지는 몰래도 시상 모도 살기 에라버 마땅한 데가 잘 있어야지요."

다행히 장득이네가 빚쟁이한테 쫓겨 달아나고 있다는 건 아무도 눈치채지 못했다. 그냥 지주한테 땅을 뺏기거나 시달려 좀더 살기 좋은 데를 찾아가는 걸버생이로 알았다. 어디서나 식솔들을 거느리고 만주나 일본으로 가려는 떼거지들이 많은 세상이니 모두 그런 줄로만 알았다.

"어디 산중에 팔밭(개간지)이라도 쪼아먹고 살 데가 없을리껴?"

장득이는 만나는 사람이면 꼭 산중으로 가서 살게 해 달라고 부탁했다.

춘양 장터에서 만난 다래끼장사꾼이 우구치 이야기를 꺼냈다.

"거게 가마 빈집도 하나 있고 밭떼기도 있제만 하도 짚은 산골이래서 아아들 디루고 갈리껴?"

"괜찮으이더. 산중일수록 좋으이더."

다래끼 장수는 팔던 다래끼를 주막에다 맡겨 두고 일부러 앞장서 도심이에 있는 우구치 외딴집 주인한테로 데려다 줬다.

성이 장가라고 하는 오십이 다 된 주인은 한쪽 눈이 찌그러진 애

꾸눈이었다.

"그냥 가서 살라요. 콩하고 조하고 조꼼 심어 논 거 추수해서 반만 주소."

하는 것이었다.

장서방은 지난 봄에 들어가서 칠월까지 살다가 이곳 도심이 형네가 만주로 가는 바람에 그냥 두고 온 것이다. 얼마나 산골이면 집도 밭떼기도 그냥 남에게 주기도 하고 버리기도 하는지 희안했다.

장서방은 앞장서서 우구치까지 데려다 줬다. 산굽이를 돌아돌아 한나절이 훨씬 넘도록 걸어 들어가니 더는 들어갈 골짜기도 없이 사방이 막힌 골짜기에 방 하나에 가작정지가 붙은 막살이 집이 있었다. 바로 집 옆 여기저기 손바닥만한 밭떼기가 뙈기뙈기 비탈로 붙어 있고 오요강아지만한 조 이삭이 그래도 고개를 숙여 노랗게 익어가고 있었다.

정지 안에는 소댕이도 없는 질솥이 삐딱하게 걸려 있고 국단지 몇 개가 부뚜막에 놓였을 뿐 그릇도 숟가락도 없었다.

"오늘은 이양 자고 내일 춘양 나와서 밥그릇하고 숟가락 및 개 사야겠네요."

장서방은 그렇게만 일러 놓고 곧장 돌아서 골짜기를 나갔다.

마른 나무는 지천으로 널려 있어 방에 군불을 지피니 이내 방바닥이 뜻뜻했다. 너덜너덜 떨어진 문구멍엔 풀을 뜯어 뭉쳐 틀어막았다. 벽에다 꼬끌불을 부치니 방안은 호뜻하니 따스웠다.

한 달이나 길에서 시달린 아이들은 그냥 쓰러져 자고 이순이도 무거운 몸을 눕혔다. 갑자기 세상이 어찌 되어가는지 두려워졌다.

돌음바우골에서 시어매 분들네와 헤어져 밤길을 허둥대며 걸어올 땐 그냥 아무 생각 없이 걷고 또 걷기만 했다. 아이들도 누가 붙잡으러 온다는 걸 알았는지 숨죽이며 그냥 따라 걸었다.

십 리를 걷고 이십 리를 걸어가자 등에 업힌 순옥이가 칭얼거리기 시작했다.

"옥아, 괜찮다, 괜찮다."

이순은 순옥이 등을 다독거리며 달랬지만 그때는 이순이도 몹시 지쳐 있었다.

"수복이 아배요, 쫌 쉬이 가시더."

숨을 헐떡거리며 그렇게 말하자 장득이는 멈추어 섰다. 등에 업힌 순옥이와 지복이를 내려 놓았다.

어디쯤까지 왔는지 산과 산 사이로 강물이 흐르고 있고 건너편 산은 온통 깎아지른 바위산이었다.

이순은 옛날 스무 해도 훨씬 넘은 그때, 어매 정원이와 오라배 이석이 손에 끌려 먼 길을 이렇게 걸어오던 것이 생각났다. 그때도 무언가 뒤에서 쫓아올 듯이 무서워 떨며 걸었지 않는가. 동생 이금이는 한사코 어매 등에 업혀 칭얼대었고.

순옥이는 앉아서 쉬는 이순이 가슴에 안겨 있으면서도 무서운지 바들바들 떨었다. 하늘엔 온통 별이 빽빽이 흩어져 반짝거리고 달빛이 환하게 강물을 비추었다. 밤뻐꾸기가 울고 있고, 먼 데 마을엔 아직도 마당에서 광솔불을 피우고 일하는지 한 점 두 점 불빛이 보인다.

강물 소리는 주룩주룩 나고 개똥벌레가 어지러이 날고 있다.

"어매, 고마 집에 가자."

순옥이가 울먹거리며 조르자, 그때까지 아무 말 않고 있던 지복이도 따라 훌쩍거리며 운다. 재복이가 지복이 어깨를 감싸며 달랜다.

"그래, 쪼매만 참어래이, 엉야 엉야……."

한티재를 넘을 땐 벌써 날이 훤하게 밝아왔다.

장득이는 나루터를 비켜 훨씬 거슬러 올라가 물이 얕은 쪽을 봐서 그냥 건넜다. 재복이 가슴팍까지 차오르는 강물은 아침이어서 차가웠다. 이순은 치마를 걷어올렸지만 고쟁이는 다 젖어버렸다.

읍내를 지나서 멀리 떨어진 외딴집 주막에 들러 아침밥을 사 먹었다.

아이들도 지쳤고 이순이도 힘이 들었지만 장득이는 마음이 안 놓이는지 그냥 걷고 걸었다. 백 리 길을 훨씬 지나서야 그때부터는 장득이도 지쳤는지 나무 그늘에 자리잡고 쓰러져 잠이 들었다.

이때부터는 하루에 십 리도 걷고 이십 리도 걷고 궂은 날엔 뉘 집에 들어가 비가 그칠 때까지 묵어 갔다.

소 판 돈 오십 원은 그렇게 야금야금 써 버리고 우구치에 닿았을 땐 겨우 십 원밖에 남지 않았다. 그것도 이순이가 간섭하면서 아껴 쓴 덕택이었다.

우구치 산골 외딴집 밤은 온갖 짐승들이 무섭게 울어댔다. 늑대 소리, 여우 소리, 살쾡이 소리, 가끔 가다가 호랑이 소리도 났다.

그러나 장득이네가 묵은 첫날 밤은 식구들 모두가 지쳐 있어 아무 소리도 듣지 못하고 지났다.

이튿날, 장득이는 춘양으로 나가 쌀 한 말 사고 숟가락과 헌 그릇 몇 개는 그냥 얻어 왔다. 그 동안 이순이는 수복이와 재복이를 데리고 꿀밤을 따고 먹을 수 있는 나물을 뜯었다. 다행한 것은 산골에 물이 깨끗하고 머루 다래 같은 열매가 흔했다.

"어매, 아배가 나쁜 짓 해서 우리가 이리 된 거제?"

수복이는 아배가 못마땅해서 이렇게 불뚱거렸다. 열세 살이니 눈치를 볼 줄 아는 나이다.

"그기 아잇다. 할배가 이태 동안 우환으로 눕었고 삼촌도 아프니 약값하고 오죽 돈이 많이 들었겠노."

이순은 수복이 마음을 달래느라 그리 말했지만 속으로는 똑같이 장득이를 원망하고 있었다.

'노름만 안 했이마 가실게 어째어째 빚은 갚을 낀데……'

아침 저녁으로 몹시 춥다. 겨울이 닥치면 겹옷 한 벌 없이 어떻게 지낼지 막막했다.

장득이는 골짜기 웅덩이에 자라는 부들을 베다가 말려 이불을 엮었다. 커다란 도롱이처럼 엮은 부들 이불은 그래도 맨자리에 자는 것보다 훨씬 따뜻했다.

"복이 아배요, 우리 언제꺼정 여게 살아야 되니껴?"

이순은 참으로 답답해져서 장득이한테 물었다.

"낸들 어째 알겠노. 있을 때꺼정 있는 거제."

장득이는 달리 살아갈 궁리도 못하고 대답도 뻣뻣했다.

팔월이 가고 뙈기밭에서 가을걷이라고 한 것이 겨우 콩이 한 말가웃이 되고 조가 서너 말이었다. 임자한테 반을 나눠 주고 나니 여섯 식구 사흘 양식도 안 되었다.

이순은 조를 아예 껍질 째 솥에다 볶아 절구에 빻아 조당수를 쑤었다.

꿀밤을 따서 묵을 쑤기도 하고 그냥 가루를 내어 조당수에다 섞어 죽을 끓이기도 했다.

시월 초순이 되자 눈이 내렸다. 홑적삼 바람으로 밖에 나가는 건 맨몸으로 사는 거나 마찬가지다. 부들 이불만 가지고는 밤이면 추워서 잠을 설쳤다. 거기다 호랑이가 집 근처까지 와서 큰소리로 으르렁대자 아이들은 벌벌 떨며 밤을 뜬눈으로 지새다시피 했다.

"이르다가는 아아들 모두 굶겨 죽일시더. 엄동설한을 이냥 어예 지내니껴? 아무 구체 없으마 내 혼차라도 아아들 디루고 돌아갈라니더."

이순은 장득이야 어쨌든 그냥 혼자라도 떠날 마음을 먹었다.

"가만 어딜 갈 끼로?"

"어디든동 사람 사는 데 가서 빌어먹어도 살아야제, 이냥 앉아서 죽을 수는 없잖니껴."

"……."

장득이는 할 말이 없었다. 어째 보면 장득이는 식구를 거느리고 살아갈 수 있는 가장이 못 되는 대림추인지도 모른다.

그 대신 이순은 섶밭밑 외할매 수동댁 억척 같은 성질이 어려울 때마다 발싸슴하면서 숱한 고비를 이겨 나갔다.

시월 중순 어느 날, 이순은 수복이 등에 먹다 남은 꿀밤보퉁이를 지우고, 재복이한테도 볶은 콩 서너 되를 둘러메웠다. 그리고는 순옥이를 업고 지복이 손을 잡고 우구치 산속 오두막을 나섰다. 장득이가 무슨 구체라도 낼까 기다렸지만 꿈쩍을 않는다.

순옥이는 집으로 돌아간다니까 단박에 얼굴에 참꽃빛이 돈다. 지복이는 아배 혼자 남겨 두고 가는 게 걱정스러워 자꾸 뒤를 돌아봤다.

우수수 가랑잎이 날리고, 양지쪽에 어쩌다가 아직 피어 있는 보랏빛 용담꽃이 추워 보인다. 굴뚝새들이 덩굴숲에서 모여 있다가 사람 소리가 나자 풀싹 흩어져 날아간다.

이순은 만삭이 된 배를 헐떡이며 앞장서서 걷고 걸었다.

골짜기를 한참 걸어나오는데 갑자기 재복이가 소리친다.

"아배 온다!"

이순은 가슴이 뜰꺽했다. 어쩐지 다행이었고 고맙기도 했지만 사람이 왜 저리도 못났나 싶어 욱기가 생겼다. 그래 들은 체도 않고 그냥 걸어가기만 하다 보니 어느새 장득이 뒤에서 숨가쁘게 부른다.

"옥이는 거기 내라놓제!"

그런다.

그래도 이순이 못 들은 척 가니까 장득이는 잰 걸음으로 뒤쫓아 와서 이순이 등에 업힌 순옥이를 낼름 안았다.

"사람 실없게도, 혼자 있을라마 남아 있는 거제, 왜 쫓아오제……."

이순은 자꾸 울컥울컥 속이 치받는다.

"……."

장득이는 뭔 말을 할 처지가 못 되어 쑥스럽게 그냥 따라 걷기만 한다.

한나절이 훨씬 지나서 도심이에 나왔다.

이순은 그럴 듯싶은 집을 찾아다니며 헌 옷가지를 구걸했다.

"두디기라도 좋으이께네 헌 옷이 있으마 적선해 주이소."

무삼베 홑적삼 바람으로 떨고 있는 이순이 몰골은 말이 아니었다.

"쯧쯧, 어야다 안죽도 여름옷이껴?"

그러면서 마실 아낙들은 구석구석 헌 옷가지를 찾아내어 건네준
다.

지복이한테는 좀 크기도 하고 수복이한테는 작기도 한 누더기옷
을 모두 홑옷 위에 덮어 입으니 이젠 추위는 견딜 수 있었다.

이순은 주머니에 꽁꽁 감춰 됐던 돈으로 좁쌀을 몇 되 받았다.
주막에 들러 밥을 사 먹으면 한끼밖에 못 사 먹을 것이기 때문이
다. 어찌해서라도 삼밭골까지는 가야 한다. 거기만 가면 앞뒤 이웃
들이 이 어려운 대목을 같이 넘겨 주겠지. 칠배골로 간 어매 정원
이는 내가 이렇게 힘들게 쫓겨 나와 있는 걸 알까? 이석이 오라배,
그리고 서억이 오라배도 생각난다. 귀돌이는 어째 살고 있을까? 훗
살이 간 말숙이 액씨는 배고프지 않게 지낼까?

춘양 장터까지 오니 날이 저물어 어둡다. 이순은 장터 마실을 지
나 외딴 홑진 곳에 있는 어느 집으로 들어갔다.

"길가다가 저물어 들어왔니더. 아아들이 춥어 한데 잠을 재울 수
없어 헛간이라도 묵어갈 수 있을리껴?"

건넌방 문이 열리고 바깥 남정네가 내다봤다. 남정네는 한 떼서
리나 되는 걸버생이를 보고 놀라는 듯 싶더니 이내 큰소리로 안방
쪽을 보고 이것저것 일른다.

"여게 길가든 손이 왔으이 내다보게!"

안방문이 열렸다.

"어데서 온 손이제요?"

봉당 디딤돌을 딛고 아낙이 이윽히 바라보며 묻는다.

"먼 길 가세는 것 같으이 안댁을 큰방으로 모시게. 그라고 바깥
양반은 아아들 디루고 일루 오시소."

이순은 순옥이만 데리고 안방으로 가고 머슴애들 셋은 장득이를
따라 건넌방으로 가게 했다.

안방에는 아낙이 방금까지 실을 잣던 물레가 윗목에 놓여 있고,
아이들 남매가 아랫목에서 하내나 두내나를 하고 있었다. 오라배되
는 머슴애는 여섯 살쯤 되어 보이고 작은딸 아이는 네 살쯤 되어
보였다. 아이들은 제 또래 되는 순옥이를 뚫어지게 보더니 이내 끌
어다가 곁에 앉힌다. 아이들이나 안주인이나 누더기옷을 입고 있는
길손을 예사 이웃사람 대하듯 했다.

"어데 먼 데 가시니껴?"

"우구치 살다가 고향에 도로 가는 길이시더."

"글케나 짚은 산중에 아아들하고 못 살게시더. 도로 고향 가는
걸 잘 했니더."

안주인은 조그만 몸집이 흡사 말숙이 비슷하게 닮았다.

"저게, 안됐니더만 점두룩 아무 것도 못 먹었니더. 정지솥을 쫌
써도 될리껴? 여게 좁쌀이 있는데 밥 한술 끓어 먹그러요."

이순이 좁쌀 자루를 만져 보이며 물었다.

"아이고 그릏제요! 가만 있으소. 내가 퍼뜩 밥해 옴시더."

안주인은 먼저 저녁 인사를 못 한 게 미안스러워하면서 서둘러 나
가더니 시래기국에 조밥을 해서 건넌방에다 차려 주고 안방에도 들
고 왔다.

"시장은데 얼른 드이소."

이순은 너무 분수에 넘친다 싶어 미안했지만 차려 주는 저녁밥을

맛있게 먹었다. 밥그릇을 물리고 나자

"고단은데 누워 쉬시소."

한다.

이순은 얼른 되받아,

"아이시더. 먹은 게 내려가야지요. 어디 꼬치 비빌 게라도 있으마 주이소."

했다.

안주인은 잠시 미적거리더니 시렁 위를 쳐다본다. 이순이도 따라 쳐다보니 등등산처럼 목화솜이 얹혀 있다.

"저깃네요. 한 광지리만 비비시더."

이래서 안주인은 물레로 실을 잣고 이순은 고치를 비볐다.

"우구치는 언제부터 살었니껴?"

실을 자으면서 안주인이 물었다.

이순은 숨길 것도 없어 대강 있었던 집안 얘기를 했다. 장득이 노름했다는 것만 빼놓고.

"이녁 땅 없이 농사짓는 게 힘들께시더. 그 동안 얼매나 고생했을리껴?"

"그래도 아배임 살었을 땐 부지런히 일해서 먹고 사는 건 기럽잖게 살었는데, 갑재기 아배임이 돌아가시고 아아들 삼촌이 몸에 나쁜 빙이 나고……."

이순은 재득이 문둥병을 앓고 순지가 아들 삼진이를 뺏기고 목매달아 죽은 얘기까지 들려줬다.

"……아아들한테는 움고모랬지만 친고모님 못지않게 정붙이고 살었는데, 그리 됐구만요."

"쯧쯧, 집안에 힘든 일이 많았네요. 그만치 했으마 앞으로는 좋은 일 있으께시더."

"그렇제요? 아아들하고 부지런히 일해 살마 무슨 구체 나겠제요."

이순은 삼밭골에 돌아가 지난날 시아배 조석이와 일하면서 살았던 것처럼, 그렇게 살고 싶었다. 장득이가 한눈 팔지 말고 일만 꼬박꼬박 해주면 굶지 않고 춥지 않고 살 수 있을 것 같았다.

아랫목에서 놀던 아이들이 어느새 쓰러져 잠들고 둥둥산처럼 많던 목화솜이 모두 고치로 비벼졌다. 이순은 하품이 나고 몸이 가눌 수 없을 만큼 힘들었다.

"아이구, 어째 고치를 그리도 잘 비비니껴? 내 혼자 끌으마 사흘 지녁은 비벼야 할 낀데……."

주인댁은 참으로 대견스레 바라봤다.

이렇게 이순은 천생 일할 팔자를 타고 났는지 그 일 때문에 어디를 가도 괄세를 받지 않고 지낼 수 있었다.

다음날, 이순이네는 하룻밤 신세진 그 집을 나와 부지런히 걷고 걸었다. 그리고 또 다음 한낮이 되어 안동 읍내까지 왔다.

거기서 이순은 갑자기 발걸음이 멈춰졌다. 삼밭골로 가는 것이 두려워진 것이다. 칼을 찬 순사가 기다리고 있다가 장득이를 잡아갈 것 같았기 때문이다.

"수복이 아배요, 우리 저리 효부골로 가시더."

이순은 이금이가 살고 있는 하회 마을 쪽으로 발길을 돌렸다. 장득이도 그쪽이 훨씬 마음 놓이는 곳이어서 여태 풀이 죽었던 얼굴에 화색이 돌았다. 이제는 장득이도 이순이가 하는 대로 따라가고 있었다.

안평 못골 말숙이는 홋살이가 그런대로 자리 잡혀 갔다. 용필이는 점잖은 농사꾼이었다. 대청마루는 없지만 흙봉당에 멍석이 깔린 시원한 집이, 그 동안 홀애비로 혼자 살면서도 어설프지 않게 집 간수가 잘되어 있었다.

앞들 마늘논 서 마지기와 밭이 또 그만큼 이녘 땅을 가지고 있었다. 암소 한 마리는 혼자 먹이기 버거워 풀밟히기로 남을 줘 놓고 있었다.

시집 간 딸 분이가 이따금 와서 아배 서답도 빨아 주고 놋대접을 쑤세미로 번들거리게 닦아 놓고 갔다. 아배가 재취 장가 가기를 원했던 건 분이쪽이었는지 모른다. 시집살이 하랴 친정 아배까지 수발든다는 건 힘드는 일이었다. 그래서 말숙이가 들어오자 분이는 반가워서 한달음에 찾아왔다.

분이는 어름서름없이 말숙이한테 어매라고 불렀다. 말숙이는 분이가 그러자 두고 온 옥주 생각에 짠하게 가슴을 오볐다.

"어매, 어매가 와서 내가 인젠 짐 벗었구망. 고생시러버도 아배캉 살마 깨가 쏟아질지도 모르제."

분이는 이렇게 우스개도 곧잘 하는 얼분스런 딸이었다.

말숙이는 그러는 분이가 싫지 않으면서도 같이 웃지 못하고 마음 한구석이 서그레했다.

그렇게 말숙이는 홋살이에 재미를 붙이면서 살아가는데, 난데없이 돌음바우골 친정 어매가 찾아온 것이다.

밤길을 걸어온 분들네는 딸네 집에 닿자 그냥 문지방에 턱을 걸치며 체면도 없이 통곡을 했다.

영문도 모르고 말숙이는 막내동생 수득이를 붙잡고

"수득아, 뭔 일이로? 뭔 일이로?"

그렇게 되풀이 물었다.

마당 복판에는 구질구질 짐을 실은 암소와 재득이가 뻬죽하니 서 있고, 분들네는 여간해서 통곡을 그치지 않는다.

한참 동안 말없이 지켜보던 용필이 장모님을 부축해 방안으로 모셔 들였다. 분들네는 가까스로 울음을 그쳤다.

한밤중에 빚쟁이한테 쫓겨 장득이네 식구들과 헤어져 온 걸 울먹울먹 이야기하자 그때서야 말숙이도 울음을 터뜨렸다.

"시상에 이런 일이 어디 있으꼬? 오라배네는 어디로 갔으꼬?"

사정 이야기를 다 듣고 난 용필은 서둘러 소 등에 짐을 내리고 외양간에 들여 매었다. 처남들은 건넌방에 데려다 쉬게 하고 분들네 절박한 마음을 달래느라 애쓰는 것이었다.

"걱정 마이소, 장모임요. 이리로 오시길 잘하셨더. 그만 누워 쉬시마 날이 새는 대로 지가 장모임 살 집을 찾아봅시더."

눈먼 자식이 효자 노릇한다더니, 용필은 친 자식보다도 고맙게 보살펴 주었다.

날이 새자, 지난 밤 말한 대로 용필은 나가서 여기저기 알마직한 데를 찾아나섰다. 그렇게 찾아낸 곳이 두룹골 모퉁이 골짜기에 다랑논 한 뙈기가 붙은 밴달밭 두어 마지기였다. 바로 건너편엔 삼년 전까지 부대기 농사를 짓다가 어디론가 떠나간 빈집이 반 너머 허물어져 있었다.

사흘 뒤, 안평장에 소를 팔아 밭 값을 치르고 밭문서와 나머지 돈을 분들네한테 맡겼다.

"어짜든동 빈집을 날래 손을 봐서 재득이 그리로 디루고 가야제."

분들네는 팔을 걷어붙이고 수득이를 데리고 무너진 빈집을 매만졌다. 용필이 마실 사람들을 데리고 와 허물어진 돌담벽을 쌓고 서까래를 거두어 올리고 알매를 쳤다. 어설프게나마 지붕을 이고 부서진 문짝도 짜맞추어 달았다.

그렇게 열흘쯤 지났을 때였다.

순사 하나와 낯선 남정네 하나가 못골 말숙이네 집을 찾아왔다.

"김장득이 이 집에 와서 숨어 있소?"

혼자서 집을 보던 말숙이는 낯빛이 새파랗게 질렸다.

"오라배는 이리 안 왔니더."

억지로 말하고 나니 온몸이 사시나무 떨듯이 떨렸다.

"거짓말 말고 바른 대로 대시오! 우리는 다 알고 왔으이께."

"저어게……우리 어매하고 동상들만 왔니더. 거짓말 아이시더."

"그럼 동생들은 모두 어디 갔소?"

"저어게……저어게 골짝 안에 집 짓는데……."

말숙이는 더는 말을 잇지 못하고 흐느껴 운다.

"어느 골짝인지 앞장서시오!"

"……."

말숙이는 훌쩍거리며 앞장서서 두룹골 좁은 골짜기로 걸어왔다.

이날 막내둥이 수득이는 한쪽 손목에 쇠고랑을 차고 장득이 대신 순사한테 끌려갔다.

"김장득이를 찾아 보내면 언제든지 풀어 주겠소."

끌려가면서 수득이는

"어매애! 어매애!"

송아지처럼 울었지만 분들네는 웬일인지 입을 꽉 다문 채 가쁘게 숨소리만 토해내며 그냥 바라보고 서 있었다.

16

삽작 양쪽 대추나무는 그냥 서 있는데 집안은 이전 같지 않았다. 봉당도 텅 비었고 외양간도 방앗간도 썽그렇다.

실경이는 이쪽저쪽 기웃기웃 살피면서

'참말잇대이. 참말잇대이…….'

속으로 되뇌었다.

분들이 형님네가 집안이 망해 한밤중에 달아났다는 소문을 듣고 내일내일 틈을 내다가 겨우 빠져나올 구실이 생겨 찾아왔는데 듣던 대로 아무도 없는 것이다.

'어야꼬나……어야꼬나…….'

실경이는 가슴이 콩콩 뛰면서 눈물이 나올 것 같았다. 자리꼽재기(자린 고비) 같은 분들이 형님이 곡식 한 되박 너그럽게 보태주진 않았지만 그래도 의지할 데라곤 여기뿐이었는데, 졸지에 망해 버리다니…….

실경이는 안방, 사랑방 가까이로 가서 몇 번 헛기침을 해 봐도 내다보는 이가 없자 그냥 돌아서 나왔다. 삽작 앞에서 다시 한번 안을 살펴보는데

"거게 누구이껴?"

하는 소리가 나서 돌아봤다.

웬 낯선 여자가 빨래 자배기를 이고 비탈길을 올라오면서 집안을 기웃거리는 실경이한테 묻는 것이다. 실경이는 가슴이 철렁 넗지는 듯했다.

"저어게……저어게 이 집 쥔네는 어디로 갔다니껴?"

"잘 모를시더만 사방 흩터졌다 카디더."

"사방 흩터졌다이요? 아아들이 모두 흩터지마 어야니껴?"

"글세 말이시더. 오밤중에 달라뺐으이 어옜는동 아무도 잘 모른다디더."

"어야꼬나……어야꼬나…….."

실경이는 쩰곰쩰곰 떨어지는 눈물을 닦으며 코를 팽 풀었다.

"딕네는 어데 사는데 이 집캉은 어예 되제요?"

"아아들 고모가 되니더. 시매부 되니가 부체임곁이 속이 좋앴는데, 어짜다 집에 이리 될꼬요?"

"집이 안 될라카마 속 좋다고 민흘리껴(면할리껴)? 우환도 생기고 손재수도 생기고…….."

빨래 자배기를 이고 여자는 실경이와는 마주 서서 흡사 오래 전부터 아는 사이같이 속엣말까지 털어 놓는다.

"암만 글채만 각중에 이래 찌부래질리껴?"

"재수없으마 자빠져두 코가 깨진다 아카니껴. 우리도 그짝이 됐제요."

"딕네도 뭔 일이 있어니껴?"

실경이는 어마지두 그렇게 물었다.

"말하마 길제요."

"……"

여자는 빨래 자배기를 아예 내려 놓고 길섶에 그냥 주저앉는다. 실경이도 따라 애기똥풀옆 뺍자구가 다득다득 마뜩진 데를 골라 엉덩이를 눌러앉았다.

그 여자 영선이는 생전 처음 보는 실경이한테 그래도 마음 동무가 생긴 것이 좋아 집안 애기를 쏟아 놓았다.

"없는 게 죄지 우리 같은 까막눈이 뭘 알리껴? 아아들 아바이는 억울케 감악살이 했제요."

"감악살이를 했다꼬요?"

"지난게 가실에 난리친 거 알제요?"

"아니더, 삼밭골 거시기가 일을 냈다든데……"

"하제만 그기 어디 나쁜 일이껴?"

"그……글체요……"

"그래, 아아들 아바씨는 안죽도 감악소에 있니껴?"

"아이시더. 감악소에서는 진작 나왔제만 다아 뺏깄제요. 집도 땅도 마카 뺏기고 솔뫼골로 머슴질하러 갔니더."

영선이 신랑 범태는 지난해 가을에 있었던 고지기들의 대두리싸움에 한몫 꼈다가 석 달을 감옥살이를 했다. 그 동안 영선이는 승

걸이와 갑이 남매를 데리고 농막에서 쫓겨나 먼물이서 마음 좋은
노인네 집 곁방살이를 했다.

"양반네들이 너무하제요."

영선이는 치맛자락으로 눈물을 훔쳤다.

"그라마 아아들은 어옛니껴?"

실경이는 그게 더 궁금했다.

"큰아 승걸이는 아바이맨치로 꼴머슴 살러 갔고……."

영선이는 갑자기 목이 메어 말을 못 잇는다.

"작은아는요?"

"갑이는 민미느리로 줬니더. 서숙쌀 두 말 받고 팔리간 거제요……."

"어짜꼬나 !"

실경이는 누가 떼민 듯이 벌떡 일어나 영선이 곁으로 다가가 손
을 와락 붙잡는다.

"시상에 이런 일이 어디 또 있을리껴?"

"맞니더. 양반네들이 너무하제요. 우리 후분이도 쌀 한 말에 팔았
니더. 춘분이도 말분이도……."

둘은 어느새 서로서로 어깨에 머리를 기대고 엉엉 소리내어 울었
다.

이렇게 해서 실경이는 생각지도 못했던 동무 하나가 생긴 것이
다.

이날, 실경이는 영선이한테 질경이풀을 넣고 끓인 갱죽 한 그릇
얻어먹고 해가 느직해질 때까지 있었다.

"그래, 이 집은 어예 됐니껴?"

실경이는 안방 여기저기 분들네 냄새가 배인 데를 둘러보며 물었다.

"장터 이가 양반이 빚값에 잡었는갑제요. 빈집 그냥 두마 허술해진다꼬 와서 살어라 캐서 왔니더."

"이 큰 집에 혼자 살마 허전해 어야니껴?"

"메칠 동안엔 무섭디이 이자 괜찮니더. 아바이가 보름에 한 번쑥은 댕기가니더."

"그, 그르이껴? 그르마 괜찮을시더."

실경이는 그러면서 죽은 기태 생각이 났고 영선이가 되려 부럽게 보였다.

"틈나그덩 더러 놀러 오세이."

"그름시더. 오늘 잘 먹고 잘 놀다 가니더."

실경이는 비탈길을 내려와 곱내 저쪽 서깥을 지나면서 한 군데를 흘깃 쳐다봤다. 순지가 목매달아 죽은 홰나무는 가지가 뭉뚱 잘린 채 새 곁가지가 비쭉이 나오고 있었다.

뒷터 양지마 참봉댁에 돌아오자 참봉댁은 늦게 왔다고 마뜩찮은 눈치였다.

"어매, 고모네는 어쨌지?"

"고모네 어디 갔는동 못 찾았다."

"그라마 참말 쫓게 갔나?"

후분이는 어매 실경이 눈치를 살피며 찡하게 가슴이 아파진다. 어매 실경이가 그래도 마음 든든하게 기대고 살았던 피붙이는 고모네 집뿐이지 않았던가.

열다섯 살 후분이는 얼굴도 새참고 마음도 곱다. 참봉댁에 와서 여태 한 번도 화낸 적이 없이 일도 부지런히 했다. 동생 춘분이는 꾀도 자주 부리고 막내 말분이는 고집스럽다. 머슴애 춘식이도 말수가 적은 음전한 편이다. 두 살 터울로 사남매가 모두 고만고만 같이 자란다.

후분이는 벌써부터 참봉댁 부엌 살림을 거뜬히 해내고 빨래감은 푸새까지 척하니 매만진다. 새댁이 은애는 종일 다듬이질 바느질만으로 바빴다. 아들 창규는 춘분이가 데리고 논다. 네 살배기 창규는 대문 밖으로 자꾸 나가려 해서 춘분이는 야곰야곰 속이 탔다. 가끔 몰래 창규 어깨판을 꼬집어 주다가 왕! 하고 울음을 터뜨리는 바람에 들키고 만다. 말분이는 마루를 닦고 안마당을 쓸었다. 춘식이는 머슴하고 산에 나무하러도 가고 소죽도 쑨다. 아무도 그냥 놀고 먹는 사람은 없다. 모두가 참봉댁 하인노릇을 착실히 하고 있었다.

가을걷이가 끝나도록 분들이 고모네 소식은 감감했다.

썰렁 바람이 불고 서리가 내리고 얼음이 얼면서 섶밭밑 복남이는 이순이 때문에 걱정이 태산 같았다. 딸자식같이 애끼던 이순이 졸지에 거지가 되어 떠돌이 신세가 됐으니 어째 마음이 아프지 않겠는가.

'그 다안에 기침없이 잘살았는데, 날은 춥고 어데 가서 고생하제.'

모두가 팔자라고 그러지만 세상이 자꾸 들까불어 맘잡고 살지 못하게 만든다.

복남이는 이젠 힘이 없다. 나이 들어 힘이 없는 것이 아니라 이 엄청나게 흔들리는 세상을 누구 힘으로 어떻게 붙잡아 보겠나 싶었다.

순난이가 일곱 살이나 되어도 아직 터울을 팔지 않는다. 아들 서억은 세상 흔들리는 바람에 휩쓸려 도무지 마음 잡지 못하고 마냥 떠돌아다닌다. 며느리 영분이는 살아 있는 지아비를 두고 생과부로 살고 있다. 이게 모두 무엇 때문인가? 누구 때문인가?

복남이는 느는 게 주름살이고 흰머리칼이었다. 일월산 어딘가 묻혀 있다는 길수는 죽어 저승에서 내려다보고 어찌 생각할까?

이런 복남이 마음을 더 아프게 하는 건 이제 열두 살이 된 손자 수식이었다.

"수식이는 커서 뭐가 될래?"

물으면 수식이는 눈도 깜짝 않고 대답했다.

"순사 된다."

수식이는 게다가 말을 타고 칼을 찬 일본 순사가 제일 좋단다.

"수식아, 그르마 못썬다. 순사는 안 된다."

"싫애! 순사 된다."

"……."

복남이는 수식이가 그러는 게 예삿일 같지 않아 겁이 났다. 수식이는 아배 서억이가 싫은 것이다. 그래서 벌써 그 나이에 어긋장지기고 있다. 수식이한테 서억은 좋은 아배가 못 된 것이다. 그러니 아배가 제일 싫어하는 순사가 된다는 것이다. 이것도 세상 탓이라 해야 할지, 복남이는 어떻게 수식이 마음을 달래지도 못했다.

영분이는 그런 시어매 복남이한테

"어매임 마음 쓰지 마이소. 철이 들마 안 그를 게시더."

했다.

"그래, 철이 나마 안 그르겠제. 애비 자식이 애비 닮지 누구 닮겠노."

그러나 수식이는 닮아야 할 아배는 안 닮고 대고대고 뺏질로 나갔다. 할매가 산에 가서 나무를 해 이고 오면 수식이는 일부러 뒷동산으로 달아나 숨었다.

'왜 아배는 할매하고 어매만 고생시키제?'

수식이는 양지 마을, 음지 마을, 누구 집에서나 아배가 나무도 하고 밭 갈고 농사짓는데 저의 아배는 왜 집 나가서 저리 말썽만 일구고 댕길까 싶은 것이다. 순사한테 질질 끌려가서 몽둥이로 두들겨 맞고 감옥에 갇혀 있다가 풀려나도 집에는 안 온다. 더 큰 말썽만 일으키고 댕긴다. 아배는 언제까지 저렇게 집도 버리고 할매도 어매도 고생시킬 작정인고.

수식이는 비록 없이 살아도 다른 집 아바이처럼 저의 아배도 산에 같이 나무하러도 가고 장날이면 장에 가서 엿도 사다 주고 미투리도 삼아 줬으면 싶었다.

"수식아, 아배는 나쁜 짓하고 순사한테 잽혀 가는 기 아이고 좋은 일 하느라 저리 고생이란다."

"좋은 일 하는데 왜 순사가 잡아가노?"

수식이는 할매가 그러는 게 하나도 옳게 귀에 들리지 않았다. 순사는 나쁜 짓하는 사람을 잡아가지 왜 좋은 일 하는 사람을 잡아가는 건지, 할매는 괜히 거짓말한다고 생각했다.

"시상이 이리 어지룹고 무서버 아무도 바른 소리 옳은 일은 안 하이까네 아배는 외롭게 혼자 나선 거제."

"……."

수식이는 몰래 뒷동산 가죽나무 밑에 앉아 훌쩍대며 운 적이 한두 번이 아니다.

영분이는 수식이가 산에 나무하러 갈라치면 한사코 손을 내둘렀다.

"식아, 내가 가마. 니는 쫌더 크그덩 큰 지게로 한 짐 지고 온나."

귀한 자식 매를 주라고 했지만 영분이는 그러고 싶지 않았다. 살아 있는 아배를 두고 아직도 나 어린 수식이를 지게질까지 시키긴 싫었다. 영분이는 수식이와 순난이 남매뿐이지 않는가.

"어매임도 이젠 궂은일 그만 하시고 집안 일이나 살피시이소."

영분이는 복남이한테도 극진했다.

새끼타래에다 낫을 볼끈 훔쳐매고는 혼자서 산으로 갔다. 푸릇푸릇 생솔잎이 달린 것도 가리지 않고 민다리가지를 쪼아 큼지막하게 묶어 머리에 이고 와 차곡차곡 쌓았다. 눈보라치는 겨울엔 어차피 산에 못 가기 때문에 미리미리 유름을 해야 한다. 영분이는 이젠 서억이는 아예 집도 식구도 다 버린 사람으로 기대지도 바라지도 않고 살기로 했다.

그렇게 영분이가 모질게 살아가고 있는데 오밤중에 도망쳤던 이순이네한테 나쁜 소식이 들려왔다. 동짓날 초순이고 벌써 눈이 한 번 내린 다음 날이었다.

효부골 이금이는 거지꼴이 되어 찾아온 이순이 언니 때문에 그해 겨울 모처럼 사람 사는 것처럼 바빴다. 이금이는 세상일이 어렵고 힘들다는 생각을 한번도 안 했다. 그래서 배가 둥둥산처럼 불러 가지고도 자식새끼 넷을 데리고 걸버생이가 되어 온 언니네가 몰려

87

왔는데도 얼굴 한번 안 찌푸렸다.

"이금아, 우리는 집도 뺏기고 살림살이도 다 뺏깄다."

이순이가 울먹거리자 되려 이금이는 깔깔대었다.

"싱야, 옛날에 위할매네도 큰물 때문에 집도 논밭도 다 떠내려가서 걸버생이 됐다 안카드나. 우리 어매도 아배가 죽고 걸버생이가 돼가주 쫓겨왔다맨서……."

그날도 재용이는 집에 없었다. 재용이는 멀리 부산으로 가서 자리를 잡는다고 애쓰고 있다.

이금이는 여태 비워 뒀던 건넌방을 대강 설걷어 치우고 군불을 지폈다.

"형부요, 장작 좀 패주세이. 그래야 밥 많이 디리제요."

이금이는 장득이가 뻐죽하니 주눅들어 있는 게 언짢았다. 온 집안을 풍비박산 낸 것이 꼭 형부 잘못만이 아니라고 얼너리쳐 주고 있었다.

장득이는 그러는 처제가 고맙고 앙증맞았다. 처제는 옛날 어릴 때 덩덕꿍이 애기처럼 그냥 그대로 예뻐 보였다.

"장작 쪼갤 거 있으마 다 패 주제요."

장득이는 보탕을 맞춰 놓고 힘껏 장작을 팼다.

천날만날 세 식구만 조용하던 집에 왁자지껄 식구가 늘어 떠들자, 행이 남매도 괜히 덩달아 무슨 잔칫날이라도 맞은 듯이 우줄대었다. 모처럼 서 말지기 솥에 밥을 짓고 시래기국도 동솥에 한 가득 끓였다.

집 나와서 처음으로 푸짐한 저녁을 먹고 안방 건넌방에 나누어 자리에 누웠다. 장득이는 수복이네 삼형제를 데리고 자고 안방에 여자들만 모여 자리에 누웠다. 이금이는 모처럼 언니하고 누워 줄 곧 지껴려댔다.

"싱야, 얼라 언제 낳네?"

"안죽 한 달은 있어야 된다."

"그라마 동짓달 그믐저께 낳겠네?"

"그쯤 될 끼까제."

"안죽도 멀었으이 걱정 마래. 내하고 장사하자."

"뭔 장사를 하노?"

"이전처럼 술장사할까? 위할매맨치로……."

"야가 뭐락하노?"

"왜? 남사시럽나?"

"그기 아이라, 너어 시집 집안 사람 어째 생각켔노?"

"괜찮다. 도둑질하는 것도 아인데, 누구 눈치 볼 거 뭐 있네."

이금이는 외할매 수동댁이 술막에서 이것저것 심부름시키던 걸 아직까지 재미있게 생각하는 듯했다. 외할매 수동댁과 어매 정원은 이금이 막내둥이여서 그냥 그렇게 선머슴애같이 덩두럽게 키운 것이 어른이 된 뒤에도 그냥 고대로 남았다. 어째 보면 이순이한테처럼 여자는 얌전해야 되고 참아야 되고 안존해야 된다고 했던 것보다 이금이는 훨씬 세상을 넓게 살고 있었기 때문이다.

이순이는 어릴 적엔 짓궂도록 언니를 애먹이던 이금이가 이렇게 어른스러워진 것에 놀라웠다.

"금아, 그라마 술장사는 말고 떡장사하마 어뜰꼬?"

"그래, 떡장사 하자. 떡해가주 먹고 팔고 하마 재미나겠네."

이금이는 또 깔깔 웃는다. 이금이는 웃어도 헤프지 않고 속으로는 깐깐하게 다부졌다.

장득이가 주재소에 붙잡혀 가기까지 열흘 동안 이순이와 이금이는 눈코 뜰 새 없이 바빴다. 우선 마실 바깥에 방 하나를 얻었다. 이금이는 흡사 상전이 하인 다루듯이 이래라 저래라 닦달을 했다.

"형부하고 수복이는 하루 두 짐쓱 나무해야 되니더."

그러고는 언니 이순이와 둘이서 수수쌀과 멥쌀로 떡을 했다. 수수떡은 경단을 빚고 쌀떡은 밀인지를 만들었다. 팥고물을 넣고 반달처럼 볼록하게 합식기 뚜껑으로 잘룩잘룩 박아낸 떡이 이금이 손등처럼 예뻤다.

그걸 함지박에 담아 둘은 장터로 팔러 갔다.

섶밭밑 술막에서 외할매 수동댁이 심부름을 시키면 서로 시샘하면서 앞서 가려고 다투던 걸 생각하면서 떡 함지박을 이고 논들길을 부지런히 걸었다.

장터 앞으로는 신작로를 닦는다고 부역꾼들이 줄지어 일을 하고 있었다. 곡괭이로 땅을 파고 삽으로 퍼내었다.

그러고 보니 이순이네가 우구치에서 돌아오는 길에 간간이 길을 파헤치고 꽝 꽝 남포(다이나마이트)를 터뜨렸던 게 바로 신작로 공사였던 것이다.

"싱야, 저룽게 길을 널쿠마 번개같이 싸게 가는 자동차가 온다제?"

"그래, 일본 사람들은 벌씨로 그런 거 타고 댕긴다 카드라."

둘은 일부러 사람들이 나드는 근처 처마 밑에 떡 함지박을 내렸다. 그날따라 우중충한 늦가을 날씨는 떡장사로 나온 이순이네를 더욱 궁상스럽게 했다.

아이들이 몇이 몰려와 보자기로 가려 놓은 틈으로 보이는 떡을 훔쳐본다.

"딕네들이 떡 팔러 왔니껴?"

벌써 핫저고리를 두툼하게 입은 중늙은이 되는 어마씨가 물었다.

"예, 떡 사 가이소!"

이금이가 얼른 대답하며 반겼다.

그 어마씨는 치마꼬리 사이를 헤집고 주머니를 열어 오십 전짜리 동전 하나를 주면서

"십 전에치만 주소."

한다.

이금이는 엊저녁에 떡을 만들면서 밀인지떡 십 전어치 다섯 개씩 팔기로 셈을 해 놓았기 때문에 뱅뱅도리에 떡 다섯 개를 담아줬다.

"집에 가주갈 낀데 여게 담아주마 어야니껴?"

"집이 어데이껴?"

"저짝 모팅이 큰 집이시더."

어마씨가 손으로 가리키는 곳에 햇짚으로 갈아 인 초가집 지붕이 우뚝 올려다보였다.

"그람 내가 따라가 빈 그릇 받아옵시더."

그래서 이금이는 그 어마씨를 따라갔다.

"잔돈 내줄 끼 없으이 십 전짜리 주이소."

이금이는 떡값 십 전을 받으면서 얼른 머리에 생각이 떠올랐다.

'글체! 그양 앉아 있지 말고 돌아댕겨야제.'

이금이는 언니한테로 돌아와

"싱야, 우리 이룽기 앉아 있지 마고 떡 방팅이 이고 댕기매 팔

자."

했다.

"방팅이 이고 어델 돌아댕기노?"

이순이는 아무래도 선뜻 내키지가 않는다.

"괜찮다. 내가 앞에 서 갈꾸마. 싱이는 내만 따라온나."

이금이는 벌써 떡 함지박을 이고 일어섰다. 어쩔 수 없이 이순이도 어벌쩍 따라나섰다.

이금이는 짚신 신은 발인데도 가뜬가뜬 잘도 앞장서 간다.

"떡 좀 사소!"

이금이는 집집이 삽작문에서 큰소리로 말했다. 소금장사, 사발장사, 옹기장사들이 그렇게 다니는 걸 보아왔기 때문이다.

"무신 떡이제요?"

"밀인지시더."

"얼매쓱 파니껴?"

"십 전에치 다섯 낱이시더."

"열 낱만 주소."

이렇게 떡은 한나절 만에 다 팔았다.

이순이는 "떡 사소" 소리가 죽어도 죽어도 안 나와 애를 먹었다.

"싱야, 한 분만 하마 숩게 된다. 해 봐라."

이금이가 등을 떼밀며 어느 집 삽작문으로 들여보내자 이순은 씨아에 목화씨 발라내듯 억지로

"떡 좀 사이소."

했다. 눈물이 나오려 했다. 죽은 조석이 생각이 났다.

그렇게 이순이는 힘든 바깥 세상에 조금씩 조금씩 어린 애기 가

동질하듯 밟아갔다.

저녁때는 디딜방아에 떡쌀을 빻고 저녁에 만들어 뒀다가 다음날 아침엔 팔러 나갔다. 열흘이 넘어가면서 주머니에 잔돈도 유름하게 되고 끼니 걱정은 안해도 되었다. 이금이는 그 곱던 손등이 거칠어지고 찬바람에 트고 갈라졌다.

"이금아, 니 손이 이리 됐네!"

"괘안타, 뭐."

이금이는 손등을 쓱쓱 문지르며 얼른 딴 데로 눈을 돌려 버린다.

이렇게 시월이 다 가고 동짓달이 되었다. 그 동짓달 초이튿날 아침, 여느 날처럼 장득이는 수복이를 데리고 산에 나무하러 나서는데 골목길로 불쑥 똥색 홀태바지를 입은 순사가 나타났다.

"김장득이가 누구요?!"

장득이는 낯빛이 새파래졌다.

"저어게……지가 김장득이시더."

"그래, 겨우 여게 숨어 있었구만."

순사는 같이 따라온 딴꾼을 시켜 지게꼬리 같은 포승줄로 장득이 손을 뒤로 돌려 묶었다. 지고 있던 지게는 벗겨내어 던져버리자 길바닥에 부딪혀 뒷가지 하나가 부러져 나갔다. 수복이는 뒤로 물러나 바들바들 떨다가 골목길로 들어가 어매를 불렀다.

"어매! 아배가 뽈잡혔다!"

가작정지에서 아침 설거지를 하던 이순이는 그 소리에 가슴이 철러덩했다. 수복이를 따라 고샅으로 나오자 벌써 장득이는 저만치 뚝길로 순사한테 끌려가고 있었다.

사흘 뒤, 이순이는 백설기떡을 쪄 삼베 보자기에 꽁꽁 싸 들고 읍내로 갔다. 첫닭이 울 때 일어나 어두운 길을 더듬어 오십 리를 걸어가자 읍내에선 아침밥 먹을 때였다. 열 점(10시)에 떠난다고 해서 이렇게 서둘러 왔는데 아직 군청 마당에는 사람 그림자도 안 보였다.

이순은 군청 담자락에 쭈그리고 앉았다. 지나다니는 읍내 사람들이 흘금흘금 내려다본다. 한참 앉아 있자니 어디서 오는지 낯선 산골 사람들이 이순이 모양새 비슷한 어벅다리 차림으로 한둘씩 모여들었다. 그리고 저어쪽 맞은편 큰길로 줄을 선 남정네들이 앞뒤 순사가 지킴이처럼 따라 걸어오고 있었다. 누리칙칙한 때묻은 홀태바지와 단추가 쭈루레기 달린 저고리를 입고 머리는 까까중처럼 깎았다. 발에는 헝겁신(지까다비)을 신고 걸음걸이가 일본 순사같이 뻣뻣했다.

백 사람도 넘을 듯한 남정네들이 군청 마당으로 줄줄이 들어오는데 아까부터 서성대고 있던 갓쓴 늙은이 하나가

"두, 두복아!"
하면서 한 남정네 앞으로 다가가며 부른다. 키가 머쓱하게 큰 까까머리 하나가 부르는 소리에 고개를 들고 쳐다보더니 금방 울먹울먹하면서

"아배요!"
했다.

"두복아!"
늙은이가 아들 앞으로 다가가려 하자 지킴이 순사가 달려와 막아버린다.

모두 군청 마당에 비뚤비뚤 줄을 섰고 이순이는 떡 보재기를 들고 장득이를 찾았다. 저리 앞쪽으로 돌아가 살피는데 어디선지

　"아지매요!"

하는 소리가 났다.

　"데럼요!"

　수득이었다. 그토록 까맣고 칠칠하게 땋아내렸던 긴 머리는 어디로 가고 빡빡 깎은 머리가 성학사 중머리 같다. 이순이도 눈물이 나오고 수득이는 훌쩍훌쩍 소리내어 운다. 그리고 그 수득이 앞에 세 사람 건너 장득이가 조그맣게 서서 역시 눈물을 손등으로 닦고 있었다. 상투머리가 없어졌으니 쉽게 알아보지 못한 것이다.

　여기저기서 모여 선 다른 집 식구들도 역시 울고 있다. 코밑에만 쫑긋하게 수염을 기른 군수님이 앞에 나오더니 까까머리 남정네들한테 점잖게 일러준다.

　"……일본에 가그던 부지런히 일해서 고향에 부모형제한테 돈을 꼭꼭 부치고……추운데 단단히 몸 간수 잘하시오……."

　수득이는 석 달 동안이나 감옥소 안에서 하매나 하매나 장득이 형님이 잡혀오기만 기다렸다. 형님이 잡혀 오면 잘못한 만큼 벌을 받고 풀려난다는 생각만 했기 때문이다. 그런데 석 달이 다 될 즈음 수득이는 어느새 마음이 바뀌었다. 형님이 잡혀오면 같이 일본에 가서 돈을 벌어야 한다는 마음이 생긴 것이다.

　감옥 안에는 수득이처럼 아무 죄도 없이 그냥 일본에 가서 돈을 벌어 온다는 사람들이 하루에도 수없이 모여왔다. 거기서 머리를 깎고 옷을 갈아입고 순사한테 신식 체조도 배우고 줄을 서서 걷는 연습도 했다. 커다란 시계를 가지고 와서 보여주고 한 점 두 점 시

간도 배웠다.

감옥안 순사는 일본에 가면 한 달 한 달 달마다 일한 품삯을 주고 그걸 조선에 있는 식구들한테 보내 줄 수 있다고 했다.

'돈을 벌면 남한테 넘어간 돌음바우골 집도 도로 찾고 논밭도 사야제.'

수득이는 괜히 가슴이 두근거릴 만큼 들뜨기도 했다.

장득이가 끌려왔을 때도 순사 나으리는 인심좋게

"김장득이, 어떻게 할 테냐? 일본에 가서 돈을 벌 텐가, 아니마 감옥살이를 할 텐가?"

묻는 것이었다.

"……."

장득이가 무슨 뜻인지 얼른 대답을 못하자 수득이를 불러다가 대신 일러주도록 했다. 수득이가 잘 설명을 했다.

"형님, 나하고 같이 일본에 가마 감악살이도 안 씨겠고 용서해 준다니더."

"글치만 우리가 일본 갔부리마 어매하고 재득이는 어야제?"

"어야기는요, 우리가 가서 돈을 벌어 보내 주마 그걸로 양식도 사고 옷도 사 입으마 되제요."

둘은 이렇게 쉽게 마음을 굳히고 장득이는 상투머리도 잘라내고 순사들이 시키는 대로 체조연습도 하고 "앞으로 나란히" "쉬엇" "차렷"도 배웠다. 사흘 동안 숨가쁘게 훈련을 받고 오늘 부산으로 떠나게 된 것이다.

군수님은 길게 훈시를 하고 나서니

"……여러분 식구들이 찾아왔으니 각자 만내보시오. 절대 군청 밖으로 나가면 안 되니 마당 안에서 대강대강 인사만 하시오."

하는 것이었다.

줄서 있던 남정네들이 이리저리 수선스럽게 움직이며 찾아온 식구들을 만났다. 이순이는 수득이 앞으로 다가갔다.

"데럼요, 이것 백찜떡이시더. 가다가 형님하고 잡수이소."

이순은 말하면서 장득이를 흘끔 쳐다봤다. 장득이는 쑥스럽게 마주 바라보더니,

"어예 알고 찾아왔노?"

하는 것이었다.

"주재소에서 알과 주디더."

이순은 갑자기 목이 메었다. 일본이란 데가 대체 어디 있는 나라인데, 인제 가면 언제 다시 만날지도 모른다는 생각에 겁이 나기도 했다. 그건 장득이도 마찬가지였다. 막상 떠나는 자리에서 장득이는 안절부절이었다. 돌음바우골에서 석 달 전에 헤어진 분들네 어매 생각이 났다. 수득이가 전해준 대로 어매는 말숙이네 곁에 무사히 잘 있다니 다행이라 생각했다.

어물어물 그러면서 장득이는 헤어지는 자리에서 이순이한테 한마디 말도 제대로 못하고 길게 호루라기 부는 소리에 깜짝 놀랐다.

그새 군수님은 보이지 않고 일본 헌병과 순사가 줄을 세우고 "앞으로 나란히" "차렷" "쉬엇" 구령을 부르고, 그리고는 군청 밖으로 줄줄이 떠났다.

여기저기서 우는 소리가 들렸다. 이순은 떠나가는 장득이네 뒤를 따라 강가 나루터까지 갔다. 수득이는 이순이가 준 떡 보재기를 가슴에 꽉 껴안고 꾀죄죄한 남자들 줄 속에 끼어 걸어가고 있었다.

그렇게 장득이 형제는 강을 건너 한티재를 넘어 고향과 식구들을 두고 가 버렸다.

골짜기에 쌓였던 눈이 녹으면서 오목진 구석에 노랑빛 양지꽃이 핀다.

분옥이는 이번 겨울 전에 없이 귀돌이 언니가 보고 싶었다.

'동준이가 사다준 분 바르고 노랑저구리 입고 싱야한테 가 보까?'

그렇게 생각했지만 역시 안 되었다. 아무리 얼굴에 분바르고 예쁜 옷을 입어 봤자 분옥이는 문둥이다.

버들강아지가 피면서 분옥이는 동준이한테 방아실 귀돌이 언니 애기를 했다.

"언지 그짝으로 가그덩 어예 살고 있는동 보고 오이소."

"그라지 말고 보고 섶그덩 내하고 같이 가 보제."

동준이는 아직도 분옥이 소원이면 무엇이나 들어준다. 동준이는 분옥이 신랑이면서 아배도 되고 오라배도 되고 그리고 하인도 된다.

"남사시러버 안 되니더."

"밤에 고끼 갔다가 밤에 고끼 오마 안 되까?"

"그래도 싫으이더."

이래서 동준이는 혼자서 방아실로 갔다. 분옥이는 언제 그렇게 모아둔 것인지 주머니째 돈을 건네 주면서,

"싱야하고 형부한테 뭐든지 사다주이세이? 쌍가매는 어쨌는동, 벌써 시집 갔는지도 모리제요."

그렇게 말하고 돌아서서 눈물을 닦는다.

동준이는 그러는 분옥이를 항아리처럼 번쩍 안아 들었다가 놓고는,

"내 쌔기 갔다 올 끼까네 기대리래이. 처형네 만나 보는 것 첨이제만 반가버할 끼구만."

하고는 짚신 한 켤레를 둘러메고 골짜기를 훨훨 날아가듯이 갔다.

동준이 재빠른 걸음으로 점심나절에 벌써 안동 읍내까지 닿았다. 주막에서 국밥 한 그릇 사 먹고 술 한 잔 마셨다. 장터에 들러 이 것저것 살피다가 자줏빛 갑사댕기 세 개를 사고, 귀돌이 참빗과 얼 레빗 한 쌍을 샀다. 달수 것은 한참 찾아봐도 마땅한 게 없어 나머지 돈을 그냥 갖다 주기로 했다.

한티재를 넘었다. 산과 들판은 옛날 모양 그대로인데 여기저기 신작로 공사로 산을 허물고 강을 메우고 있었다. 논밭에서 한창 바쁘게 일해야 하는 남정네들이 끌려 나와 길닦이를 하느라 먼지투성이가 되어 있었다.

산골짜기에서 겨울 동안 지낼 때는 세상이 어찌 되어가는지도 몰랐는데 세상은 이렇게 달라지고 있었다. 양반네들한테 시달리던 백성들은 이젠 남의 나라 총칼 밑에 힘들게 살아가고 있었다.

동준이는 일부러 먼 산길로 남의 눈에 띄지 않게 걷고 걸었다. 날이 저물고 밤이 한참 깊었을 때야 방아실에 닿았다. 밤이 너무 깊어 뉘집에 들어갈 수 없어서 보릿짚가리 밑에 쭈그리고 밤을 새웠다.

아침에 일어나 언덕 아래 달수네 집을 찾아가자 아직 얼굴 한 번 보지 못한 동준이를 알아볼 턱이 없었다.

"저어게 지가 분옥이 신랑되는 사람이시더. 영양 다래골서 왔제

요."

"분옥이라이요?!"

정지 안에서 아침밥을 짓던 귀돌이가 쫓아나와 동준이 얼굴을 쳐다봤다. 동생 분옥이 얼굴과는 너무도 다르게 동준이 얼굴은 반듯하고 깨끗했다. 분옥이가 계산골을 떠난 지도 십 년이 훨씬 넘었다. 그 동안 하루도 분옥이 생각을 잊은 적이 없었다.

"그라마 우리 분옥이는 어짜고 혼자 왔제요?"

"저어, 그 사람은 배깥 세상 나오는 기 숩지 않애 못 왔니더."

"그, 그릏제요……."

귀돌이는 말을 끝내지 못하고 부지깽이를 손에 든 채 그만 주저앉아 치마로 얼굴을 싸안고 숨죽여 운다.

'분옥아……분옥아……!"

강질이와 옥남이가 뛰쳐나와 어매를 일으켜 세워 도로 정지로 들어갔다. 달수는 아랫동서 되는 동준이를 건넌방으로 맞아들여 처음으로 인사를 했다.

"형님, 옛법도 못 채리고 그 동안 외면하고 살아 죄송하이더."

동준이는 달수한테 두 번 세 번 엎드렸다.

"별소리하네. 자네는 우리 처제 하낫만 건사해 주만 된다네. 그래 처제 몸은 어뜬가?"

달수는 이 세상에서 제일 불쌍한 처제와 같이 살고 있는 아랫동서 동준이를 쳐다보며 그렇게 물었다.

"그양 그렇게 지내니더. 참 불쌍한 사람이제요."

동준이 눈에 눈물이 글썽했다.

"……."

달수는 괜히 물어봤구나 싶었다. 그냥 안부인사를 했을 뿐인데, 동준이는 분옥이를 속깊이 아끼고 있음을 알았다.

귀돌이가 아침상을 들고 왔다.

동준이는 어제 읍내 장터에서 사 가지고 온 선물을 내어 놓았다.

"이것 처형하고 쌍가매 갖다 주라고 집사람이 주디더."

참빗과 얼레빗, 그리고 댕기 세 개를 받고 귀돌이는 또 눈물을 훔친다.

"가가 무신 돈이 있어 이런 걸 사 보내제요? 쌍가매는 저지난해 시집 갔는데, 불쌍크러 혼자서 외롭게 저리 떨어져 만내보지도 못하고……."

귀돌이는 아무리 참아도 흘러내리는 눈물을 주체할 수 없었다.

밥상을 물리고 나자 동준이는 금방 일어섰다.

"기부(제부)요, 하릿만 쉬었다 가소. 먼길을 왔는데 금방 어예 갈라카니껴?"

귀돌이는 동준이만이라도 더 붙잡아 놓고 싶었다.

"아이시더. 그 사람 혼차 기대릴 낀데 어예 하룬들 더 있을리껴."

동준이는 조금은 쑥스럽게 웃으며 기어이 일어났다.

귀돌이는 할 수 없이 서둘러 질병에 반나마 먹던 참기름병이지만 먼지를 닦아내고 노끈으로 길게 끈을 달아 동준이 어깨에 걸어줬다. 작은 자루 안에는 기장쌀과 불콩 한 쪽박을 싸서 손에 들려 줬다.

"기부요, 올 가실게 꼭 한분 오소. 우리 강질이도 시집 가고 그때는 닭이라도 키웠다가 잡아디립시더."

귀돌이는 동준이가 한없이 한없이 고마웠다.

동준이는 인사를 한다고 서 있는 강질이랑 옥남이랑 순남이랑 이 질녀들을 봤다. 강질이 모습이 어쩌면 분옥이가 몸이 성할 때 저런 얼굴이 아니었을까 싶었다. 가무잡잡하고 똥그란 눈이 새참고 귀여 웠다.

"가실게 오제요. 그땐 일찍 와서 하릿밤 묵어갈 수 있을 게시더."

동준이는 다시 달수한테 큰절을 올리고 나서,

"댕기는 야들 하낫쓱 주마 되겠네요."

그러면서 조카들을 보고 웃었다.

동구 밖까지 모두 따라나와 동준이 가는 뒷모습을 보고 있었다.

들판에는 벌써 노고지리가 재졸재졸 울면서 하늘 높이 떠오른다. 개울뚝으로 쇠뜩이가 돋아나고 냉이꽃, 꽃다지가 보글보글 폈다.

"기부요, 가실게 꼭 오세이 !"

귀돌이는 동준이 등뒤에다 큰소리로 말했다. 동준이는 돌아서서 웃으며 꾸벅 고개를 숙였다.

이 세상에서 가장 착한 남자, 동준이는 개울뚝 길을 성큼성큼 걸어가고 있었다.

17

다신에미	에밀런가
이붓애비	애빌런가
수꿋대야	수만대야
만리병풍	울 아배야
전처 자식	있거들랑
후처장개	가지 마소

삼진이는 아배도 어매도 정이 들지 않았다. 새어매 춘영이는 돌음바우골 모과나무집 고양이처럼 새침했다. 삼진이는 춘영이가 무섭다. 아배는 그냥 그렇게 무섭지도 않고 다정치도 않았다.

"삼진아!"

"예."

아배 배서방이 부르면 삼진이는 얼른 대답하고는 조츰조츰 다가 간다.

"자, 엿 먹어라."

아배가 참깨가 다북다북 묻은 깨엿을 건네주면 삼진은 두 손으로 받는다. 그 엿을 한참 동안 만지작거리다가 구석쪽으로 가서 혼자 돌아앉아 먹는다.

삼진이는 말을 하지 않았다. 아배가 부르면 그냥 대답만 하고 언 제고 먼저 무슨 말을 해보지 못했다. 새어매 춘영이한테도 그랬다. 괜히 아배 어매가 난데없이 생겨가지고 이렇게 삼진이는 함들게 살 게 된 것이라 여겼다. 그냥 돌음바우골 외갓집에서 순지 어매하고 같이 살 때가 참 좋았는데, 외할매 분들네가 억지로 배서방하고 춘 영이를 아배 어매라 부르며 따라가라고 했다. 그래서 순지 어매는 삼진이하고 헤어져 울다가 죽었다. 삼진이는 오요강아지가 마구마 구 솜털이 되어 불불 날아다니던 벼루끝 돌음바우골 서깥이 생각났 다. 돌음바우골이 생각나면 어매가 또 생각나고 그래서 혼자서 눈 물이 나서 운다.

지난 겨울부터 배가 둥둥 불러오던 새어매 춘영이가 아기를 낳자 아배는 입이 바가지만큼 커지도록 웃었다.

"삼진아, 니 동상 생겼다."

"……."

삼진이는 아배가 좋아 웃는데도 하나도 기쁘지 않았다.

춘영이 어매가 낳은 딸 금아는 아무리 봐도 외갓집 순옥이만치 안 이쁘다. 그런데도 어매 아배는 세상에서 금아가 제일 새참고 이쁘단다.

아배 배서방은 신작로 길닦이 공사에 나가서 저녁 어두워져야 집으로 온다. 도련(도리원) 마을 가장자리 외딴집에서 삼진이는 속으로만 아배가 돌아오기를 기다렸다.

배서방은 길닦이에 쓰일 돌을 다듬는 일을 했다. 징으로 돌을 쪼개고 곰보망치로 돌을 다듬는 배서방 솜씨는 어디 가도 빠지지 않는다. 이런 돌장이들을 한꺼번에 신작로 공사에 불러들여 일을 시키고 사삿일을 못하게 했다.

배서방은 일거리만 있으면 어디서나 무엇이나 꼼꼼하게 했다. 아침 일찍 일을 나가 저녁 늦게까지 시키는 대로 돌을 깨고 다듬었다. 다행히 보통 부역꾼들은 품삯도 못 받았지만 돌장이같이 기술자들한테는 따로 날품을 줬다. 배서방은 식구가 넷이나 되었으니 하루도 쉴 수 없이 궂은 날만 쉬고 부지런히 일을 했다. 하지만 이전에 사삿일을 맡아서 일할 때만큼 벌이가 되는 게 아니었다.

쌀 한 말에 비쌀 때는 삼 원까지 했다. 그런데 일 원 오십 전을 받으니 한 달에 오십 원도 못 되었다.

"차라리 우리도 일본이나 만주로 가서 살까?"

배서방이 그렇게 물으면 춘영이는 펄쩍 뛰었다.

"싫으이더. 고생시러버도 여게 사는 게 좋제요."

배서방은 춘영이가 싫다고 하면 두말없이 그대로 따랐다.

그런데 한 가지 춘영이가 싫어하는 일을 물어 보지도 않고 했다. 순지 제삿장을 봐온 것이다. 마른 광어포에 상어고기, 밤, 대추, 곶감 말고도 일본에서 왔다는 보기만 해도 탐스러운 배를 사 왔다. 춘영이는 그날 저녁밥도 안 먹고 새뾰쳐가지고 일찍 잠자리에 누워 버렸다.

배서방은 아무 말 없이 삼진이를 데리고 싸리홰초리로 꼬치를 다듬어 고기를 꿰어 솥에다 쪘다. 쌀을 깨끗이 씻어 밥을 짓고 밤을 깎고 정성스레 제삿상을 차렸다. 삼진이 낯을 씻고 손발도 깨끗이 씻겼다. 옷을 갈아입히고 촛불을 켰다. 보드랍게 쪼갠 향나무로 향도 피웠다.

"삼진아, 우리 둘이 너어 어매한테 절하자."

술잔에 맑은 술을 따라 놓고 두 부자는 나란히 절을 했다. 삼진이는 아배가 하는 대로 두 손을 모아 두 번 절을 했다.

술잔을 비우고 다시 한 번 술을 따르고는 또 절을 했다. 마지막 절을 하고 삼진이는 몸을 일으켰는데 아배는 그냥 엎드려 있다. 삼진이는 지가 절하는 걸 틀리게 한 줄 알고 다시 엎드려 곁눈으로 아배를 훔쳐보니 아배는 엎드린 채 울고 있었다. 소리 안 나게 아배는 눈물만 뚝뚝 떨구고 있다.

삼진이는 조용히 얼굴을 들고 앞을 바라보았다. 먹음직한 고기와 과일들이 차려진 밥상에 촛불과 향불만 타고 아무도 없다. 아배는 아까 어매한테 절을 하자고 했는데, 대체 어매는 어디 있다는 걸까?

아배가 우는 걸 보고 삼진이도 괜히 슬퍼져서 훌쩍훌쩍 울었다. 삼진이 우는 소리에 엎드려 있던 배서방이 몸을 일으켰다.

"삼진아."

배서방은 삼진이를 안아 무릎에 앉혔다.

"아배요……."

"그래, 그래. 오늘 어매가 삼진이 보구 섶어 가만히 왔다 갔단다."

"참말로?"

"그래, 어매는 맛있는 곶감하고 고기하고 먹고 갔다……."

정말, 이날 밤 순지는 저승에서나마 살았을 때 들어보지 못한 따뜻한 말 한마디를 배서방한테서 듣고 이제야 환히 웃고 있는지도 모른다.

샛들 쌍가매는 장꾼한테 방아실 아배가 부쳐 보낸 참빗과 얼레빗을 받았다. 한 번도 보지 못한 이모가 보낸 거라고 한다. 어매 귀돌이한테 언젠가 이모 이야기를 들은 것 같은데도 잊어 버렸다. 몹쓸병이 들어 이모부하고 먼 데서 살고 있다고 했는데 대체 무슨 병일까?

어쨌든 쌍가매는 빗 한 쌍을 들기름 종이에 싸서 반다지농 안에 잘 감추어 뒀다.

'방아실 어매한테 가서 물어 보까?'

쌍가매는 갑자기 이모가 궁금해졌다. 시어매 용계댁한테 여쭈어 보고 방아실에 다녀오기로 했다.

"어매임요, 방아실 어매한테 얼른 댕겨와도 될시꺼?"

시어매 용계댁은 교회 집사님이다. 박집사라고 부르는 용계댁은 미국에서 온 선교사 안드레아 목사가 가르쳐 준 하나님 말씀대로 자녀 사랑을 부모한테 하듯이 극진했다.

"뭔 볼일인지 가고 섶으마 갔다오나."

다음날, 쌍가매는 시아배 김집사와 시어매한테 인사를 하고 이릿골 재를 넘어 친정집에 갔다. 시어매 박집사는 둥우리에서 달걀을

꺼내어 한 꾸러미를 싸 주면서,

"갑재기 친정 간다 카이 뭐 보낼 끼 있어야제."

했다.

"어매임요, 괜찮니더. 지가 볼일이 있어 가는데 마음 씨지 마시소."

쌍가매는 달걀 꾸러미를 들고 얼마나 바쁘게 걸었는지 새끼 나절에 친정집에 닿았다. 마침 이만치 보리밭에서 김을 매던 아배 달수가 딸을 먼저 보고 벌떡 일어나

"가매야!"

하고 큰소리로 부른다.

"아배요."

쌍가매는 벌써 눈물이 나온다. 어쩐 일인지 쌍가매는 어매보다 아배 목소리만 들어도 눈물이 나고 그지없이 반갑다.

"뭔 일이 있어 이리 바쁘게 오노?"

"그양 아배하고 어매가 보고 섶어 오니더."

달수는 김매던 호미를 들고 쌍가매한테 와서 들고 있는 달걀 꾸러미를 받아 안고 같이 걷는다.

"아배요, 안죽도 일찍은데 집에 갈라꼬요?"

"이따 저녁답에 와서 많이 매마 된다."

둘은 다정스레 걸어 집으로 간다.

이날 밤, 쌍가매는 어매 귀돌이한테 분옥이 이모 얘기를 자세히 들었다.

"……너어 이모는 빙 때문에 소박맞고 친정에 왔제. 계산골서 혼자 숨어 사는데 걸버생이 하나가 와서 이모를 디루구 갔단다……."

"이모부가 걸버생이랬다꼬?"

"장돌뱅이랬단다. 각설이도 잘 부르고 피리도 잘 불었제."

"그람 이모부도 빙이 있었나?"

"아잇다. 너어 이모부는 멀쩡하드라. 생긴 것도 번뜻하고……."

"그런 사람이 왜 빙든 이모를 좋아했제?"

"그게 이상체. 아매 둘은 전생에 무신 인연이 있었는지도 모리제. 첨엔 및 달 디루고 있다가 냇비리겠제 생각했는데, 그기 아이잖나. 벌씨로 십 년도 훨썩 넘었는데도 하낫도 안 빈했는걸……."

"이모는 영 빙이 안 낫는갑제?"

"그기 어데 예삿빙이라. 안 봐도 번하제."

"그래, 이모네는 지끔 어디 있다노?"

"영양 다래골이라는데, 한분 가 보고 섶제만 그게 어디 숩나 뭐."

"어매, 내하고 틈나거든 한분 가 보자."

"야가 뭔 소리 하노?! 시집에서 알만 큰일 난다. 바람빙은 사돈 팔촌까지 개린다는데……."

"……."

"언제 날 봐서 내가 한분 찾아가 보고 오꾸마. 그기 혼차서 얼매나 위롭겠노……."

쌍가매는 얼굴 한 번 보지 못한 이모 생각 때문에 뜬눈으로 밤을 지샜다.

다음날, 부석부석한 눈으로 샛들 시가댁으로 돌아가는데 동생들이 멀리까지 따라 나왔다. 쌍가매는 강질이 얼굴을 무심코 보다가 웬지 그냥 지나칠 수 없었다. 까만 얼굴이 햇빛에 나오니 노랗게 빛바랜 다래껍질 같다. 똥그랗고 큰 눈 때문인지 강질이는 옥남이

같이 야무지지 못하고 여리어 보였다.

"강질아, 니 어데 안 아프나?"

"어언제, 안 아프다. 왜?"

"아잇다. 그양 싱이가 물어 보는 거제."

"아픈 데는 없는데 쫌 바쁘게 걸으마 숨이 찬다."

"기운이 없어 그른갑다."

"그래, 봄타니라꼬 그릏제."

쌍가매는 울컥 눈물이 나와 얼른 고개를 돌렸다. 따숩고 말간 햇빛이 가슴이 메어지도록 보드라운데, 왜 세상은 이리도 서러운고.

"고만 따라오고 들가그라."

"그래, 싱야 가실게 온내이!"

강질이가 그러면서 부끄러운지 얼굴이 붉어진다. 까맣고 노랗던 얼굴이 잠깐 동안 고운 살구꽃빛처럼 물들었다.

"잔챗날 말이제? 오고 말고제."

"싱야, 잘 가래이!"

"잘 가래이!"

옥남이가 까르르 웃으며 눈을 깜빡거린다. 버드나무 오요강아지가 솜털처럼 피어 불불 난다.

쌍가매는 둔덕길을 이만치 올라오다가 뒤돌아봤다. 강질이 무명 저고리 깃고대 위로 나온 모가지가 별스럽게 길어 보였다.

쌍가매는 샛들로 돌아와 시댁 식구들한테 인사를 했지만 분옥이 이모 이야기는 입 밖에 내지 못했다.

"뭔 볼일인지 잘 보고 왔나?"

시어매 용계댁이 물었다.

"어매임요, 빌 볼일도 없었니더. 그양 친정 동상들이 보구 섶어 갔다왔니더."

쌍가매는 그러면서 친정집 동생들이 온통 산나물이 섞인 조밥을 먹고 있던 것이 생각나서 목이 메었다.

이튿날 새벽, 쌍가매는 예배당 마룻바닥에 엎드려 숨죽여 울었다. 문둥병 때문에 깊은 산속에 숨어 사는 이모 생각이 났고 그리고 능마루 아배 생각, 모가지가 길다란 강질이 생각, 한참이나 울어도 눈물은 자꾸 나왔다.

쌍가매는 억지로 울음을 추슬르고 나서 조용히 찬송가를 불렀다.

하늘엔 곤찮고 장생불노
몸 신령하여서 장생불노
사람의 사훗길 노소 없이 뫼로 가
하늘엔 병 없어 장생불노

쌍가매는 아직도 모든 게 서툴다. 천당이 정말 있는지 없는지도 믿기지 않고, 하나님은 독생아들 야소를 세상에 보내어 불쌍한 인생을 구원하러 왔다는데, 그것도 무슨 뜻인지 알 수 없었다. 그러면서도 쌍가매는 새벽 일찍 예배당에 가서 우는 것이 좋았다. 쌍가매지가 기구하게 태어난 때문인지 왜 눈물이 그리도 많을까? 조그만 일에도 자꾸 눈물이 나오고 울고 만다.

돌탭이(돌탑) 두룹골 분들네도 이 해 봄을 내내 울며 지냈다. 문둥이 아들 재득이를 데리고 묵정밭을 일구어 삼씨도 갈고 목화도 심

고 돼기밭 한쪽 귀때기엔 양귀비도 몇 포기 심었다. 봄보리, 안질양
대콩, 감자도, 정구지도 심었다. 양귀비는 재득이 약에 쓰려고 심은
것이다.

손가락이 문드러져 고름이 흐르는 손으로 재득이는 괭이질을 했
다. 손이 그러니까 괭이질하기가 온전치 못했다. 잘못 쪼면 괭이날
이 튕겨져 나가고 더러는 자루째 저만치 팽개치고 만다. 얼굴과 목
덜미에 구슬땀이 흐른다.

"재득아, 고마 집에 들가그라."

분들네는 아직 한나절이 일찍지만 재득이를 먼저 집으로 보낸다.
재득이가 밭뚝 밴데기 아래로 사라지면 뽕나무가 우거진 구석쪽으
로 가서 주저앉아 두 다리를 뻗쳐 놓고 통곡을 했다.

"이눔들, 이 쥑일 놈들아, 에미한테 한마디 의논도 안하고 너어
맘대로 동상꺼정 디루고 그리 갔부만 어야란 말이로! 아이고 내 팔
자야, 재애드으가아 어얘에 사앗꼬오……어얘에 사앗꼬오오……."

밭뚝에 무성한 뗏단재미(잔디)를 쥐어뜯으며 분들네 울음은 힘이
다해 기진맥진할 때까지 이어진다.

골짜기에서 십리길 밖 못골에 사는 말숙이는 이따금 찾아왔다.
말숙이가 찾아오면 분들네는 딸을 붙잡고 오만가지 화풀이를 다 쏟
아 놓는다.

"야야, 박실아, 오래비한테서 뭔 기빌이 없드나?"

분들네는 말숙이만 오면 인사처럼 대뜸 이렇게 묻는다.

"안죽 아무 기빌이 없네."

말숙이는 가슴이 조마조마 조바심부터 난다.

"그년한테로 막카 보내는 갑제. 돈이고 핀지고 그년한테만 보내

주고 에미는 죽든가 살든가 내삐리 두는 거제. 이눔들아, 지 기집 자석뿐이 모리는 불효막심한 눔들아아……."

말숙이는 덜컹 겁이 났다.

"어매 어매, 그기 아잇다. 형님이 어제 우리 집에 댕겨갔다."

"뭐라꼬?"

"형님도 오라배 편지 지둘리다가 안 오이께네 이짝으로 혹시 무신 소식이 있나 섶어서 왔다카면서 한 걱정 하고 돌아갔대이."

"그람, 이꺼정 와서 내한테는 왜 안 댕기가노?"

"어매 보기가 송구시러버 그양 갔다. 형님 지난 겨울 순옥이 동상 낳고 에랍게 살고 있는데, 어매는 왜 형님 나무래노?"

"그년 친정 집구석 봐라. 그 집구석 내력이 그르이 그른 년이 들어와 결국은 이래 내 집구석꺼정 망쳐 놨제."

"아잇다. 어매, 그기 아잇다. 형님한테 무신 죄가 있노. 어매……."

"팔자는 못 쏙인다. 그년 팔자가 그래서 지 서방도 저리 되고 우리 집구석이 이리 된 거제……."

"어매애……."

말숙이는 끝내 훌쩍대고 울고 분들네는 더욱 열이 오르는 듯 한껏 분풀이를 해대었다.

세 며느리가 사흘 해야 할 일을 혼자서 하루 다 해낸다고 추슬러 줬던 이순이는 이렇게 몹쓸 며느리가 되어 버렸다.

지난 겨울 읍내 군청 마당에서 장득이와 막내 시동생 수득이를 떠나보내고 이순은 그때서야 둥둥산처럼 불러온 배를 싸안고 길바닥에 주저앉았다. 첫새벽에 혼자서 그 먼길을 어떻게 왔는지도 모

113

르게 걸어왔는데, 장득이네를 어딘지도 모르는 낯선 곳에 보내 버리다니, 세상이 이대로 끝나 버린 것만 같았다.

이순은 장득이네가 건너간 강가 나루터 둔덕에 쭈그리고 앉아 아뜩아뜩 어지럼증을 느끼며 한참이나 기운없이 그냥 있었다. 다리가 떨리고 배가 고프고 추웠다.

이순은 칠배골에 가 있는 어매 정원이를 떠올렸다.

'어매가 모르고 있는 편이 낫제. 알만 무단히 걱정할 낀데……'

이순은 한참이나 둔덕에 앉아 있다가 일어났다. 거기 모였던 다른 사람들은 벌써 돌아가 버리고 없다. "두복아!" 부르며 울먹이던 어느 아바이도 가 버렸다.

한나절이 다가오고 있었고 읍내 사람들이 이순이 앉아 있는 강둑으로 무심코 지나다닌다. 이순은 무거운 몸으로 자식새끼들이 기다리는 효부골로 헐떡헐떡 걸었다.

보름 뒤에 이순은 몸을 풀었다. 순옥이 동생은 딸이었다.

그리고 한 달 뒤, 이금이네가 부산으로 갔다. 재용이는 부산 동래 장터 유기전에 일자리를 굳힌 것이다.

"이적제 떠돌아댕기다가 해필이마 처형이 이리 어려블 때 가게 되어 뭐라 말씀드릴지 모를시더."

재용이는 이순이 앞에서 큰 죄를 지은 듯이 구부리고 앉았다.

"무신 소리 그리 하니껴? 우리 걱정 하지 마고 어예든동 행이네 디루구 가서 잘살아야 되니더."

이순은 이금이 일이면 제 일보다 잘되기를 바란다.

"일본에 간 동세한테서 기빌이 있웃 게시더."

"나도 그리 믿니더. 수복이 아배도 아아들 굶기지 않을라꼬 애쓸

게시더."

이금이는 지나치도록 들떠 있었다. 무엇보다 이젠 재용이하고 헤어져 살지 않아도 되었고, 전깃불이 대낮같이 환하다는 부산이란 도시로 가게 되었으니 들뜨지 않을 수 없었다. 그러니 이순이 지금 마음이 어떤지도 다 헤아려 볼 수 없었다.

"싱야, 우리 쪼맨한 동솥하고 국단지하고 주고 갈꾸마. 큰솥하고 장독은 팔어야 된다 카네. 부산에는 방 한칸 거저 안 주고 시(세)를 내야 된다카이 모도 팔어야제."

"그래, 돈 될 거마 다 팔아 가그라."

이순은 어쩌면 이금이네가 솥단지만이라도 주고 갈 줄 알았는데, 어쩐지 섭섭했다.

떠나기 전날, 재용이가 찾아와 이순이 손에 오 원짜리 한 장을 쥐어 준다.

"처형요, 더 많이 못 보태 줘서 안됐니더."

"이르지 마이소. 아무라도 집 떠나마 어렵잖니껴. 지가 도로 보태 디리야 하는데, 이르만 안 되니더."

이순은 재용이가 주는 돈을 도로 내밀었다.

"적다고 안 받니껴? 안 받으마 내가 섭섭잖니껴."

이순은 내밀었던 돈을 거두어 들였다.

이금이네는 식구도 단출했다. 열 살짜리 행이는 나이보다 설핏하게 키가 컸고 성준이도 여섯 살이니 걸어갈 수 있다. 걷다가 힘들면 재용이가 업으면 된다. 대구까지 이틀만 걸으면 되고 대구에서는 자동차를 타면 된단다.

강을 건너 이금실 재를 넘으면 새터를 지나 대구까지 가기가 훨씬 가깝다.

막상 떠나던 날, 이금이는 입술을 비쭉거리며 운다.

"싱야, 떡장사하고 남끄덩 애끼지 마고 배불리 먹어래이."

"그래, 가서 몸 핀케 잘살어래이."

그렇게 이금이네가 떠나갔고 그 해 섣달 그믐도 지나고 신미년 정월이 왔다.

장득이네가 떠난 지도 두 달째가 되었는데도 아무런 소식이 없었다.

이순은 시집 와서 처음으로 아무 것도 없는 설을 지냈다. 조석이 죽고 아직 한 해도 지나지 않았다. 아침 저녁 빈소에 밥 한 그릇 떠놓고 곡소리도 못 내 봤다. 빈소를 차릴 자리도 없고 그럴 정신도 없었다.

'미련한 놈 잡아들이라 카마 없는 놈 잡아가마 된다.'

이순은 차옥이를 낳고 한 달이 조금 지났다. 손등 발등엔 아직 부색이 남아 있고 찬물에 손을 넣으면 진저리가 쳐진다.

그런 몸으로 이순은 설날 아침 차롓상을 차렸다. 밥 한 그릇 떠 놓고 조기 한 마리 구워 놓고, 나물 한 접시, 밤, 대추, 곶감, 그래도 소반은 쥐코밥상보다는 나았다.

"수복아, 동생들캉 낯씻고 할배한테 세배디러라."

수복이와 재복이 지복이는 찬물에 낯을 씻고 밥상 앞에 나란히 앉아 절을 했다. 절을 하면서 밥상에 놓인 쌀밥하고 조기 냄새를 맡으며 침을 꼴뜨락 삼켰다. 아이들이 절을 하고 난 다음 이순은 옷 매무새를 만지고 나서 차롓상 앞에서 절을 올렸다. 갑자기 목이 매었다. 살았을 때 조석이 얼굴이 나타나 보였다.

"에미야, 고생 많제?"

하는 것 같았다.

이렇게 차렛상을 지내고 동개동개 둘러앉아 밥을 먹었다. 이순은 숟깔을 드는 둥 마는 둥 하고는 일어났다. 밖에 나와 눈덮인 동쪽 산 멀리 바라봤다. 장득이가 어쩨 지내는지 걱정되었다.

"데럼도 왜 핀지 한 장 안 보낼꼬? 벌이가 어줍잖은갑제……."

칠배골 친정 어매 정원이 생각도 이석이 오라배도 생각났다. 돌 탭이 시어매 분들네는 설날 아침 어쩨 지내고 있을꼬? 말숙이 액씨가 곁에서 따신 밥 한 그릇이라도 해 디렀을까?

오렛도레에 말뚱굴레가 피고 나생이꽃이 피도록 장득이한텐 아무런 소식이 없었다. 그 겨울 이순은 아마도 태어나서 처음으로 이렇게 힘들게도 살아야 하는가 싶도록 고생이었다. 차옥이를 등에 업고 방아품을 팔러 가면 하회 마을 큰댁 마님은 쌀배기에 둥둥산처럼 밥을 담아 줬다. 방아품은 비록 한 끼지만 이렇게 배부르게 먹을 수 있었다. 이순은 큰기와집 정지 바닥에 앉아 먹을 수 있을 만큼 먹고 쌀배기에 밥을 얻어 왔다. 얻어 온 밥은 집에서 기다리던 네 남매가 흡사 둥지 안 제비새끼처럼 허겁지겁 먹어대었다.

그렇게 살아오면서 이순은 날마다 목이 빠지게 장득이 소식을 기다렸다.

"어매, 우리 여게 있지 말고 돌음바우골로 가자."

수복이가 몹시 답답한 듯이 보채었다.

"돌음바우골 가마 어데 집도 절도 없는데 어예 가노?"

"그라마 내 혼자 어데 갔빗기다."

"니 혼자 어데 갈 끼로?"

"어디든동 가서 돈 벌 끼구마."

"뭔 소리 그리 하노? 쫌더 기둘리마 애비한테서 뭔 기빌이 있으끼다."

"아배는 돈 긑은 거 안 보낼 낀데 뭐."

"……."

수복이는 뭘 알고 그러는지 마른 나무 부러뜨리듯이 말하였다.

그런 수복이가 정말 사흘 뒤에 어딘지 훌쩍 떠나가 버렸다. 나무지게를 서낭댕이 아래에 던져 놓고 없어진 것이다.

수복이는 열네 살이다. 아배 장득이보다 키가 훌쩍 크고 힘쓰는 것도 더 낫다. 그런 수복이가 낯선 마을에 와서 구질구질 어렵게 산다는 게 견딜 수 없었을 게다.

이순은 이틀 밤을 새다시피 기다렸지만 수복이는 돌아오지 않았다. 사흘 만에 이순은 앉아서 기다릴 수 없어 돌탭이 분들네한테 가 보기로 했다. 어쩌면 장득이 그쪽으로 소식을 보내 왔는지도 모르기 때문이다. 그래서 돌탭이 말숙이한테 찾아갔던 것이다.

말숙이는 홋살이가 자리잡혀 가는 듯이 보였다. 일 년 전에 울면서 떠나올 땐 금방 죽을 듯이 애처러웠는데 그새 말숙이는 마음도 몸도 새싹처럼 때를 벗었다. 쪽진 머리도 잘 빗었고 낯빛이 복시럽다.

"액씨야, 괜찮애 빈다."

"그래, 박서방이 약 한 제 지어 줬제."

"무신 약을?"

이순은 처음 듣는 소리다.

"저어게……."

말숙이는 말을 더듬는다. 이순은 가까스로 눈치채었다.

"액씬, 홀몸이 아인갑제?"

"인자 석 달째 들었다."

말숙이는 낯빛이 훨씬 붉어진다.

"잘 됐대이. 잘 됐대이……."

그러면서도 이순은 가슴 안이 가시에 치마꼬리가 걸려 찌익 찢어지듯이 아파오는 건 뭣 때문일까? 일 년 전하고 지금하고 처지가 뒤바꿔진 것이다.

"형님아, 잠깐만 앉았그래이. 점슴 채려올게."

말숙이는 일부러 동솥에 쌀밥을 지어 쪼그랑짠지하고 차려 왔다.

"시매씨 오그덩 같이 먹제?"

"괜찮다. 안죽 늦어야 올 낀데 뭐."

밥을 먹고 나서 이순은 물었다.

"액씨야, 혹시 이짝으로 일본 오라배 소식 안 왔나?"

"안 왔다. 형님한테도 핀지 안 왔나."

말숙이도 그게 궁금해서 도로 물었다.

"무슨 사람이 간 뒤로 소식도 없제. 부모도 처자석도 막카 잊었부렀나?"

"힝핀이 안죽 안 되는갑제."

"벌씨로 반 년이 다 돼가는데 빈말이라도 소식이 있어야제."

"안 그래도 어매도 눈이 빠지게 기둘리는데……."

"어매임은 어쩨 지내시제? 데럼 몸은 어뚱고?"

"어매는 그래도 오막살이제만 집도 있고 엇갈이 돼기라도 있으이 괜찮제만 형님은 아아들 디루고 어예 살제?"

"안 죽으이 사는 거제. 굶다가 먹다가 그르는 거제 뭐."

이순은 말숙이 앞에서 점점 짜부라져 작아지는 듯했다.

수복이가 집 나갔다는 말은 끝내 입 밖에 내지 못하고 이순은 일어섰다.

"형님아, 어매한테 안 가 볼래?"

"내가 무신 낯으로 어매임 뵙제? 일원 한 장 보태디리지 못하는 걸……."

"무신 말을 그리 하네. 아까도 말했제만 어매는 그래도 죽이라도 안죽은 굶지 않으이 걱정 마래."

말숙이는 그러면서 무명 자루에 쌀을 반 말이나 되게 담아 준다.

"작제만 아아들 한 때 밥해 먹이래이."

"액씨야. 내가 체면 없이 이래도 되나?"

"빌소리 한다. 형님은 내한테 얼매나 고맙게 해 줬잖나. 평생 못 잊을 낀데……."

"내가 액씨한테 뭘 해줬제?"

"……."

사구지미재를 넘어와 이순은 더붓골 아래쪽을 한참 보다가 그냥 발길을 돌렸다. 더붓골 아래쪽이 바로 돌움바우골인 것이다.

머리에 얹힌 쌀자루 때문인지 이순은 걸음걸이가 가벼웠다.

효부골에 돌아왔을 때, 생각지도 못한 손님이 와 있었다. 곁방살이하는 쿤네 집 마루에 앉아 이순이 돌아오기만 기다리고 있었던 이는 바로 돌움바우골 쇠돌네 아배 고서방이었다.

"쉬돌네 아배 왼 일이시껴?"

이순은 못된 생각에 삽작거래에서 그냥 주저앉을 것만 같았다.

틀림없이 수복이한테 무슨 일이 생긴 거다.

"어데 가셌다 이리 늦니껴?"

고서방은 오래 기다리다가 반가운지 일어나 섰다.

"돌탭이 액씨한테 댕기오는 길이시더. 어예 오셨니껴?"

"혹시 수복이 가아가 집에 안 왔나 섶어서요."

"수복이가 어쨌니껴?"

"수복이가 우리 쒸돌이하고 집 나갔는데 도무지 어데 갔는동 모를시더."

"쒸돌이하고 갔다꼬요?"

이순은 조금 마음이 놓였다. 혼자가 아니고 동무하고 나갔다니 가슴을 쓸어내려도 되었다. 쇠돌이는 수복이와 한동갑이지만 얼분스럽다.

그런데 고서방은 그렇지가 않았다.

"대체 수복이 가가 우리 쒸돌이를 디루고 어데 갔는동 수복이 어매는 짐작이 안 가니껴?"

고서방은 수복이가 쇠돌이를 데리고 갔다고 하였다.

"어데 갔는동 나도 모리니더. 미칠 전에 어디 가서 돈벌어 온다는 말을 했제만 그게 그냥 하는 소리려니 했제요."

"돈벌어 오겠다꼬요?"

"예, 그런 소리 하는 걸 들은 것 긑으이더."

"이거 큰일이시더. 수복이 가가 남우 아를 대체 어데꺼정 디루고 가서 뭔 일이라도 생기마 어얄라니껴?"

고서방은 이순이한테 잘못을 따지는 듯했다.

"진들 어예 알리껴? 수복이 가아도 하도 답답으이 한분 나가 보고 일이 맘먹은 대로 안 되마 돌아오겠제요."

"수복이 어매는 어예 그리 편한 소리만 하니껴? 아아들이 집 나갔는데도 걱정이 안 되니껴."

"왜 걱정이 안 될리껴. 시상이 온통 어지러분데 내라꼬 어예 걱정이 안 될리껴……."

이순은 야속한 마음이 들었다.

고서방은 돌아가면서

"아아들 어디 있는지 알그덩 쌔기 기빌해 주소."

했다.

이순은 다섯 번도 넘게 절을 하면서

"예, 예……."

빌 듯이 대답했다.

그러나 수복이는 한 달이 지나도록 아무런 소식이 없었다.

이순은 나머지 사남매를 데리고 반은 먹으며 반은 굶으며 방아품, 빨래품을 들어주며 겨우겨우 살았다.

이런 이순이 사정을 칠배골 정원이가 안 것은 손녀딸 순덕이가 딸을 낳고 한 달이 지나서였다. 칠월에 건재 제사가 있었고 그날 순덕이는 태어나서 한 달밖에 안 되는 까불이를 업고 신랑 오복이를 따라 칠배골로 갔다. 할배 제사보다 까불이를 자랑하고 싶어 핑계삼아 간 것이다.

"엄머이! 까불아, 까불아……."

"강지야, 강지야……."

순덕이 딸 까불이는 태어나서 한 달밖에 안 되는데도 눈이 또랑또랑했다. 외갓집 순태와 순원이는 누나가 낳은 조카가 귀여워 서로 안아 보려고 법석대었다. 할배 제사는 까불이 때문에 좀처럼 조용해지지 못했다. 밤이 늦어서야 까불이는 잠이 들었고 정원이는 며느리 달옥이와 함께 제삿상을 차렸다.

제사가 끝나고 음복으로 비빔밥을 나눠 먹고 나니 첫닭이 운다. 모두 고달픈 몸으로 자리에 누웠는데 순덕이가 정원이 곁에 누워 속삭이듯이 물었다.

"할매, 돌음바우골 고모네 소식 아는가?"

"그래, 고모네가 잘 있는 것 같으나?"

정원이가 눈을 붙이려다 말고 도로 뜨면서 묻는다.

"윤서방이 아무 말 않든가배?"

"뭔 소리 말이로?"

순덕이는 망설이다가 입을 열었다.

"고모네 작년 가실게 풍비박산돼가주 고모부는 일본 가고 고모 혼자 어딘동 숨어 산다 카드라."

"뭐라꼬!?"

정원이는 하도 놀래 누웠던 몸을 벌떡 일으켜 앉았다.

"할매, 윤서방이 걱정한다꼬 가만 있자 그러는 걸 내가 어예 그냥 모른 척하노."

"그래, 그걸 누가 그르드노? 윤서방이 돌음바우골 가 봤다나?"

"하매 지난 겨울 그짝 장터에 소문이 깔린 걸 윤서방이 여게 오면서도 암 말도 안해서 그래."

"……."

정원은 손가락이 저리도록 피가 멎는 듯했다. 세상에 이런 일도 있는가 싶었다. 바깥 사돈 조석이 앓다가 죽은 건 명이 그것뿐이니 어쩔 수 없지만 저렇게 집안이 한꺼번에 무너진다는 건 예삿일이 아니다. 꼭 스물여덟 해 전에 정원은 가래실에서 건재를 잃고 자식 새끼 삼남매를 데리고 쫓겨오지 않았던가? 그리고 나서 십 년 뒤엔 이석이 달옥이와 둘이서 이리로 와서 숨어 살아왔는데……이순이 그 애만은 이제 맘 놓고 살아가겠거니 했던 것이 이 지경이 되다니…….

정원은 이튿날 날이 밝기가 무섭게 까불이 아배 윤서방을 앞세워 삼밭골로 갔다. 의성 읍내에서 정원은 윤서방을 남겨 놓고 우선 섶밭밑 복남이한테로 갔다. 복남이는 그새 머리칼이 훨씬 희어졌다. 손자 남매 수식이와 순난이는 살아 있는 아배를 멀리 떠나보내고도 잘도 컸다.

정원은 복남이 앞에서 한참 동안 울었다.

"서억이네야, 이 일을 어짜만 좋제? 우리 이순이 가아가 저리 될 줄 누가 꿈엔들 알았겠나. 내 자랑이 아이라 이순이는 참말로 반뜻하게 숭없이 키웠대이. 어디 냇비리 봐도 가아는 빈틈없이 살 아안데 어예 저리 될꼬?……"

"이석이네야, 집안이 안 되니라꼬 그릏제 이순이 가아가 잘못한 게 아이잖는가. 너무 걱정 마래. 하늘이 무너져도 솟아날 굼기 있다 카잖네."

두 늙은 과수댁은 끝도 없이 신세타령을 늘어 놓았다. 한 해 반 동안 모아 뒀던 이야기를 주고받으며 밤이 늦는 것도 잊어 버렸다.

이튿날, 정원은 영분이가 서둘러 지어 준 아침밥을 먹고 곧장 일어났다.

"소부골(효부골)에 있다는 말을 들었더니만 안죽도 거게 있는동 잘 모를시더.”

영분이는 눈이 뻐꿈 들어간 정원이 얼굴을 쳐다봤다. 스물여덟에 청상과부가 되어 살아온 정원이 지금 얼굴을 보며 훗날 영분이 자기 얼굴이 저럴지도 모른다 싶었다.

정원은 재를 넘고 강을 건너 효부골로 갔다. 그러나 효부골엔 이순이가 없었다. 곁방살이를 했다는 주인댁 아낙이 나와

“수복이넨 한 달 전에 갯골로 갔니더. 갯골 대정질(대장간)하는 조서방네 집에 가 보소.”

하는 것이었다.

“그래, 아아들캉 모도 잘 있디껴?”

“힝핀이 에랍제요. 굶듯 먹듯 그리 살다 갔니더.”

“그릏제요. 그릏겠제요.”

정원은 아낙한테 인사를 하고 다시 강을 건너 갯골로 갔다. 갯골은 곱내가 낙동강과 합수되는 갯마실이다. 대장간 조서방은 이금이와 효부골서 친하게 살았던 분순네였다. 서른 살을 넘긴 나이인데도 분순이는 아직도 배태(임신)도 못했다. 그렇게 내외간만 달랑 살고 있는 분순이가 효부골에 다니러 갔다가 이순이네 어렵게 된 사정을 안 것이다.

“갯골에 만주로 떠난 빈 집이 있는데 그리 와서 살마 어뚤꼬요?”

이순은 효부골이 싫던 참에 퍽이나 반가웠다.

“우리가 그리 가마 피(弊) 끼치지 않을리껴?”

“괜찮니더. 다 어러븐 처진걸요.”

이리 해서 이순이네는 한 달 전에 갯골 마을에서도 한쪽 귀퉁이 빈 집에 옮겨 왔던 것이다.

이순은 그 먼 길을 찾아온 정원이를 보고도 웬지 덤덤했다.

"어맨 여게 어예 알고 찾아왔제?"

"에미가 그 다안 아무 것도 몰랐대이. 소리소문도 없이 이게 뭐꼬……?"

"괜찮다. 수복이 아배 한 밑천 벌어오마 돌음바우골로 다부 살러 갈끼구망."

"그래, 김서방 요지간에 무신 기빌이 있었나?"

"으응, 몸 핀케 잘 있다 그르네."

"……."

정원은 뭐가 뭔지 어리둥절했다. 이순은 어째 보니 눈꼽만치도 걱정이 없어 보였다.

"그래, 어째 살었네, 그 다안?"

"홀가분케 살었제. 아아들만 디루고 오부순체 뭐."

"하제만 뭘 먹고 살제?"

"어매도 그랬잖애? 산 사람 입에 거무줄 안 친다꼬……."

이날 저녁, 이순은 어디서 구했는지 보리밥이지만 푸지게 해서 열무김치와 찐 된장을 차렸다.

"어매, 시장은데 많이 먹어래이."

"그래."

그러면서 정원은 맏이 외손자 수복이가 보이지 않아 물었다.

"큰 아아는 어디 갔나?"

"수복인 돌음바우골 쉬돌이한테 놀러 갔네."

"무신 좋은 일이 있어 놀러 가노?"

"동무 좋아 자주자주 놀러 가제."

둘러앉아 밥을 먹던 재복이와 지복이는 어매가 외할매한테 저리 거짓말을 하나 싶어 걱정이 되었다.

이튿날, 정원이 돌아갈 때까지 이순은 매정타 싶을 만큼 아무 일도 없는 듯이 속내를 들어내지 않았다.

"내 갔다가 틈나마 또 오꾸마."

"뭔 일로 또 올래? 내사 어매가 와도 빌로 안 반가분걸."

정원은 이순이 왜 저리 쌀쌀맞게 구는지 도리어 섭섭한 마음까지 들었다. 찾아오면 어매를 붙잡고 통곡이라도 할 줄 알았는데 하나도 그렇지가 않았다. 어려우면 에미한테 기대고 슬프면 어매를 붙잡고 울어주는 게 정인데, 이순은 그런 어매도 귀찮다니 섭섭치 않을 수 없었다.

정원이 그렇게 아쉽게 돌아간 뒤, 이순은 혼자서 뒤란 담구석으로 갔다.

"어매야, 내가 너무 했제. 어매야, 내가 잘못했대이……어매야……."

이순은 부들부들 떨고 있었다. 소리 안 나게 눈물이 쭈르르 깡마른 볼따구니로 흘러내렸다.

18

이석은 눈코 뜰 새 없이 바쁘다. 동네에 궂은일, 좋은 일이 생기면 며칠이고 잔심부름을 해야 한다. 환갑잔치, 혼인잔치 그리고 초상장사가 생기면 먼저 헛간에 쌓아 뒀던 반상기를 꺼내어 먼지를 털고 수세미로 닦고 행주로 훔친다. 그렇게 깨끗하게 씻은 그릇과 밥상을 달옥이와 이석이가 이고 지고 잔칫집으로 간다. 달옥이는 정지로 가서 젖은 일을 거들고 이석은 마당 일을 거든다. 차일을 치고 멍석을 깔고 추운 겨울엔 모닥불을 피운다. 환갑잔치엔 풍물까지 가지고 와서 판을 벌이게 하고 초상집에는 상여를 곳집에서 꺼내 온다.

마을에 소식 전할 일이 생기면 앞산 뒷산에 올라가 큰소리로 외친다. 이석은 힘들고 고달팠지만 언제나 웃는다. 시집 간 순덕이한테도 그랬지만 아이들하고 우스갯소리도 잘했다. 이석은 언제 어디서 그렇게 많은 이야기를 듣고 알고 있는지 끝도 없이 재미난 이야기를 들려줬다. 더러는 이석이가 만들어 들려준 이야기도 많았다. 힘들게 살면서도 이렇게 이석은 웃을 줄을 알았다. 온통 동네 사람들을 나으리로 모셔야 하는 고지기 머슴이면서도 이석은 도무지 모난 데가 없었다.

그즈음 개백정이라고 하는 남정네들이 꼬부랑낫을 들고 다니면서 집집마다 먹이고 있는 임자 있는 개를 마구잡이로 잡아갔다. 개망난이 뒤에는 꼭꼭 순사가 따라다녔다.

"아배요, 큰일났더이더. 개백정이 와서 개를 마구 잡아가니더!"

순태가 집으로 쫓아들어오면서 허겁지겁 소리친다.

"워어리! 워어리!"

"자, 얼른 뒤지문 열어라."

이석은 뒤주문을 열고 워리를 번쩍 안아 그 안에 들여놓았다.

"워리야, 배깥에 나와 있으마 백정이 잡아간다. 그리이께네 암말도 말고 가만 있어야 된다. 알았제?"

워리는 이석이가 등을 쓰다듬으면 다 알아들은 듯이 조용히 있다. 뒤주문을 닫아 버린 뒤에도 워리는 캄캄한 뒤주 안에 갇혀 꼼짝하지 않았다.

그날, 운나쁘게도 개백정한테 들켜 많은 개들이 잡혀갔다. 사람들은 대낮에 남의 집 개를 마구잡이로 붙들어가도 아무도 말 한마디 하지 못했다.

"개는 잡어다가 뭣에 씨는공?"

"만주에서 싸우는 군사들이 잡아먹는다드구만."

"그기 아이라, 기름을 짜 가주고 기계를 돌린다든데……."

개를 잡아다 뭣에 쓰는지는 아무도 모른 채 이러쿵저러쿵 소문만 떠돌고 있었다.

백정들이 그렇게 한바퀴 돌고 가 버리면 뒤주 안에 숨어 있던 워리도 밖으로 나온다. 백정들은 한 번 다녀가면 몇 달 동안은 오지 않기 때문에 그때그때 잘 숨겨만 두면 무사했다.

여름밤 하루 동안 고달픈 일을 마치고 나면 귀리짚으로 엮은 거적을 깔고 모깃불을 피우고 식구들이 이리저리 눕는다. 하늘에는 별이 은구슬을 뿌린 듯이 반짝거린다.

이석은 누워서 순태, 순원이한테 얘기를 들려준다. 함께 거적 구석쪽에 앉아 있는 달옥이도 이석이 이야기에 귀를 기울인다.

옛날에 짚신쟁이 할바이하고 수꾸떡장사 할머이가 살았그덩. 할바이는 짚신을 삼아 팔고 할마이는 수꾸떡 맨들어 팔고 부지런히 부지런히 살았제. 할방네한테는 아들이 일곱이 있었는데 모두 모두 사이좋게 살았제. 그런데 어느게 여름에 억수비가 쏟아져 가주 온 시상이 물바다가 돼뿄그덩. 할방네 식구들은 큰물에 막카 둥둥 떠내려가 가주 산지사방 흩어졌제. 비가 근치고 물이 줄어들어 보니까 짚신쟁이 할바이는 강건너 동짝에 있고 수꾸떡 장사 할마이는 강물 서쪽에 있었제. 그래, 할바이가 강물을 건너 할마이한테 갈라카이 물이 너무 깊어 건네가지 못했그덩. 그래서 아들 일곱이 똥바가지로 강물을 퍼낼라꼬 밤이나 낮이나 쉴 틈 없이 물을 퍼도 그게 어디 가당치도 않제. 그르다가 그르다가 할 방네는 모두 죽어 하늘에 올라갔거든. 아들 일곱은 똥바가지가 되어 안죽도 강물을 퍼내고 할바이하고 할마이는 그냥 동쪽으로 서쪽으로 헤어져 산단다. 그래서 하늘에 옥황상제님이 하도 불쌍해 까막까치한테 칠석날 밤에 다리를 놓아 주게 했제. 요새도 칠석날만 되마 까막까치들이 강물에 다리를 놓아 주고 할바이하고 할마이는 일 년 동안 부지런히 짚신 삼고 수꾸떡 맨들어 기다리다가 그날 하리만 만낸단다.

이야기를 다 하고 나면 모두가 하늘을 본다. 똥바가지가 된 아들들이 북두칠성 별이 되어 있고 짚신쟁이 할바이도 수꾸떡장사 할마이도 별이 되어 은하수 강물 사이에 두고 헤어져 있다.

순태와 순원이는 해마다 여름이면 아배가 들려주는 짚신쟁이 할바이 이야기를 다 알고 있지만 또 듣고 들어도 재미있고 슬프다.

이석은 또 무저울에 물이 점점 차올라 기울어지면 비가 내리고 삼신할매네 며느리가 씨두구미를 엎질러 좁씨가 쏟아져 된 조물씨 별 이야기도 들려주며 손가락으로 하나하나 짚어줬다.

그렇게 이석은 하루하루 살아가는 것이 행복했다. 가래실에서 죽은 아배 건재도 그랬듯이 이석은 욕심이 없다.

다만 한 가지 이석은 동생들을 살펴 주지 못한 것이 언제나 가슴 한구석에 자리잡고 있었다. 이순이 이금이한테 죄스럽고 미안했다. 그래서 칠배골에 불이 나서 쫓겨 올 때도 이석은 하늘이 벌을 내렸다고 생각했다. 부모 동생도 모르고 혼자서 도망쳐와서 두더지처럼 숨어 살았으니 하늘인들 그냥 보고만 있겠는가.

이석은 아무리 힘들고 동네 머슴살이가 개굿장스러워도 모든 걸 죄값이라 생각하고 살고 있다. 그런데도 지금 혼자서 고생살이 한다는 이순이 소식을 듣고부터 한쪽 가슴이 그냥 짜부라지듯 아팠다.

'이순아, 오래비가 잘못해 너꺼정 고상시럽게 살게 했제. 그런데도 오래비는 아무 것도 너한테 해주지 못하고 있제.'

이런 이석이한테 바라는 것이 있다면 어떻게 해서 소 한 마리를 사고 싶은 것이다. 병든 송아지라도 한 마리 사서 애지중지 키우면 형편이 좋아져서 언젠가는 동네 머슴살이도 벗어날 수 있을 것 같았다. 하지만 이석이 형편으로는 그 병든 송아지 한 마리도 살 수가 없었다.

부산으로 간 이금이도 한시도 엉덩이를 붙이고 앉아 있지 못하고 바빴다. 처음 며칠 동안은 낯설고 물설은 곳이어서 뭐가 뭔지 몰랐다. 장터는 닷새 만에 서는 것이 아니라 날이면 날마다 장사꾼들로 붐볐다. 어찌 보면 사는 사람보다 파는 사람이 더 많은 것같이 보였다.

어벅다리를 신은 나무장에서 숯장사도 있고 나물장사, 생선장사, 떡장사, 밥장사, 죽장사도 있었다. 길가에 늘늘이 앉아서 파는 사람이 있는데도 서서 걸어다니며 파는 사람도 많다.

'저릏기 팔기만 하고 누가 다 사먹는공?'

이금이는 어지러워 정신이 나갈 지경이었다. 효부골에서 언니 이순이하고 떡장사를 해봤지만 그것하고는 견줄 수도 없이 펄펄 바람소리가 나는 듯이 모두 바쁘게 도붓치고 있었다.

효부골서 대구까지 걸어걸어 와서 대구에서 기차를 타고 오면서 참말 희한한 세상으로 가는가 싶었는데, 막상 부산이라는 도회지에

와 보니 그냥 사람천지였다. 상투머리에 꾀죄죄한 촌사람도 있고 머리에 기름을 뺀질뺀질 바른 양복쟁이도 있다. 이금이가 가장 놀란 것은 아래 위도 없이 도포자락 같은 소매를 흔들며 굽이 높은 나막신을 신은 왜각시(일본여자)였다.

"저년들은 소꿋도 아입고 맨다지라 캅디더."

부산 말씨를 처음 듣고 이금이는 모두 싸우는 사람 같았다. 보통으로 말을 하는데도 흡사 화난 사람처럼 뻐덩뻐덩했기 때문이다. 그런 말씨로 이금이와 한집에 살게 된 토배기 어마씨 복순네가 빌쭉대며 왜각시 흉을 보는 것이었다.

"설마 그를릴껴? 소꿋도 안 입고 어예 길에 나댕길리껴."

"거짓말 아이라예. 목간(목욕)하러 가 보마 옷 벗는데 아무껏도 아입고 맨다지라 캅디더."

"목간이 뭐이껴?"

"온천 목간 말입니더. 한 구디기에 모예갖고 뻘거벗고 뜨신 물에 몸 씻는 걸 목간이라 합니더."

"엄매이 숭칙하기도……방낮에도 뻘가벗고 몸을 씨이마 누가 안 보니껴?"

"모여 갖고 다 벗는데 누가 본들 엇합니까. 우리 한분 가 볼까예?"

이금이는 간이 떨꺼덕 널찌는 듯 놀랐지만 금방 정신을 차렸다. 목욕탕이라는 곳이 궁금해지고 가 보고 싶어졌다.

이금이는 재용이 몰래 복순네랑 온천 목욕탕에 가 봤다. 부산에 와서 처음 가 본 곳이 그런 곳이었다.

이렇게 해서 이금이는 한 가지 두 가지 부산살이에 길들여지고 한 달이 지나자 토박이 부산 여자들보다 더 똑똑해졌다. 전차가 땡땡 다니고 인력거가 다니고, 서울서, 평양에서, 신의주에서 일본으로 가는 학생, 장사꾼, 노무자, 기생들, 광대들이 버글대는 부둣가에도 가 봤다.

"행이 아배요, 지도 벌이를 해야 할시더. 이래 방안에 가만 있으이 답답으이더."

"뭘 벌이를 할래?"

"뭐라도 허락만 하마 내가 알고 함시더."

"하고 섶으마 하는 거제. 하제만 아아들 돌볼 틈이 없으마 어짤란가?"

"행이가 저만한데 지 동상 디루고 집 보고 있을 끼구만요."

"그래, 나는 모르이 이녁이 알아서 하게."

재용이는 이금이 성질을 잘 알기 때문에 굳이 말릴 수도 없었다. 결국 이금이는 마른 미역 오라기를 이고 다니며 인근 김해까지 가서 쌀을 바꿔 오는 광주리 장사를 하게 되었다. 그러다 보니 한시도 앉아 있을 새 없이 바빠진 것이다.

"행아, 어매가 장사해서 돈벌마 고운 옷해 줄꾸마."

"응, 괜찮애."

"성준이하고 집 잘 보고 어매가 늦게 오마 밥해 놓을래?"

"응."

행이는 어매 이금이를 닮지 않았다. 얌전하고 수줍어하는 것이 좀 지나친 아이였는지 모른다. 그런 행이가 낯선 부산에 와서 힘들었던 건 어쩔 수 없었다.

바닷바람은 칙칙하고 비린내가 났다. 바닷바람만 비린내가 나는

것이 아니라 골목길도 장터도 사람도 모두 비린내가 났다. 온통 시
끄럽고 어지럽다.

성준이는 사흘이 못 가 벌써 골목길에 동무가 생겨 친하게 놀고
있었다.

부산의 겨울은 삼밭골에 대면 하나도 춥지 않았다. 눈도 안 오고
바람도 맵지 않았다.

일본 사람들은 자꾸 늘어나고 큼직큼직한 일본 집들이 여기저기
자꾸 들어섰다. 왜각시들은 하얗게 분을 바르고 조선 사람들이 지
나가면 마늘 냄새가 난다고 고개를 숙여 버린다. 길가 이층집들은
모두 그런 왜각시들이 살고 있었고 큼직큼직한 가게들은 모두 일본
사람들이 자리잡고 있었다.

그렇게 어지러운 부산에서 이금이는 조금도 주눅들지 않고 꼿꼿
하게 살았다.

언니 이순이 생각이 가끔 나면

'인지쯤 형부한테서 무신 기빌이 있겠제.'

하면서 걱정도 했지만 그것도 점점 잊는 날이 많아지고 어쩔 수 없
이 멀어지고 희미해져 갔다.

그 해 가을, 방아실 강질이는 끝내 혼인잔치를 못 치렀다.

여름이 되면서 강질이는 모가지가 좀 더 길어지고 숨이 가빴다.
어매 귀돌이하고 마주 앉아 삼을 삼으면 이내 힘이 빠지고 흐늘흐
늘 몸이 가라앉아 쓰러져 눕고 싶었다. 억지로 참고 앉아 한 바람
한 바람 삼실을 이으면 눈앞이 아물거렸다. 이마에 땀이 송글송글
맺고 등에도 식은땀이 났다.

그래도 숨실 태복이만 생각나면 잠깐씩 힘이 생겼다. 태복이 마음은 어떨까? 우리 아배만치 착할까? 그이도 어서 가을이 왔으면 하고 기대릴까?

밤이면 강질이 혼자 또 태복이 생각을 하면서 얼굴을 붉혔다. 가슴이 두근거리기 시작하면 오래도록 가라앉지 않았다.

시댁 어른들께 예물로 해갈 지추리 삼베 한 구부(두 필)를 강질이는 혼자서 짜면서도 어매 아배한테 아프다는 말을 하지 않았다. 강질이 저도 무슨 큰 병을 앓고 있다는 걸 꿈에도 생각지 못했기 때문이다.

지난 봄, 샛들 언니 쌍가매가 다녀가면서

"강질아, 니 어디 안 아프나?"

묻던 것이 생각났지만, 강질이는 역시 그냥 기운이 없어 그러려니 했다.

한 구부나 되는 베를 짜면서 강질이는 도투마리를 넘길 때가 가장 힘들었다. 밀치깃대로 도투마리 한쪽을 밀면 손목이 떨리고 힘줄이 퍼렇게 돋았다.

결국 강질이는 여든 자나 되는 한 구부 베를 반 넘어 짰을 때 하얗게 핏기를 잃고 쓰러져 버렸다. 모가지에 뭔가 미지근한 것이 올라와 토해 놓고 보니 검붉은 핏덩이였다.

'어야꼬나!'

강질이는 더럭 겁이 났다. 겁이 나면서 어느새 가물가물 정신을 잃고 있었다. 서쪽 광창으로 해가 들어올 때까지 강질이는 북집을 떨어뜨리고 벳바대에 엎어진 채 있었다.

그런 강질이를 맨 먼저 본 건 옥남이였다.

"싱아, 강질이 싱야……."

한참 동안 베짜는 소리가 들리지 않아 샘물을 길어 나르던 옥남이는 무심코 불러 봤다.

"싱야……."

"……."

몇 번이나 불러도 강질이는 대답을 않는다.

"싱야 어디 갔나?"

옥남이는 물동이를 놓고 건넌방으로 뛰어갔다. 방문을 열어놓으면 베올이 말라 버려 자주 실이 끊긴다고 베를 짤 땐 누구나 비올 때가 아니면 한여름에도 문을 닫아 놓는다.

"싱야!"

옥남이는 문을 활짝 열어 보다가 깜짝 놀랐다.

"싱야아……!"

방으로 뛰어들어가 언니 얼굴을 두 손으로 받쳐 들었다. 입술 언저리로 걸쭉한 피가 반은 말라 붙고 짜던 벳바디에도 피가 고였다.

"싱야! 싱야!"

옥남이는 어느새 울먹거리며 강질이 허리에 꼭 묶인 부티끈을 풀었다. 간신히 끌어안고 베틀에서 내려 방바닥에 눕히고는 가슴에 손을 넣었다. 강질이 가슴의 맥박은 그런 대로 뛰고 있었다.

"싱야, 쪼매만 참어래이. 가서 아배 불러 오꾸마."

옥남이는 짚신을 신는 둥 마는 둥 달렸다.

아래 앞산 비탈밭에서 귀돌이와 달수는 조밭을 매고 있었다.

"아배요! 아배요!"

"자가 뭔 일로 저래 바쁘게 부르노?"

달수는 호미를 손에 든 채 일어섰다.

"남아아!"

"아배요, 얼른 오소! 싱이가 까무래졌더니!"

"뭐라카노?"

귀돌이도 호미를 놓고 일어섰다.

"얼른 집에 가시더. 싱이가 다 죽어 가더니."

귀돌이가 먼저 밭둑에 벗어 놓았던 짚신을 신고 허둥지둥 내려오고 뒤따라 달수도 성큼성큼 따라왔다.

달수가 강질이를 들쳐 업고 안골 의원한테 데려가 보니 의원은 노점(폐병)이라 하면서 침도 놓지 않고 그냥 도로 데리고 가라고 한다.

"디루고 가서 일은 씨게치 마고 개나 한 마리 잡아 믹이소."

의원은 안됐다는 듯이 고개만 젓는다.

"침이라도 한분 놓으마 안 될리껴?"

달수는 안타까웠다.

"침놓는 빙이 아이시더."

"어야니껴? 야가 가실에 혼사 치를 아안데 이양 두마 어야니껴?"

"혼사는 안 하는 게 좋을시더. 그건 하늘이 준 빙이시더."

달수는 할 수 없이 강질이를 업고 집으로 왔다.

강질이는 방구석 멀찍히 누운 채 짜다 둔 베는 마무리짓지 못했다.

숨실 태복이와 혼삿날을 한 달 남겨 놓고 달수는 사돈댁에 알렸다.

샛들 쌍가매 언니가 왔다.

"강질아, 지난 봄에 왜 아프다고 안 했노? 진작 알았으마 일케 되지는 안 했으꺼 아이라."

"싱야, 나도 몰랐는걸 어야노."

"이 미런스러븐 것아, 이게 뭐꼬? 이 팔목이 수꾸때비 같잖아 강 질아……."

"싱야, 내 빙 안 나으마 어야제?"

"안 낫기는……어서 밥 많이 먹고 푹 쉬마 낫는다 카드라."

"암만 애써도 자꾸 힘이 없어지고 몸이 까라앉는걸……."

시월 스무 날, 잔칫날은 그냥 지나갔다. 내년 삼월까지 기다려 보고 강질이 병이 낫지 않으면 태복이는 딴 데로 장가를 간다고 했다.

강질이는 섣달 보름날, 눈이 허리만치 내리던 밤 짚불처럼 사그라지듯이 숨을 거두었다.

처녀가 죽으면 몽달귀신이 된다. 열여섯 해를 살다가 강질이는 시집도 못 가 보고 죽었다.

귀돌이는 해골만 남은 강질이한테 푹신한 솜을 넣은 저고리를 입혔다. 옥남이는 강질이 언니가 한 땀 한 땀 수놓았던 베갯머리를 고이 접어 겨드랑이에 끼워 줬다.

눈이 허리까지 파묻히는 산길로 달수는 강질이 주검을 싼 삿자리를 지고 천천히 걸었다. 언제나 햇볕이 잘 드는 양지쪽에 달수는 구덩이를 깊이깊이 팠다.

"강질아, 추워 어짜제?"

허리까지 팠던 구덩이를 더 파서 목까지 찰 만큼 팠다. 그렇게 깊고 따뜻한 흙 속에 강질이는 고이 묻혔다.

자식은 죽으면 부모 가슴에 묻힌다 했던가.

달수는 겨울이 다 지나도록 하루 한 번씩 강질이 무덤을 찾아갔다.

달수는 죄가 많다. 아배가 그토록 말렸는데도 거역하고 딴 데 시집 가서 아기까지 낳은 귀돌이를 억지로 빼앗듯이 데리고 와서 각시를 삼았다. 그걸 죽은 아배는 저승에서 내려다보고 벼르어 왔을 것이다. 그래서 아배는 달수의 귀여운 딸 강질이를 데려가 버린 것이다. 달수는 그렇게 믿어 버렸다.

'아배요, 지가 잘못했으이 이만 하고 화를 거두시소. 강질이는 아배 손녀딸이니까 저승에서 아배가 지 대신 보살펴 주이소.'

태복이는 다음해 가을, 이금실쪽 다른 처자한테 장가갔다는 소문이 들렸다.

그렇게 강질이가 저 세상으로 가 버린 그 해 겨울, 안평 새터 옥주는 훗살이 간 말숙이 어매가 이쁜 딸을 낳았다는 소문을 들었다. 옥주는 두 해가 지나도록 어쩌면 어매가 돌아올지 모른다는 마음이었다. 해질녘이면 마실 밖 저어쪽 큰길을 몰래 내다본 것이 한두 번이 아니다.

할매 사촌댁은 걸핏하면

"그년 바람나서 팔자 고친 년, 이자 니 에미가 아잇다."

그러면서 어매를 미워했지만 옥주는 어매가 미워지지 않았다. 날이 가고 달이 지날수록 보고 싶어지기만 했다.

그런 어매가 딴 데 시집 가서 애기를 낳았다니 옥주는 하늘이 무너지는 듯이 힘이 빠졌다.

"이잔 어매는 영영 안 오는 갑제."

옥주는 아무도 없는 언덕배기 모퉁이에 가서 눈이 퉁퉁 붓도록 울었다.

"어맨 이잔 우리 어매가 아잇다."

옥주는 처음으로 어매가 진짜 미워졌다. 그러면서도 그 미운 어매는 눈만 감으면 옥주 눈앞에 알른알른 나타났다.

'아배는 백제 전깃줄에 붙어 타 죽었제.'

아홉 살의 겨울은 옥주한테 온통 먹구름과 쪼꼬만 가슴을 파고드는 찬바람뿐이었다. 옥주 혼자만 그랬다. 할매도 작은아배도 숙모도 아무도 어매가 딴 데 시집 가서 애기를 낳았는데도 아는지 모르는지 꿈쩍달싹을 않는다.

옥주는 시들시들 기운을 잃어갔다. 몸에 열이 나면서 그만 자리에 눕고 말았다. 밥도 안 먹고 물도 마시지 않았다. 온몸이 불덩이 같이 뜨거웠다. 그러면서 옥주는 어매를 불렀다.

"어매······어매야······!"

할매 사촌댁은 옥주 머리맡에 앉아서 뜬눈으로 밤을 새웠다. 소반에다 물을 떠놓고 정성스레 삼신할매한테 옥주를 어서 낫게 해 달라고 빌었다.

옥주는 이틀 동안 누워 있었다. 작은아배가 의원한테 가서 약을 지어 왔다. 숙모가 약을 다려 하얀 사발그릇에 알맞게 식혀 가지고 왔다.

"옥주야, 자 할미가 숟가락으로 떠 줄 끼까네 약 먹자."

옥주는 할매 무릎에 안겨 한 숟깔 한 숟깔 약을 받아 마셨다. 다 마신 뒤에 할매는 옹근 곶감을 하나 줬다.

이틀 뒤에 열이 내리고 옥주는 겨우 일어나 앉았다.

사촌댁은 옥주를 안고 달래었다.

"옥주야, 에미가 보고 섶으나?"

"……."

옥주는 그냥 눈물만 글썽글썽해졌다.

"옥주야, 에미는 말이제, 인자 남의 집에 시집 가서 남의 집 아를 낳고 사이께네 잊었부래야 한다. 알았제?"

"……."

옥주는 눈물을 글썽인 채 고개를 끄덕였다.

"닭도 삐아리 까서 키우다가 새로 알을 낳으마 에미닭이 새끼를 매정케 쪼아 쫓았부리제? 이젠 이만치 컸으이 니 혼자 모이 찾아 먹고 크라고 그른단다."

"……."

"짐승이나 사람이나 젖떨어져서 클 만치 크마 에미 떨어져 살아야제. 안 그르마 평생 못난 사람밲이 안 된다. 그게 시상 이치다."

사촌댁 눈에 눈물이 나와 옥주 얼굴에 그 눈물방울이 떨어졌다.

옥주는 뜻밖이었다.

"할매!"

"으응?"

"이자 어매 보고 섶으다 안 할꾸마."

"그래, 그래. 옥주는 해미하고만 살제이!"

청옥산 산자락 숯막에 먼동이 트면 서억은 일어나 숯섬을 지고 마실로 내려갔다. 마실까지는 시오릿 길이나 되었다. 골짜기에 눈이 쌓이면 깊은 곳은 허리까지 묻히기도 했다. 눈신을 신어도 아침나

절엔 미끄러져 넘어지기도 했다.

어쩌다가 눈길에 미끄러져 넘어지면 언 지겟가지가 부러지고 숯섬이 골짜기로 굴러 떨어진다. 떨어진 숯섬은 빠르게 비탈을 타고 곤두박질하면서 구르다가 덩굴에나 나무 그루터기에 걸린다. 서억은 조심조심 기어가듯 내려가 덩굴에 걸린 숯섬을 들어메고 다시 비탈을 기어 올라온다. 참나무로 구운 숯은 여간해서 부서지지는 않는다.

마실까지 갖다 놓으면 거기서부터는 소등에 싣고 여기저기로 팔려 나갔다.

서억은 겨울내내 숯짐을 졌다. 지난해 환갑을 지낸 박서방은 그냥 숯가마에 불을 지피게 하고 힘든 일은 서억이 맡은 것이다. 서억이 이리로 온 지 벌써 이태가 되어간다.

마흔 살이 가까워진 서억은 스무 살 때와는 마음도 생각도 많이 달라졌다. 숯막에서 박서방을 만나고부터 그렇게 많이 달라지기도 했다.

"처자슥 거느린 사램은 이래 집 떠나 살만 안 되네. 더군다나 자네는 모친도 기신다맨서……."

"……."

"젊을 적에는 누구나 한 번쓱 객기도 부려 보고 잘못된 걸 보마 못 참지럴."

"어르신네는 고향이 어디시껴?"

"내사 이자 고향도 집도 없다네. 여게가 바로 고향이고 내 집일세."

"그럼 소실(식구)은 모도 어쨌니껴?"

"소실은 내가 냇비린 거제. 정신을 채리고 다시 거두러 갔일 때는 벌써 늦었다네. 그르이께네 자네도 늦기 전에 소실 돌보러 내려가게나."

설 대목이 다가오고 있었다. 이때쯤 섶밭밑 고향집에서는 영분이가 수식이 남매 설옷을 짓고 있을까? 어매 복남이는 아배 제삿상을 차릴 걱정을 할 테고, 할배 제사도 정월 초순인데…….

서억은 어째야 좋을지 이러지도 저러지도 못했다.

박서방은 고향집 식구들 이야기는 들어내 놓고 말하지 않는다. 스무 해 전 신돌석 장군이 사촌들 손에 도끼로 목이 잘려 죽은 뒤, 얼마나 많은 의병들이 탄식을 했던가. 박서방이 청옥산 숯막에 숨어 들어와 살게 된 것도 그 때문이다. 도둑은 나라 밖에만 있는 게 아니라 집안 도둑이 더 무서울 수도 있었던 것이다.

"자, 서슴지 마고 가 보게. 가 봐서 그냥 눌러 살게나. 그르다가 더 좋은 일이 있으마 나서게나. 사람은 시시마꿈 지 할 일이 따로 있다네."

태백산 줄기는 청옥산 훨씬 아래쪽에서 끝나고 있었다. 거기서 삼밭골까지는 삼백 리 길이 멀 것이다. 서억은 박서방 노인한테 떼밀리다시피 길을 나섰다. 구름으로 잔뜩 뒤덮인 하늘엔 금방 또 눈이 내릴 것 같았다.

저고리 안주머니엔 그 동안 모아 뒀던 얼마의 돈이 들어 있다. 서억은 바쁘게 걸었다.

'올해는 아배 지사를 내가 지낼 수 있겠제.'

빨리 걸으면 이틀이면 집에 닿을 수 있을 것이다. 섣달 그믐께 겨울바람은 귀떼기가 떨어져 나갈 듯이 추웠다. 그런 찬바람과 함께 눈발이 흩날렸다.

　이틀이면 갈 것이라 생각했던 것이 나흘이 걸려 서억이 낯익은 고향 장터 주막에 닿았다. 옷 매무새를 고치고 막걸리 한 잔을 받아 막 마시려고 하는데 옆방에 누가 기웃이 건나다본다. 서억이 무심코 마주 쳐다보는데

　"이기 누고? 수식이 애비 아잉가배?"

　머리칼이 듬썽듬썽 흰털이 난 노인이었다. 서억은 잠깐 누군가 생각하다가 이내 섶밭밑 꼭대기 집 청서방인 것을 알았다. 평생 나무를 해다 팔아 살아가는 나무장수였다.

　"어른신네 금방 못 알아봐 죄송하이더."

　"뭔 소린공. 나도 한참 보다가 기우 알아봤다네."

　"집안은 모도 핀하시이껴? 이짝으로 오시소. 지가 막걸리 한잔 대접함시더."

　"할마씨가 속앓이하니라꼬 고생이제. 그것 말고는 다아 핀타네."

　청서방은 샛문으로 몸을 구부리고 건너왔다. 서억이 따루어 준 막걸리 사발을 받아 벌컥벌컥 단숨에 마시는 것이 아직은 기력이 좋아 보였다. 서억은 갑자기 목이 멘다. 평생 나무장사로 구부러진 등과 늙은 소나무 옹이처럼 굵어진 손마디가 힘든 인생살이를 보여 주고 있었다.

　"안 그래도 궁금했는데, 자네 이자 집에 들어가 살 건가?"

　청서방이 묻는다.

　"예, 그냥 설 대목이 닥쳐 집 생각이 나서 오는 길이시더."

　"언간하그덩, 맘 잡고 눌러 살게."

　청서방은 맘 잡고 눌러 살라고 한다. 서억은 부끄러웠다.

주막을 나와 들길을 걸으면서 서억은 눈에 덮인 고향산천을 바라 봤다. 돌음바우골 서깥 앞까지 갔을 때 갑자기 서억이 멈추어 섰다. 그리고는 저고리 안쪽 품에 넣어오던 주머니를 꺼내었다.

"어른신네요, 죄송스러우이더만 지는 일이 바뻐 집에 못 들어갈 시더. 성가시럽제만 이것 우리 어매한테 좀 전해 주이소."

서억은 말을 더듬고 있었다. 입이 떨리고 가슴이 떨렸다. 정말 서 억은 정신이 온전치 못한지도 모른다. 죽은 할배 아배한테 부끄럽 고 못난 자식 같아 보이는 게 무서웠다. 집에 들어가는 것이 그래 서 더 겁이 났는지도 모른다.

"뭔 일이 그리 바쁜공? 이게꺼정 와서 집에도 안 드가다이, 그르 지 말고 바쁘만 잠깐이라도 들렀다 가게. 모친도 자네 소실도 궁금 찮은가?"

"아이시더. 오늘 중으로 만낼 사람이 있니더. 어르신네요 백 번 죄송하이더."

서억은 청서방 손을 잡고 몇 번이고 고개를 숙이고는 돌아섰다.

"이보게, 수식이 아배……이보게……."

그러나 서억은 뒤돌아보지 않았다. 누구한테 쫓겨 가듯이 서억은 허둥지둥 걸었다. 벌써 날이 저물어 들판이 어두워지고 있었다. 서 억은 방천뚝길에 와서 그만 주저앉았다. 그냥 눈길에 머리를 박고 는 흐득흐득 흐느껴 울었다.

이날 저녁 섶밭밑 복남이와 영분이는 잠자리에 들었지만 잠이 오 지 않았다. 청서방이 갖다준 돈주머니가 오히려 야속하고 서러웠다. 복남이는 입속으로

"몹쓸 놈……몹쓸 놈……."

되뇌이며 목이 메었다. 영분이는 아예 이불을 덮어쓰고 가슴을 쥐어뜯고 있었다. 이불 자락 한 끝을 깨물며 터져나오려는 울음을 억지로 억지로 참았다.

그러나 이튿날, 둘 고부는 달아올랐던 가슴을 가라앉히고 서억이 주고 간 돈 주머니가 애틋고 고마웠다.

"에미야, 애비는 평생 저를지도 모린다. 가아는 지가 저거 할배나 아배한테 빚진 마음일 끼다. 가아가 마음고생하는 거 우리가 헤아리 줘야제. 불쌍한 건 애비가 열 곱절 더하제."

"어매임요, 지가 속이 좁아 그르이더. 안 그래도 애비가 이 추분 겨울밤을 어디서 지내는지 불쌍해서 울었니더."

영분이 눈은 봉숭아 꽃잎에 담뿍 맺힌 이슬처럼 물기가 고였다.

"그래, 에미가 그리 안 생각해 주마 누가 애비 마음 알아주겠노."

그렇게 둘은 실컷 울고 나자 마음이 가벼워졌다. 산다는 건 이렇게 서로 용서하는 데서 힘이 솟는 건지도 모른다.

다음 장날, 복남이는 수식이를 데리고 일찌감치 집을 나섰다.

"식아, 할배 지사장 보러 가자."

"예에……"

수식이는 길게 대답을 하고 외양간 고물에 얹힌 망태기를 내려왔다. 순난이가 장에 가는 오라배가 부러워 삽작문에 기대어 바라보고 있다.

"난아, 어매캉 집 보고 있그라. 아배가 순난이 설옷 해 주라꼬 돈 보내 왔제. 무슨 색 치매가 좋노?"

"빨간색!"

순난이는 할매를 쳐다보며 똑똑히 말했다.

복남이는 수식이를 앞세우고 골짜기를 구불구불 걸었다. 수식이는 벌써 키가 쭝긋하게 컸다. 복남이와 마주 바라볼 수 있을 만치 음전했다. 망태를 둘러매고 걷는 걸음새도 의젓하다.

복남이는 그런 수식이 뒷덜미를 바라보며 속으로 빌고 있었다.

'하늘님요, 지발 우리 수식이는 애비꼴이 안 되게 해주이소. 그냥 집에서 색시 얻어 편안하게 살게 해주이소.'

복남이가 빌고 있는 바램은 조선 여자라면 똑같았을 것이다.

대목장터는 시끄럽고 북적대었다. 세상이 어지럽고 슬퍼도 백성들은 자기 몫의 즐거움은 빼앗기지 않는다.

복남이는 제삿상 물건을 샀다. 곶감하고 대추는 집에 말려 뒀으니 밤만 사면 되고 조기와 고등어 마른 광어포, 모두 두 몫을 샀다. 남편 길수 몫은 조금 못한 걸로 사고 시아버지 몫은 크고 좋은 걸 골랐다.

"식아."

"응, 할매?"

"에미 설옷 어떤 걸로 할꼬?"

"……."

복남이는 큰 마음먹고 영분이 옷감을 고르기로 했다. 비단전은 치렁치렁 옷감들이 걸려 모처럼 농사꾼 어마씨들을 들뜨게 했다. 복남이는 영분이 치맛감으로 가지색 노방주를 떴다. 순난이 것은 진분홍으로 골랐다.

"수식아, 니도 고운 대님 매고 섦제?"

"어언지, 그것 말고 저것 사조."

수식이가 가리킨 것은 놋갓전 한 구석에 걸린 꽹과리였다.

"저걸 사서 뭐하노?"

"그양, 뛰디리고 놀그러."

수식이는 꽹과리에서 좀체 눈을 떼지 않았다.

복남이는 꽹과리를 샀다. 그러고 보니 서억이 보내 온 돈을 모두 다 써 버리고 싶었다. 그렇게 이번 설날은 웃으며 보내고 싶은 것이다.

이런 복남이네 설 잔치 소문이 갯골 이순이한테까지 들린 것은 설을 훨씬 지나서 정월 대보름께였다. 지난 동짓날 첫돌을 지난 차옥이는 조춤조춤 걸음마를 배우고 있었다.

그날 이순이네 아이들 사 남매는 강둑에 나와 마른 잔디밭에 앉아 있었다. 입춘을 보름 지난 강둑은 햇볕이 따사로웠다. 재복이 등에 업힌 차옥이는 오라배 어깨판에 코를 문질러대고 그것도 싫증이 나면 몸을 흔들어댔다. 재복이는 착하게도 그런 차옥이를 토닥거려 주며 잔디밭에 앉았다 섰다 하면서 달래었다.

옆에서는 지복이와 순옥이가 나란히 앉아 흐르는 강물을 바라보고 있다. 한낮의 강물은 넓다란 모래벌판 가운데로 맑은 물이 천천히 흐른다.

"순옥아 눈깜아라."

"응."

순옥이는 지복이가 시키는 대로 두 눈을 감고 거기다 두 손바닥을 갖다댄다. 지복이는 그러는 순옥이를 그대로 일으켜 세워 맴을 돌린다.

꼬치 먹고 뺑 뺑

마늘 먹고 뺑뺑

꼬치 먹고 뺑뺑

마늘 먹고 뺑뺑…….

순옥이는 열 바퀴도 넘게 돌았다.

"인제 고마 눈떠라."

순옥이는 손가리개를 떼고 눈도 반짝 떴다.

"아고 어지럽다, 오라배."

순옥이는 비틀비틀 날나리처럼 팔을 내젓는다.

"고것배끼 안 돌고 어지럽으마 어야노? 백 분 돌아야 아배도 오
고 큰오라배도 오제."

"글케나 많이 어예 도노? 스무 분만 돌아도 아배 온다 캐라."

"스무 분 가주고는 아배 안 온다."

"그라마 스무 분 하고 다섯 분 하마 안 되까?"

"아배는 글케 숩게 아 온다."

"작은 오라배 그기 참말이라?"

순옥이는 재복이한테 물었다.

재복이는 지복이를 한번 보고 나서 웃으며 고개를 끄덕끄덕했다.

"그라마 쬐맨 오라배가 백 분 돌아라, 엉?"

"쬐맨 오라배가 돌아가주는 아배 안 온다."

결국 순옥이는 한숨을 쉬면서 털썩 앉아 버린다. 아배는 영영 오
지 않을 것 같았다.

순옥이는 아물아물 아배 얼굴도 잊혀져 갔다. 아배가 돈 벌러 일
본에 가고부터 두 번 설을 쒔다. 순옥이가 아배를 잊지 않는 건

어매가 만날 아배 이야기를 했기 때문이다.

"순옥아, 아배 언지 오제? 머리 긁어 봐라."

순옥이는 그게 무슨 말인지도 모르면서 그냥 어매가 시키는 대로 머리를 긁었다. 앞이마쪽 가까이 긁으면 아배 소식이 곧장 올 것이라 했고 뒷꼭지를 긁으면 아배는 언제 올지 자근당 기다려야 한다고 했다. 순옥이한테 아배는 그냥 기다리기만 하면 되는 손님 같았다. 그 손님은 순옥이네 식구들을 도와 돈도 가지고 오고 쌀도 가지고 오는 고마운 사람으로 알았다.

한나절이 지나면 차옥이는 재복이 등에서 몹시 칭얼댄다. 아침에 어매가 나갈 때 곶감 한 쪽을 재복이한테 맡기고 가면 이때쯤 그걸 차옥이 손에 쥐어 준다. 차옥이는 곶감을 꼭 쥐고 입에 넣고 쪽쪽 빤다.

아직 어매는 언제 올지 모른다.

오늘도 어매 이순은 읍내 뉘집엔가 부엌일을 거들러 갔다.

이날, 이순은 읍내 어개골(어가골) 향나무집에 방아품을 팔았다. 떡쌀 두 말을 디딜방아에 빻아 그걸로 시루떡을 쪄 주고 어둠쌀이 낀 뒤에야 돌아올 수 있었다. 시루밑 팥껍질을 버무린 밑자리떡을 보태어 그래도 삼베보자기에 부스러지지만 김이 모락모락 나는 떡을 묵직하게 머리에 였다. 이순은 나루치 할배한테 배를 얻어타고 강을 건넜다. 정월 열나흘 달이 두둥실 떠오르고 있었다. 집까지는 십리길이 멀다. 강바람이 춥다. 낮에 질퍽하던 모래밭이 바작바작 얼었다.

집에 돌아오자 차옥이는 울다가 울다가 지쳐 잠들어 있고 순옥이는 턱밑까지 눈물자국이 난 채 그래도 어매를 기다리고 있었다.

"재복아, 군불 많이 옇제?"

"나무 애끼 땔라꼬 쪼매만 옇제."

이랫목 하나 얃을 만큼 따슨 김이 들고 방안이 쌍그랗게 춥다.

"아무리 애끼 때도 일케나 추버 어예 자노? 쫌더 때야제."

이순은 떡 보자기를 방바닥에 그냥 펼쳐 놓았다.

"자, 어서 먹어라."

차옥이만 빼놓고 삼 남매는 허겁지겁 손으로 떡을 집어먹는다. 이순은 잠든 차옥이를 안고 젖을 빨렸다. 빤하게 비추는 호롱불을 바라보며 이순은 이젠 울지 않는다. 장득이도, 그리고 맏아들 수복이도 그냥 어디선가 몸 편히 있어 주기만 하면 되었다.

어제 읍내장에서 만났던 삼밭골 사람한테 서억이네 소식을 들었을 땐, 혹시나 장득이도 그렇게 바람처럼 안부편지라도 보내왔으면 싶었지만 이내 고개를 저었다. 이젠 괜히 헛되게 애태우는 게 싫었다.

"사람 기둘리는 게 얼매나 힘드는지 창재가 다 녹아삐리제."

외할매 수동댁이 그랬던 것을 이순은 잊지 않고 있었다.

이순은 지난 일 년 동안 얼마나 애간장을 태우며 장득이 소식을 기다렸던가? 덩달아 집나간 수복이도 둥벙 속에 빠진 돌멩이처럼 감감소식이 없었다.

'이게 무신 액땜하니라꼬 이런 거제. 팔자에 이별수가 들었으마 인력으로는 어얄 수 없다 카잖애.'

이순은 젖을 실컷 빨고 다시 잠든 차옥이를 아랫목에 눕혔다. 그리고 나머지 아이들한테 물을 떠다 주고 아궁이에 쫌더 군불을 지폈다. 정지 거적문을 내리고 거름덤이 옆에 쭈그리고 앉아 오줌을 눴다.

그때 저어쪽 둑길로 누군가 걸어가면서 노래를 부른다.

153

일본아 동경이 얼매나 좋아
꽃같은 날 두고 연락선 탔네

청청 하늘엔 잔별도 많고
우리네 가슴엔 수심도 많네

이순은 울컥 눈물이 나왔다.

방에 들어가니 떡 보자기 떡이 반 넘어 줄어 있고 아이들은 배를
쓰다듬고 있었다.

"인자 배 부르나?"

"응, 어매는 떡 안 먹나?"

"어매는 많이 먹고 왔다."

"오늘 일 많이 했나?"

"그래, 그댁 미느리가 친정 간다꼬 많이 바빴제."

설은 집에서 쉬고 보름은 나가서 쉰다고 했다. 향나무집 며느리
는 내일 신랑하고 같이 고리짝에 떡을 담아 짊어지고 친정집으로
갈 것이다.

"고만 치우고 자거라."

이순은 떡 보자기를 거두어 윗목에 밀어놓고 아이들을 자리에 눕
혔다. 자투리 베로 잇고 깁고 만든 이불을 덮어주고는 이순은 내일
대보름날 아이들에게 갈아입힐 옷을 매만졌다. 밤이 깊어지면서 손
가락이 시리다. 순옥이 깜장 저고리에 동정을 달다가 이순은 시린
손가락을 젖가슴에 잠시 묻었다.

19

실경이네 딸 후분이가 시집을 갔다. 신랑은 중뱅이서 머슴살이하는 서른 살의 늙은 총각이었다.

후분이는 시집 가던 날까지 참봉댁 고방 구석에 쭈그리고 앉아 울었다.

"후분아, 신랑이 나 많으마 각시를 이뻐해 준단다. 고마 울어라 어이."

"그래도 나는 싫애!"

"싫애도 어얄 수 없제. 우리가 뭔 힘이 있나."

실경이는 세상 되는 대로 살아가는 데 이젠 이력이 나 있다. 맏딸 후분이가 서러워 우는 것이 안됐지만 이것도 부질없는 짓이지 않는가.

스무 해 전 읍내 김진사댁에서 기태가 가지고 온 엽전꾸러미로 겨우 종살이에서 풀려난 것만도 고마웠는데, 이젠 후분이한테까지 대물림을 하게 된 것이다.

후분이는 쌀 한 말에 팔려와서 십 년이 넘게 참봉댁 부엌데기노릇을 했다. 그런데도 참봉댁은 후분이를 열다섯 곱절이나 되게 쌀 한 섬 반을 받고 되팔고 있는 것이다. 아무리 세상에 무디고 어둡다지만 실경이는 참봉댁이 야속했다.

서른 살짜리 늙은 총각 머슴인 중섭이는 그 쌀 한 섬 반을 몇 해나 걸려 모아 왔을까?

"후분아."

실경이는 줄곧 훌쩍대며 우는 딸을 불렀다.

"⋯⋯."

후분이는 대답도 않고 줄곧 어깨를 추슬러가며 설게 운다.

"중뱅이 그 총각도 우리만치나 힝편이 에랍은갑제. 불쌍한 사람은 불쌍한 사람끼리 살어야 한다."

"하지만 서른 살이나 되는 늙은 총각한테 어예 시집 가노?"

울음을 삼키며 후분이가 비앳거렸다.

"서른 살이마 어뚷노? 사람은 마음이 좋아야제. 들어 보이 그 총각 나무랠 데 없이 수두분하단다."

중뱅이 머슴 총각 중섭이를 중신 든 것은 돌음바우골 분들네 빈 집지기 영선이였다.

지난 봄 산에 나물 뜯으러 같이 갔다가 지나는 말로 후분이 시집보낼 걱정을 했던 것이 이런 인연으로 이어진 것이다. 중섭이는 또한 송마골서 머슴살이하는 영선이 신랑 범태하고 산에 나무를 하러 가면 자주 만나는 사이였다.

"나이가 좀 많애서 글체 딴 건 나무랠 데 없이 좋은 사람이라 카디더."

"집은 소실이 및이나 된다디껴?"

"삼거리에 어마씨가 혼자 산다디더."

"어마씨 나이 많겠네요?"

"잘 몰시더만 안죽 환갑 전이라 카디더."

"이나저나 내가 어얄 수 있을리껴. 승걸이 어매가 한분 참봉댁에 말씀들여 보이소."

"언지 찾아가만 될꼬요?"

"뭐, 언지라도 되제요."

이래서 영선이가 참봉댁을 찾아가서 여쭈었다. 하지만 참봉댁은 선뜻 허락하지 않았다.

"총각이 새경은 받아 딴데 좀 챙겨놨던가?"

"그건 모를시더. 워낙 부지런하이 각시 하나 굶기지는 않을 게시더."

"그거야, 이녁 소실로 디루구 간 다음 일이고, 후분이는 우리 집에서 키웠다네."

"예, 쪼맨할 때 디루구 와서 저만치 컸다 카데요."

"그르이 남의 처자 그냥 디루고 갈 수는 없제."

"……?"

영선이는 처음엔 그게 무슨 뜻인지 몰랐다. 참봉댁 안방에서 나와 문간방으로 나와 실경이한테 물었다.

"남의 처자 그냥 디루고 갈 수 없다는구만요. 그게 뭔 말이제요?"

"뭔 말은 뭔 말일리껴. 후분이 몸값을 받을라는 갑제요."

"어매야! 그르마 키워 준 값을 달라는 거네요."

"승걸이네 어매는 잘 모를 게시더. 종년은 시집도 맘대로 못 가는 거……."

"그럼, 후분이가 참봉댁 종년이란 말이껴?"

"그르이 이번 혼인말 없은 걸로 하이소. 중뱅이 총각이 후분이 몸값을 치를 만큼 형편이 못 될 거니까……."

이래서 후분이 혼인은 안 되는 줄 알았다. 그런데 뜻밖에도 중섭이 총각이 쌀을 선뜻 내놓겠다는 것이다. 처음엔 두 섬 반을 내놓으라던 참봉댁이 조금씩 미적대다가 한 섬이나 깎여 나갔다. 원래두 섬 반은 가당치도 않은 값이었다.

인근에서도 구두쇠라고 말이 많은 참봉님은 초시에도 한 번 올라보지 못한 굴퉁이었다. 그래서 늙으막에 논 스무 마지기를 주고 벼슬을 산 개다리 참봉이었다. 이런 참봉댁이니 노적가리 불지르고 싸라기 줍는 격으로 만만한 백성들한테 잃은 재물을 긁어 내어 메꾸고 있었다.

불쌍한 늙은 총각 중섭이는 쌀 한 섬 반을 얻기 위해 두 해 새경까지 앞당겨 받았다. 그렇게라도 안하면 평생 더벅머리 총각으로 늙어 버릴지도 모르기 때문이다. 삼거리에 혼자 살고 있는 어매 웅구지댁한테 의논을 하자,

"섭아, 그 다안 내가 쌀 반 섬은 넘게 모다 났다. 어짜든동 장개는 가야제. 쥔네 양반한테 사정을 해서 훗해 새경꺼정 좀 땡겨 받두룩 해라."

그랬다. 이래서 중섭이는 후분이 몸값으로 쌀을 갖다 바치고 장

가를 들게 되었다.

동짓달 초순이지만 벌써 두 차례나 눈이 내렸다. 후분이 시집 가던 날은 그래도 황토길 양지쪽에 햇볕이 따숩게 비쳤다. 중섭이는 마을 밖 당산나무 밑에 서서 기다리고 중신에미 영선이가 참봉댁까지 갔다.

"오다 가다 만낸 사람들도 물 떠놓고 행례(혼례)를 치룻는데 참봉댁은 너무하제."

실경이는 후분이 땋은 머리를 틀어올려 쪽을 쪄 줬다. 비녀는 장터 난데전에서 산 납비녀였다. 중섭이는 쌀 한 섬 반을 겨우 주고 나서 후분이 다홍치마 하나도 못 해줬다.

후분이는 동생들이 매달리자 한참을 부둥켜안고 울어야 했다. 마실 밖 당산나무까지 줄줄이 따라오고 기다리고 섰던 중섭이는 장모 되는 실경이한테 절을 꾸벅 했다.

"후분아, 가서 잘살그래이."

실경이는 떠나가는 딸을 바라보며 죽은 기태 생각을 했다. 엽전 꾸러미를 허리에 둘르고 새벽길을 걸어걸어 읍내까지 왔던 기태도 지금 중섭이 모습과 같았을까? 저만치 앞서 걷는 중섭이 뒤에 멀지감치 떨어져 걸어가는 후분이 뒷모양은 그때의 실경이 제 모습이 그대로였을 게다.

"저리 든든한 신랑한테 시집 가이까 후분이는 복도 많제."

중신에미 영선이 그렇게 한마디 했기 때문에 실경이도 어느만치는 마음을 달랠 수 있었다.

이릿재를 넘으니 삼거리는 저 아래 작은 개울을 중간에 두고 양쪽 음지 양지로 집들이 널려 있었다. 중섭이 홀어마씨가 살고 있는 오두막은 양지쪽에 있었다.

슬픈 각시는 오나 가나 그게 그렇다고 했던가. 후분이 시집살이는 처음부터 그렇게 가난살이였다. 양지쪽 비탈에 제비집처럼 째겨 붙은 삼간 오두막은 금방 쓰러질 듯이 어설펐다. 새각시 방이라고 들어가 보니 파리똥이 새까맣게 저려진 서까래 보꾹이 후분이 머리가 닿을 만치 낮았다.

마실 아낙들이 새각시 구경하느라 모여 들어도 메밀국수 한 그릇 대접도 못하고 있었다. 그래도 한가지 시어매 되는 웅구지댁은 그냥 입을 벙긋거리며 웃고 있었다.

"애고 고맙대이, 애고 고맙대이……."

친정 어매보다 더 늙어 보이는 시어마씨는 갈쿠리 같은 손으로 며느리 머리를 연신 쓰다듬으며 고맙다는 말을 되뇌고 있었다.

중섭이는 첫날밤을 지내고 나서 곧장 머슴살이하는 쿤네 집으로 갔다. 사내골을 돌아 십 리가 넘는 골짜기 길이 그날은 열 걸음도 안 되게 가까워 보였다. 섣달 그믐까지, 중섭이는 닷새장 드나들듯이 그 길을 밤중에 걸어와서 자고는 새벽 일찍 돌아갔다.

열세 살이나 더 많은 늙은 신랑이라고 서럽게 울던 후분이는 한 달이 지나자 나이 많은 신랑 중섭이가 더없이 듬직하고 다정스런 남편이 되어 버렸다. 콩잎, 팥잎, 시래기 나물로 근근히 끼니를 잇고 살면서도 후분이는 이제 참봉댁 부엌데기가 아닌 사랑스런 새댁으로 살게 된 것이 고마웠다.

이렇게 삼밭골 사람들은 바람에 날려가듯이, 물결에 흘러가듯이, 그러면서도 작은 틈바구니를 비집고 올라오는 씀바귀 풀처럼 살았다. 밟히면 뭉드러지고 쥐어뜯기면 뜯긴 채로 다시 촉을 틔우고 꽃

피고 씨앗을 맺어 훨훨 바람에 날려 보내는 씀바귀 씨같이 자손을 퍼뜨렸다.

한티재에서 재릿재까지 구불구불 긴 허리띠처럼 신작로가 맨들어 진 건 갑술년(1934년) 큰물이 나서 읍내 영호루가 떠내려가 버린 다음해였다. 신작로 공사가 다음해로 밀린 것도 엄청난 큰물 때문 이었다. 맛들에서 어개골 끄트머리까지, 무주무, 먼달이 바닥까지 온통 시뻘건 흙탕물이 쓸고 지나갔다. 논밭이 떠내려가고 집이 떠 내려가고 사람이 떠내려갔다. 여든 살 되는 늙은이도 평생 처음 겪 는 큰물이라고 했다.

갯골 대장간집 분순네도 이순네 빈집도 큰물에 휩쓸려 떠내려가 버렸다. 스무 집이 될까 싶은 마실집이 겨우 세 집만 남기고 다 쓸 려간 것이다. 이순이네는 원래 아무 것도 살림살이란 게 없었지만 정지에 걸어 뒀던 비댕이솥이 떠내려가고 누더기 이불까지 잃어 버 렸다. 분순네는 맞닫이 장롱 안에 모아뒀던 포목들이 송두리째 떠 내려갔다. 분순이는 언덕받이 대추나무 밑에 앉아서 넋을 잃은 채 시뻘건 황토물을 바라보고 있었다.

언덕받이엔 그냥 물구경하는 사람들로 빼꼭이 찼다.

"어매야! 저것 봐라!"

누가 큰소리를 쳤다.

시뻘건 강물에 뿌리째 뽑힌 감나무 한 그루가 떠내려 오고 그 감 나무 둥치에 능구렁이 한 마리가 나무둥치를 둘둘 감고 함께 떠내 려 오고 있었다. 강물이 넘실거리자 나무 떠거지도 같이 곤두박질 쳤고 능구렁이도 허연 배떼기를 들어내며 구불텅거렸다.

호박덩굴이 떠내려가고 검둥 돼지새끼가 꽤액! 꽤액! 소리지르며 떠내려가고 그리고 이번에는 초가지붕 하나가 둥둥 떠내려 왔다. 꺼멓게 썩은 이엉은 강물에 퍼드러져 거지반 벗겨지고 엉성한 서까래가 들어난 꼭대기에 머리를 삼단 같이 많은 처자 하나가 올라앉아 있었다.

처자는 댓마루 보탕을 끌어안고 새파랗게 질린 채 매달려 흘러갔다. 구경꾼들이 온통 아우성이었다.

"아고 어야꼬나!"

"아이고 엄매야!"

"저거, 저거, 저거……."

모두 떠내려가는 처자 낯빛보다 더 새파랗게 질렸다.

쭈그리고 앉았던 분순이도 벌떡 일어섰다.

'시상에는……시상에는……."

분순이는 하도 놀래 소리가 입 밖으로 나오지 않았다.

장롱이 떠내려가고 그 속에 채곡채곡 갈무려 뒀던 삼배야 명베가 다 떠내려가 버려 죽을 기운도 없었는데 웬지 부끄러운 생각이 들었다. 사람도 저렇게 떠내려가는데 까짓거 포목이사 다시 장만하면 될 게 아닌가?

분순이는 돌아서 언덕을 내려왔다.

비가 그치고 강물이 줄어들면서 사람들은 온통 모래더미로 변해 버린 집터를 가셔내고 움막을 지었다. 그러나 아예 엄두가 안 나는 사람들은 마실을 떠나 가까운 데 알음알음을 찾아 새로 살 곳으로 갔다.

분순네도 내외가 샛들로 떠났다. 분순이는 자식이 없어 내외간 둘뿐이니 떠나는 데 홀가왔지만 자식 남매 넷이나 데리고 있는 이순이는 막막했다.

"복이네도 우리캉 같이 그짝으로 가시더. 그짝이 산중이라 이런 물난리는 없잖을리껴?"

하지만 이순은 사정이 달랐다. 방아품을 팔아먹어도 읍내 가까이 있어야 하기 때문이다.

"지는 이양 있을라니더. 아아들 디루고 그 먼데까정 가서 어예 살리껴."

분순네가 찾아간 샛들은 귀돌이네 딸 쌍가매가 시집 가서 살고 있는 예배당이 있는 곳이다. 분순네는 그 샛들 언덕 비탈에 풀무를 짓고 대장간을 차렸다. 그리고는 주일날 예배당에 다니는 야소교 신자가 되었다.

이순은 재복이와 지복이를 데리고 큰물이 휩쓸고 간 모래밭에다 다른 사람들이 그랬듯이 움집을 지었다. 물에 떠내려 온 나뭇가지를 주워다 얼기설기 얽어 놓고 산에서 쳐온 소나무가지를 덮어 이슬을 안 맞게 가리웠다. 여름이 갈 때까지 두어 달 그렇게 살면서 무슨 구체라도 찾아야겠지.

이순은 외할매 수동댁 생각이 났다. 큰물 때문에 논밭을 다 잃고 삼밭골에 찾아가 살았다는 외할매는 지금 이순이 형편만큼 막막했을까? 꼽사등이 아들과 말 못하는 며느리를 데리고 홀몸으로 산다는 건 어려웠을 게다. 하지만 이순이보다는 식구도 적고 자식, 며느리가 병신이지만 다 크지 않았던가.

이순이한테는 제비 새끼처럼 먹을 것, 입을 것, 잠잘 곳 하나 없이 에미 얼굴만 쳐다보고 있는 자식 새끼들이 넷이나 있다. 한 새끼는 집을 나가 어디 있는지 소식조차 모른다.

이순은 당장 어떻게 그 새끼들을 먹여 살려야 했다.

이순은 바가지를 들고 읍내로 갔다. 하지만 읍내는 집을 잃은 거지들이 떼를 지어 밥을 얻으려 다녔다. 집집마다 아예 대문을 닫아 걸고 누가 찾아가도 열어 주지 않았다.

이순은 캄캄해질 때까지 다니며 밥을 얻었다. 겨우겨우 얻은 밥은 바가지를 다 채우지 못했다.

"어매, 나도 밥 얻으러 가까?"

재복이가 슬픈 듯이 이순이를 쳐다보며 묻는다.

"아잇다. 재복이는 지복이 디루고 산에 가서 나무를 해라. 그라마 어매하고 읍내 장에 팔면 된다."

"응."

재복이는 계집애처럼 수줍게 웃으며 고개를 끄떡였다. 열네 살이지만 할배 조석이를 닮았는지 재복이는 키가 작았다. 웃는 모습도 조용하고 부끄러워하는 것도 조석이와 흡사했다.

재복이는 지복이를 데리고 부지런히 졸가리나무를 해 왔다. 그걸 커다랗게 묶어 이순은 머리에 이고 가서 팔았다. 이순은 닥치는 대로 남정네들 일까지 가리지 않고 했다. 하지만 일거리보다 일꾼이 남아 돌다 보니 그것도 쉽지 않았다. 역시 방아품, 빨래품이 얻기가 쉬웠다.

그러나 산들바람이 불면서 움막집에서 지내기가 어려워졌다. 할 수 없이 이순은 갯골을 떠나기로 했다. 어디로 갈까 하고 여기저기 문소문했지만 갈 곳이 마땅치 않았다. 읍내 안에는 집 얻기가 쉽지 않고 어디 가장자리라도 읍내 근방이라야 일거리가 생긴다. 아이들을 데리고 곁방살이를 하기도 어려워 될 수 있으면 빈집을 찾아야 된다. 이순은 가슴이 탔다. 추위가 오면 아이들을 데리고 어떻게 지낼지 캄캄했다. 하루종일 제대로 먹지도 않고 다녀봐도 빈집이 없었다.

움집 안은 보릿짚을 두껍게 깔았지만 이불도 없이 잔다는 건 발이 시리고 볼따구니가 시렸다.

"재복이는 지복이캉 끌안고 자고 순옥이는 이짝에 어매한테 꼭 붙그라."

다섯 식구는 그렇게 보릿짚을 깔고 덮고 웅크리고 잤다. 이순은 온몸이 파김치가 되어 눈만 감으면 그냥 죽은 듯이 잤다.

이따금 밤중에 잠이 깨면 얼기설기 얽어놓은 솔가쟁이 지붕 새로 하늘이 보였다. 그 하늘에 별이 보이고 그러고 뭔가 이순이 눈에 보이는 것이 또 있었다. 칠배골 어매 얼굴이었다.

'어매는 몸성케 잘 있으까? 이릏기 사는 내 생각도 하겠제. 어매야……'

눈물이 줄줄이 흐른다.

'울진인가 영덕인가 먼 데 가서 사는 위할매는 안죽도 안 죽고 살았으까? 버버리 위숙모는 어째 살고 있을꼬? 종대는 이자 어른이 됐을 낀데 장개는 갔으까?'

이순은 부산으로 간 이금이 생각도 나고 오라배 이석이 생각도 났다. 어릴 적 친한 동무 귀돌이랑 분옥이도 어째 사는지 궁금했다. 잠깐씩 잠깐씩 틈이 생기면 생각나는 사람들이었다.

이순이네가 솔티 마을 안쪽 산밑에 있는 빈집으로 이사를 한 것은 팔월 열흘께였다. 새로 생긴 신작로 가에 주막을 열어 놓고 술장사를 하는 꼭지네가 어떻게 알고 이순이한테 찾아온 것이다. 꼭지네는 쉰이 넘은 인심 좋은 술어마씨였다. 기둥서방이라고 하는 영감은 총 한 자루를 둘러매고 집을 나가 어딘지 돌아댕겼다. 빨란 구이가 되었다는 말도 했지만 간간이 한번씩 찾아오는 걸 보면 그 것도 아닌 듯했다.

꼭지네는 이순이한테 어려운 말을 꺼냈다. 빈집을 빌려 주는 대신 도둑 막걸리 술을 담궈 달라는 것이었다.

"도가집 술은 싱거버서 술 손님이 투정을 부리제요. 듣자이까 예전에 친정 어마씨가 술장사를 했다면서요?"

"어매가 한 게 아이고 위할매가 했니더."

"위할매라꼬요? 그라마 딕네는 술 담굿는 거 모리겠구망."

"위할매가 담그는 술 엔끼 너매로 봤니더. 시집 와서 일꾼들 줄라꼬 손수 담굿기도 했제요."

이순은 우선 바쁜 것이 집을 얻는 일이어서 그렇게 속내까지 들어내 놓고 말하였다.

"그렇다면 됐구만. 내가 쌀캉 누룩을 줄 채미니 사흘에 한 양침이쓱 걸러 주이소."

"예, 그라제요. 이릏기 일부러 찾아와 줘서 고마부이더."

"그럼 우선 내일이라도 이새부터 하고 보시더."

솔티 산 밑 오두막은 이웃이 없는 홀진 구석에 외따로 있었다. 그게 되려 이순이네한테는 다행이었다. 살림살이도 변변치 못한데 남이 자꾸 기웃거리는 것보다 마음 편히 살 수 있기 때문이다.

이렇게 해서 이순이는 나라에서 금하는 도둑술을 담그는 일을 했다. 몇 해 전엔가 그것도 일본인이 만든 법에 따라 아무나 마음대로 술을 만들지 못하게 했다. 허가를 받은 술도가에서 담근 막걸리를 도매로 받아다가 주막 손님에게 팔았다. 술맛이 싱겁고 남는 게 별로 없어 주막마다 몰래 도둑술을 담가 놓고 까다로운 손님에게 비싸게 팔았다.

그러나 술 담그는 일은 다른 떡장사나 방아품 팔기보다 쉬웠다. 막걸리를 걸러 주고 나면 지게미도 남는다.

이순이가 담근 막걸리는 처음부터 맛이 좋다고 술어마씨 꼭지네는 신바람이 났다. 양치미 단지로 한 번 담가 걸러 주면 일 원 오십 전씩 줬다. 이제는 죽을 먹어도 굶지는 않게 되었다.

"복이네야."

"예."

"두 번 세 번 거듭 일르지만 조심조심 해야 하니더. 까딱 잘못하다가 들키마 큰일 나니더."

"알았니더."

막걸리 단지를 이고 첫새벽에 가져가면 꼭지네는 그걸 뒤란 땅속에 묻어둔 독에다 비웠다. 뚜껑을 덮고 그 위에다 발을 깔고는 호박 오가리나 시래기를 널어놓았다. 아무도 거기 도둑 막걸리를 숨겨 뒀다는 걸 알지 못했다.

재복이와 지복이는 부지런히 나무를 해 오고 이순이도 틈이 나면 읍내까지 나가서 빨래품도 팔고 방아품도 팔았다. 차옥이는 순옥이 언니를 졸졸 따라다니며 둘이서 동두꺼비를 하면서 잘 놀아 줬다.

갑술년의 큰물은 이렇게 사람들이 자리를 바꾸고 일거리를 바꾸게 했고 또 다른 힘든 하루하루를 살게 만들었다.

방아실 귀돌이가 동생 분옥이 죽었다는 소식을 들은 건 그 해 늦

가을이었다. 장마비가 내리는 여름 내두록 분옥이는 스무 해 동안 앓아 온 문둥병을 마감하느라 눅눅한 방안에 누워 지냈다.

분옥이는 모가지도 두 팔도 다리도 모두 수수대궁처럼 말랐다. 가슴이 두근두근 소리나게 뛰면 온몸이 뒤틀리도록 아팠다. 아픔이 숙지면 가슴은 조용히 뛰고, 대신 기운이 빠졌다.

동준이는 머리맡에 앉아 분옥이 작고 문드러진 손을 꼭 쥐고 어깨를 다독거렸다.

"많이 아픈가?"

"이자 덜 아프이더."

"죽 쪼매만 먹으까?"

"언지요, 이따가 먹음시더."

"그래, 이따가 먹제."

"싱야, 언지 한번 안 오까요."

"올 가실겐 올 끼구망. 어서 기운 차리고 기대리야제."

"싱야 보고 섶으이더."

분옥이는 고개를 저쪽으로 돌렸다. 눈물이 났기 때문이다.

"……."

동준이는 헛기침을 했다. 분옥이가 울먹거리면 동준이도 따라서 목이 메이기 때문이다. 언제나 그랬다. 스무 해 동안 동준이는 분옥이가 웃으면 따라 웃고 분옥이가 울면 따라 울었다. 아마도 분옥이가 죽으면 동준이도 따라 죽을지도 모른다. 하지만 분옥이가 죽는다는 생각은 꿈에도 하지 못했다.

밖에는 비가 밤낮으로 줄기차게 쏟아졌다. 동냥자루에 곡식 낱알도 얼마 남지 않았는데, 동준이는 꼼짝없이 갇혀 있었다.

이렇게 앓아 누워 있는 분옥이를 두고 한시도 집을 비울 수 없었다. 여느 때 같으면 비가 오던지 눈이 내리던지 동냥 자루를 메고 나갔는데, 지금은 분옥이 곁을 떠나서는 안 된다는 생각뿐이었다.

좁쌀, 보리쌀, 입쌀이 두루 섞인 동냥한 곡식을 한 줌씩 물을 붓고 끓이면 멀건 죽이 된다. 동준이는 처음엔 그냥 분옥이한테 한 숟갈씩 떠 먹이다 보니 보리쌀 건더기가 목구멍으로 잘 넘어가지 않는 걸 알았다. 동준이는 다음 번에는 보리쌀을 하나하나 모두 골라내고 죽을 끓였다.

한 달 동안 쏟아지던 장마비가 겨우 그쳤다. 흙탕물이 넘치게 흘러가던 개울물도 희뿌옇게 맑아지고 푸새들이 팔팔 햇빛에 되살아났다.

동준이는 젖은 나뭇가리를 헤쳐 말리고 빨래를 해 널었다. 분옥이는 억지로 기어가 문밖을 내다보며 살아 있다는 걸 깨우쳤다.

꿀밤나무 숲에서 매미소리가 들리고 후투티가 쫑긋한 상투머리를 하고 분옥이네 집 앞마당까지 날아왔다. 건너편 개울물 위로 달개비꽃빛 같은 무종다리가 포로롱 날아가고 딱다구리가 나무 쪼는 소리도 난다. 세상은 모두 그렇게 함께 살아 있었다.

다음날, 동준이는 오랫만에 동냥을 나갔다.

"내 저녁답에 일찍 오꾸마. 가만 눕어 있그래이."

동준이는 어제 새로 빨아 말린 홑이불을 다독여 덮어주며 분옥이한테 애기를 달래듯이 말했다.

분옥이는 누운 채 고개만 끄덕였다.

동준이는 골짜기를 부지런히 걸어갔다. 그러나 어디를 가나 물난리를 겪은 뒤여서 인심이 전같지 않았다. 각설이를 들어줄 만큼 포시랍지도 못했다.

동준이는 겨우겨우 물난리를 비껴 간 마실로 가서 한 되박이나 되는 곡식을 얻었다. 집에서 나설 때는 분옥이 좋아하는 참외 한 덩어리라도 사 가지고 가고 싶었는데 어쩔 수 없었다. 일찍 돌아간 다고 말해 놓았는데도 그것도 안 되었다. 캄캄해진 뒤에야 동준이 는 골짜기 집으로 갈 수 있었다.

"시상이 온통 물난리 때문에 인심이 야박해졌드구만."

"그래도 어째 이게라도 얻었제요."

"사람 목숨 강제로 죽으란 법은 없지러. 부지런히 쏘댕겼디이 이 래 곡식이 모아졌다네."

텃밭에 풋고추를 따고 가지를 따서 반찬을 만들어 모처럼 동준이 도 밥을 배불리 먹었다.

분옥이는 동준이 등에 업혀 아침바람을 쐬기도 하고 개울가에 업 어다 놓으면 손수 머리도 감았다. 감은 머리는 동준이가 곱게 빗어 쪽을 쩌 줬다.

골짜기에 보랏빛 도라지꽃이 피고 분홍 패랭이도 폈다. 새파랗던 머루가 거뭇거뭇 익기 시작하고 송이버섯이 돋았다.

동준이는 버섯도 따고 개울에서 버들치를 잡아 죽을 끓였다.

분옥이는 조금씩 조금씩 기운을 차리는 듯했다. 그러나 붉나무에 빨갛게 잎이 물들면서 반대로 분옥이 낯빛이 푸르죽하게 핏기가 가 시어 갔다. 분옥이가 서른여섯 해 동안 견디고 견뎌 온 병든 몸이 이제 힘이 다 빠져 나가 버린 것이다.

솔숲에서 새끼를 찾는 암노루가 캥캥 울던 가을밤, 분옥이는 자 꾸 숨소리를 할딱거렸다.

"싱야는 왜 안죽도 안 오제요?"

"안죽 가을걷이가 안 끝나서 못 오는 거제. 쫌더 기대리마 올 꺼구만."

동준이는 말을 하면서도 귀돌이가 틀림없이 올 것이라고는 자신하지 못했다.

"싱야도 내가 보고 섶을 낀데……."

"……."

"한 분만이라도 싱야 보고 섶은데……."

"쫌더 기대리 보고 안 오마 내가 댕겨 오꾸마."

"안 되니더. 내 혼자 무섭어서 못 있니더."

"아침 일찍 갔다가 저녁에 오만 될 낀데 뭐."

"글케나 숩게 댕겨 올리껴? 백 리도 넘는 길을 하룻동안 가기도 힘드는데……."

분옥이는 입술이 마르는지 말소리가 타박거렸다.

"물 좀 마실까?"

분옥이는 끄덕끄덕 했다.

동준이는 멀건 미음물을 한 숟갈 한 숟갈 분옥이 입에 떠넣었다.

분옥이는 눈을 감고 잠이 들었다.

동준이도 등잔불을 끄고 윗목에 쭈그리고 돌아누웠다.

언제쯤인지 분옥이 앓는 소리에 동준이는 잠에서 깼다.

"싱야……싱야……."

분옥이는 자꾸 언니를 부르고 있었다. 분옥이는 어매를 부를 줄 모른다. 분옥이한테는 이 세상에 귀돌이 언니뿐이었다. 어릴 때부터 업어 주고 안아 준 귀돌이 언니는 민며느리로 가서도 분옥이한테

감홍시를 갖다 주려고 몰래 찾아왔댔다.

분옥이는 한 번만이라도 언니가 보고 싶었다. 그러나 분옥이는 그 소원을 이루지 못하고 또 다른 외로운 이 땅의 자식 동준이를 홀로 남겨 두고 끝내 숨을 거두었다.

동준이는 손톱이 바스러지도록 흙벽을 긁어대며 짐승처럼 울부짖었다. 온 얼굴에 핏발이 서고 눈알이 튀어나올 것처럼 이빨을 갈았다.

날이 새고 아침 해가 떠오르고 있었지만 동준이 울음은 좀체 그치지 않는다. 한낮이 되어가면서 동준이는 어깨 죽지가 숙어들고 울음소리도 가늘어졌다. 목이 쉬어 소리를 질러도 소리가 안 나왔다. 제풀에 힘이 빠진 동준이는 풀썩 쓰러졌다. 흐릿하게 정신이 나간 채 누워 있다가 깨어나 보니 캄캄한 밤이었다.

동준이는 더듬더듬 일어나 불을 밝히고 분옥이 얼굴을 들여다봤다. 분옥이는 한번 감은 눈을 그냥 감은 채 차갑게 굳어 있었다.

이젠 소리내어 울 기운도 없어진 동준이는 하염없이 눈물만 흘리며 앉아 있었다.

다음날, 동준이는 골짜기에서 부들을 베어다가 자리를 엮었다. 배릿하게 풀냄새가 나는 부들자리에 분옥이 시체를 고이고이 쌌다. 그리고는 지난 봄, 오목눈이 딱새가 둥지를 틀고 새끼를 쳤던 뒷산 풀밭 옆에 구덩이를 파고 분옥이를 묻었다.

동준이는 마지막 분옥이가 쓰던 얼레빗과 참빗을 문종이에 싸서 품 속에 갈무려 가진 뒤 여태 분옥이와 함께 살아온 오두막에 불을 질렀다. 옛날 계산골에서 분옥이와 이리로 올 때도 이렇게 불을 질렀던 것을 떠올렸다. 그때는 가슴이 설레어 그지없이 즐거웠는데 지금은 아무 것도 기댈 데가 없는 혼자가 되었다.

지붕이 무너져 내리고 불길이 사그라들자 동준이는 조용히 골짜기를 떠났다.

그리고는 한 달 동안 어디를 어떻게 돌아다녔는지 모른다. 방아실 귀돌이한테 찾아간 것은 서리가 내리고 가을걷이도 끝난 뒤였다.

동준이는 마당에 그냥 선 채 두 손을 비비며 죄인이 원님 앞에서 잘못을 빌 듯이 분옥이 죽은 소식을 전했다.

"지가 워낙 못난 탓으로 입때꺼정 고생만 시켜 죄송하이더."

"……."

귀돌이는 목이 메어 아무 말도 하지 못했다.

동준이는 품 속에 갈무려 왔던 분옥이가 쓰던 머리 빗 한 쌍을 건네 줬다. 그때서야 귀돌이는 빗을 받아 안고 털썩 마당에 주저앉아 흐느껴 울었다.

"그럼, 지는 이만 갈라니더. 살아 있으마 혹시나 또 찾아올지 모를시더."

"이 사람, 들어가 점심 요기라도 하고 가게나."

달수가 붙잡았지만 동준이는 그냥 절을 넙죽 하고는 뒤돌아 휘적휘적 걸어가 버렸다.

이만치 걸어서 올 때까지 귀돌이 흐느껴 우는 소리가 들려 왔다.

그리고 나서 이듬해 봄, 동준이 몸에 푸릇하게 여기저기 마목이 생겼다. 그예 동준이도 병에 걸린 것이다.

동준이는 어쩌면 분옥이가 다시 살아난 듯이 얄궂게도 마음 한 구석이 따사로워졌다.

'그래! 그래!'
동준이는 다만 알 수 없는 눈물이 소리 없이 흘러내렸다.

20

"재득아, 니는 안 죽는다······어뜬 일이 있어도 니는 안 죽는다······."

분들네는 통시깐에서 똥을 누면서도 지나새나 입속으로 웅얼대었다.

섶밭밑 최서방네 딸 분옥이가 그예 죽었다는 소문은, 분들네한테 아찔하게 벼랑끝에서 널지듯이 놀라게 했다. 안 그래도 조그만 일에도 해뜩빼뜩 올고르지 못한 성질 때문에 손해 보는 일이 많은 분들네였다. 그래서 입속으로는 안 죽는다 안 죽는다 웅얼대면서도 속으로는 그러지 못했다.

문둥이 자식이 뭐 그리도 소중한지 분들네는 시들지도 지치지도 않고 목을 매달고 있었다. 아침에 일어나면 먼저 건너방 문앞에 가서 기척을 듣고 자다가도 문득 깨어나면 재득이 있나 없나 그것부터 살폈다.

'어야마 시상에는 빙이 있으마 약도 있을 낀데…….'

그 동안 분들네가 할 수 있는 건 다 해보고, 좋다는 약은 다 먹여 보았다. 통시깐 구더기에서 주췌 뿌리 안에 든 벌레까지 재득이는 세상에 오만 것들을 다 먹었다. 그런데도 병은 하나도 나아지지 않았다.

두룹골 골짜기 논뚝 밭뚝 온데곤데 모두 분들네 손길이 안 간 데가 없다. 산나물, 들나물, 거기다 가을이면 콩잎, 팥잎을 뜯고 개울에 돋는 미나리, 댓잎나물, 자부람대, 달개비풀까지 뜯어 말렸다. 그렇게 뜯어 말린 나물을 국도 끓이고 나된장에 무쳐 먹으면서 분들네는 병든 자식 재득이는 알곡밥을 줬다.

"어매, 이자 그만 하고 내비둬라. 나도 고마 살고 싶지 않다."

오히려 재득이쪽이 지쳐 있었다. 아무도 없는 산 속에 쫓겨와 살면서도 혹시나 혹시나 병 낫기를 기다렸다. 옹근 일곱 해를 견뎌온 것만도 커다란 형벌이다.

"뭔 소리를 그리하노? 에미 생각 쪼맨치라도 한다면 그른 말 어디라꼬 함부로 한다드노?"

"언진가는 이르다가 죽을 낀데 진작 죽는 기 낫제. 헛고상하맨서 더 살아 뭐 한다노?"

"이눔아야, 그래 죽어라! 죽어! 니도 죽고 나도 같이 죽자! 죽어……."

"……."

분들네는 빗물에 깎여나가 다 허물어진 봉당 끝에 털썩 주저앉으면서 대성통곡을 한다. 세상이 온통 죽일 놈뿐이다. 성한 자식들은 모두 에미를 버리고 떠난 지 다섯 해가 되도록 감감 소식도 없다. 며느리란 건 처음부터 분들네한텐 원수였다. 그 며느리 이순은 팔자가 드센 년이어서 온 집안을 쑥밭으로 만들었다. 맏손자 수복이 놈도 집 나가서 소식이 없는 건 다 며느리년 때문이다. 앞으로 보나마나 씨도 하나 안 남기고 다 잡아먹을 년이다. 분들네는 미움풀이 한풀이를 곁에 있지도 않는 이순이한테 모두 풀어내고 있었다.

재득이한테 니 죽고 내 죽자고 장판거리를 한 분들네는 그렇게 한바탕 한풀이만 하고 다시 일어났다. 그리고 그 해 이월 여드레 한식날 큰일 하나를 저질렀다. 일을 저지르기 두어 달 전부터 분들네는 혼자서 꼼꼼히 꾀를 짜내고 있었다.

그리고 한 달 전쯤 돌탭이 못골 막내딸 말숙이를 찾아갔다. 말숙이는 벌써 세 살배기 분이를 키워 놓고 다시 입덧을 하고 있었다. 마침 사위 용필이도 집에 있었다.

"엎어지마 코닿을 데 살면서 얼굴 보기가 힘드는구마."

분들네는 인사말부터 삐딱했다.

딸네 집은 사립짝 들머리서부터 마당 구석까지 제대로 맨지럽게 잘 챙겨져 있다. 마당은 옷 입은 채 구불러도 먼지 하나 안 묻을 게다. 볕이 잘 드는 봉당은 황토흙으로 미새를 해서 더욱 따숩게 보인다.

분이가 얌전해서 그런지 문짝에 구멍 한 군데 뚫어진 데 없이 말짱한 것도 분들네 눈에는 어쩐지 구불텅 속이 꼬이게 보인다. 그만큼 분들네는 세상이 모두 가시처럼 밉게만 보이는 것이었다.

"어야다 보이 어매 찾아가는 기 숩잖구망. 분이년도 통 안 떨어질라 하고 하는 것 없이 바쁘기만 하네."

말숙이는 분들네 눈치를 보며 이것저것 사정을 말해 보지만 분들네 귀에는 모두가 핑계밖에 안 되었다.

"할 수 없제 뭐. 사위 자슥도 반 자슥 된다꼬 내가 너무 바랜 게 그르제……."

분들네는 그만치만 하고 참는다. 오늘은 될 수 있으면 조용히 큰일을 부탁하러 온 것이기 때문이다.

"이 사람아……."

분들네는 윗목에 앉아서 점잖게 모녀가 서로 튀각거리는 모양을 보고만 있는 사위 용필을 불렀다.

"장모임요, 말씀하시이소."

"딴 기 아이라. 자네 장인 어른 밋자리를 이짝으로 앵기마 어뚷고 섶어 왔다네."

"밀리(이장)를 하실라꼬요?"

"집 앞 밭뙈기 한녘에 앵기 놓으마 재득이 가아가 손수 벌초하고 시사도 지낼 수 있잖은가?"

"하제만 큰 처남하고 의논도 없이 내가 어쩨 맘대로 할씨껴?"

"만리 타국에 가서 소식도 없는 자슥이 뭔 소용 있는가? 이잔 이런저런 법 찾으며 살 때가 아이네. 자네 힘들지만 이번 한식에 품꾼 두엇 해 가지고 꼭 앵겨 주게."

"꼭 그르시다만 해야제요. 지가 두루 맡아 할 끼께네 장모임은 그양 기시이소."

반 자식 사위가 이런 땐 온 자식이 된다. 용필은 장모 되는 분들네한테 이만치 사위 노릇하는 것이 말숙이 뱃속에 든 애기와 분이를 얻은 것에 비교도 안 될 것이라 생각했다.

분들네는 모처럼 딸네 집에서 점심을 얻어먹었다. 사위가 찾아오면 씨암닭을 잡는다던데, 거꾸로 장모가 와서 닭을 잡았으니 그 동안 꽁꽁 맺혔던 분들네 속심지가 말짱 풀어졌다.

한식이 다가오자 분들네 가슴 안이 부지런한 여편네 떡방아찧듯이 콩콩 뛰었다. 속으로는 그만두고 싶은 마음이 하루에도 수없이 일어났지만 꾹꾹 눌러 참았다.

'할 짓 다 해보고 안 되는 거는 도리 없제만 하는 데꺼정은 해봐야제.'

이월 초이렛날 용필은 이웃 장정 둘을 놉을 했다.

행기봉 조석의 무덤은 다섯 해가 되었지만 파헤쳐 보니 널 아래쪽 받침이 쐐기가 문드러져 따로 떨어졌을 뿐 뚜껑쪽은 아직 그대로 멀쩡했다. 아래쪽 바닥판이 부실해서 그랬는지 조석이 시체는 많이 썩어 얼굴 모양이 삭아서 너덜거리는 염포새로 흉하게 짜부라져 있었다. 아직 역한 냄새가 나고 군데군데 진득한 인진이 흐르기도 했다.

미리 가지고 온 거적데기로 널을 싸서 묶었다.

어둠살이 질 때 남의 눈에 띄지 않게 셋 장정이 번갈아 지게에 짊어지고 삼십 리 길을 걸어 한밤중에 두룹골 분들네 집에 닿았다. 분들네는 그때까지 안 자고 불을 켜 놓고 앉아 기다리고 있었다.

"장모임은 여지껏 안 지므셨디껴?"

"큰일을 하는데, 내가 어예 잠을 자겠는공."

"어얄꼬요. 이대로 지금 묘에다 뫼실까요?"

며칠 전부터 용필이 손수 무덤을 파 놓았기 때문에 그대로 관만

179

묻으면 된다.

"그기 무신 소린고? 및 해 만에 집에 왔는데 하룻밤 묵어가야제. 내일 날이 밝그덩 묻어 주게."

분들네는 천연덕스럽게 그러면서 조석이 시체를 헛간 처마 밑으로 옮겨 놓게 했다.

"모두 이냥 돌아가게. 내가 여게 앉아 밤새 지킬 채미네."

용필은 분들네가 저렇게 지극한 구석이 있었구나 싶어, 새삼 내외간의 정은 죽은 뒤에도 변하지 않는다고 생각했다.

용필이 장정들과 골짜기로 내려간 뒤 분들네는 얼른 거적에 싸인 널짝을 벗겨냈다. 재득이는 아까 삼잎가루를 탄 술을 마시게 해서 한창 깊은 잠에 빠져 있었다.

분들네는 전에 쓰다가 둔 촛동아리를 꺼내 불을 밝히고는 널 뚜껑을 열었다.

가슴이 하도 두근거려 쓰릴 지경이었다.

분들네는 여러 번 해본 일인 것처럼 서슴없이 정지칼 끄트머리 쪽으로 조석의 짜부라진 머리 가운데를 헤집었다. 흡사 씨암닭 배를 가르듯이 쪼개어 진득진득 물기가 있는 골수를 긁어 사발그릇에 담았다.

"애비가 자슥 병 곤치는 게 뭐이 나쁜공. 그양 두마 다 썩어 흙이 됐빌걸, 골수배기 쪼매 긁어낸다꼬 섭섭해 할 일 없겠제……그릏제요, 재득이 아배요?……이녁도 내 애간장 타는 것 다 알고 있는 걸 알게시더……. 그르이 날 지독한 년이라 나무래지 말고 지발지발 이것 먹고 우리 재득이 빙든 몸 말짱 낫게 해주이소……."

분들네는 이젠 가슴도 두근거리지 않았다. 예사 있는 일인 것처럼 아무렇지 않게 죽은 남편의 머리를 헤집어 누룽지를 긁어담듯이 골수를 긁어담았다. 조석의 머리상투가 헝크러져 걸리적거렸지만 아예 죽은 닭 털 뽑듯이 잡아 뒤로 제쳐놓았다. 죽은 조석의 머리통은 그렇게 분들네 마음대로 잡아 뽑으면 뽑는 대로 칼로 쪼개면 쪼개는 대로 내맡겨 두고 있었다.

분들네는 천천히 아주 천천히 진득진득하고 냄새나는 죽은 사람의 골수를 사발에 담아 뚜껑을 덮고 다시 작은 국단지에 담아 소중히 갈무렸다. 조석의 시체는 본래대로 잘 오무려 널 뚜껑을 덮고 거적으로 싸 놓았다.

그새 첫 닭이 울고 날이 새고 있었다. 방안에 들어가 한숨 눈을 부치고 나자 벌써 해가 떠올라 있었다.

분들네는 아무 일도 없었던 것처럼 용필이 조석의 관을 묻고 무덤에 뗏장을 입히는 걸 서서 지켜봤다. 용필은 장모님 말대로 반자식 노릇이라도 한 것이 흐뭇했다. 장모님이 저지르고 있는 끔찍한 다른 일은 꿈에도 모르고 있었다.

일꾼들이 다 떠나고 난 뒤, 분들네는 재득이를 불러 집 앞 밭머리에 옮겨다 놓은 조석의 무덤 앞에 엎드려 절을 시켰다.

"인자 너어 아배 밤낮으로 만낼 수 있어 한숨 놓게 됐다. 나도 이잔 외롭지 않게 됐고……."

"……."

재득이는 세상 일이 모두 귀찮다는 듯이 아무 말이 없었다. 매형이 일꾼을 데리고 아배 묘소를 이장한다고 며칠 동안 나들어도 본체만체 구석방에 숨어 있듯이 틀어박혀 있었다. 재득이한테는 이런 번거러운 일까지 마음 쓸 수 있는 뱃속이 있을 리 없다. 이젠 재득이는 막가는 인생이라 스스로 여기고 있었기 때문이다.

분들네는 손수 담근 찹쌀술 전백이에다 조석의 머리에서 긁어 낸 골수를 한 숟깔씩 타서 사흘 동안 세 번 재득이에게 정성스레 먹였다.

"일꾼들이 먹다 남긴 술이다. 벌컥벌컥 마시고 한숨 자거라."

재득이는 아무 생각 없이 분들네가 시키는 대로 벌컥벌컥 술을 받아마셨다.

분들네는 한 달 동안 아침 저녁 재득이 얼굴에서 손끝 발끝까지 찬찬이 살폈다.

'지발 적선 낫게 해주이소. 문디빙에 인골이야 말로 명약이라 캤는데…….'

한 달이 지나가고 보름이 또 지나면서 분들네는 조금씩 낙담을 하고 있었다. 재득이 발가락 손가락에 피고름이 조금도 줄어들지 않고 있었고, 핏발이 선 눈동자며 끔찍한 얼굴 모습은 하나도 변치 않기 때문이다.

'천빙이라 카는 건 어쩔 수 없는갑제. 무단히 죽은 저거 아배 한테만 몹쓸 짓만 했구만…….'

분들네는 다랑이 보리밭에 김을 매면서 자꾸 헛군데를 긁어대고 있었다.

'시상에 푸새들은 이렇게 새로 멀쩡하게 돋아나는데 재득아, 니는 어째 한창 나이에 그래 빙신이 됐노…….'

분들네는 너무나 가슴 부풀도록 컸던 바램이 이리 허무하게 무너져 버려 다시 일어설 기력도 없을 것 같았다. 그랬는데도 또 밭을 매고 나물을 뜯고 목이 마르면 물 마시고 지겹도록 쓴나물밥을 또 먹으며 살았다.

낙담과 슬픔이 어느만큼 가시어지자 전에 했던 대로 또 먼데 가서 소식 없는 장득이 수득이 자식들을 원망하고 미운 며느리 이순이를 헐뜯고 욕을 해대었다. 슬픈 어마씨 분들네한테 이렇게 미워할 수 있는 상대방이 있는 것이 살아가는 데 엄청난 힘이 되는 건 무슨 얄궂은 사람 마음일까.

그 해 봄, 방아실 귀돌이도 눈물로 하루하루를 살았다. 둘째 딸 강질이가 죽고 다시 하나뿐인 동생 분옥이를 잃고 귀돌이는 깡마른 허리가 더 짜부라지고 눈이 꽹하니 커졌다. 기다리는 아들은 낳지 못하고 지난해 겨울 또 딸을 낳았다.

그러나 귀돌이는 다른 무엇보다 죽은 분옥이 모습이 눈만 감으면 아른거려 견디지 못했다.

'분옥아, 싱이가 잘못했대이. 그 먼데 가서 사는 니를 한 분 찾아가 보지도 않고 이릏기 미련케 산 싱이가 얼매나 밉었을노. 분옥아……분옥아…….'

밤에 소쩍새가 울어도 분옥이 울음소리 같고, 뻐꾹새가 울어도 분옥이 소리같이만 들렸다.

'사람이 죽으마 새가 된다 카는데, 분옥이는 뭔 새가 됐을꼬……?'

동녘개골 앞으로 신작로가 깔리고 자동차가 댕긴다고 갓을 쓴 노인네들이 한 무더기씩 떼를 지어 구경을 갔다. 젊은이들은 그게 주책스럽게 보여 핀잔을 주고 있었다.

"씰개도 없는갑제. 등골이 빠지게 부역 나가서 길 닦느라 애먹은 건 모리고 왜눔들 자동차 귀경이나 가그러……."

신작로 공사는 거미줄처럼 이리저리 끊이지 않고 이어졌다. 부수고 깎고 메꾸고 온 나라가 결단이 나는 듯이 보였다. 도리원서부터 새터 쪽으로 길공사가 시작되면서 달수도 부역에 나가느라 들일이 자꾸 밀려났다. 거기다 셋째 딸 옥남이가 올 가을 시집을 가야 된다. 철파쪽 김씨네 아들 바우는 신작로 공사에 부역하러 나와 장인 되는 달수를 자주 만나고 있었다. 키는 장인보다 작았고 대신 어깨판이 튼실하고 얼굴색이 희멀겋게 귀티가 났다.

열아홉 살 바우는 달수가 힘들어 하는 일을 슬며시 거들어 주며 혼인 전에 벌써 장인 대접을 해 드리고 있었다. 이따금 허리춤에 싸온 조밥덩이 점심을 풀어 나눠 주기도 하고 말린 잎담배를 그으름 묻은 헌 문종이에 싸다 주기도 했다.

"허허, 자네는 장개도 안죽 안 왔는데 장인 대접 하느라 애 먹겠네."

"빌 말씀하시니더. 지는 이릏기 장인어른 만내 대접하는 게 이래 좋으이더."

"자네가 좋다이깐 마음이 쪼맨치 헤깝네."

받는 것이 있으면 주는 것도 있어야 한다. 달수는 한날 저녁 옥남이한테 바우 이야기를 했다.

"남아, 만날 김서방한테 얻어먹기만 하고 내가 체민이 아이구나. 모레쯤 니가 뭐 쫌 요기할 거 맨들어 볼래?"

"아배요, 내가 어째요?"

"어뚫나 뭐. 잔대떡이라도 맨들어 볼래?"

"……."

이튿날, 옥남이는 바구니를 들고 뒷산으로 갔다. 탐박탐박 잔대싹이 마른 뗏잔디 사이에 돋아 벌써 몽그란 꽃봉오리를 맺고 있다. 더러는 애기 손톱만큼 쬐맨한 노랑 꽃잎이 내민 것도 있다.

잔대잎을 하나하나 똑 똑 따면서 옥남이는 벌써 손이 떨린다.

얼굴도 한번 못 본 바우한테 옥남이는 온통 마음이 뺏겨 있다.

'샛들 형부만치 점잖을까?'

옥남이는 그러면서 이런 모양 저런 모양 바우 얼굴을 그려 봤다. 달덩이처럼 잘 생긴 얼굴이 떠오르면 가슴이 한없이 두근거렸고 반대로 모개덩어리처럼 못생긴 얼굴이 떠오르면 금세 풀이 죽는다. 그러니까 옥남이는 그냥 술술하게 튼실하게만 생긴 얼굴을 마침하게 그려 놓고는 다른 건 모두 지워 버렸다.

매좁쌀 한 옥식기 물에 씻어 건져 디딜방아에 꽁꽁 빻아 잔대떡은 푸짐하게 만들어졌다.

"김서방은 장개 들기도 전에 색시한테 떡을 얻어먹겠구만."

귀돌이는 오랜 만에 그렇게 웃을 수 있었다.

이 해 가을, 옥남이는 머릿속에서만 그려 보던 신랑감보다 훨씬 잘생긴 바우한테 시집을 갔다.

그리고 칠배골 달옥이는 막내딸 봉회를 낳았다. 마흔두 살에 낳은 늦동이였다. 순원이를 낳고 열세 해 만에 낳았으니 그 동안 단산을 했다고 섭섭해 했던 이석은 얼마나 기뻤을까.

봉회가 달옥이 뱃속에 태를 잡고 들어섰을 때만 해도 설마설마하고 꿈에도 생각지 못했다. 속이 매스껍고 아랫배가 묵직해지면서 달옥이는 무슨 속병이 생긴 줄만 알았다.

마흔 살이 넘도록 달옥이는 마냥 이석이한테 애지랑을 떨었다.

"속이 미식거러 암 것도 못 먹을시더."

"약쑥을 좀 대려 먹어 볼까?"

이석이도 달옥이한테는 변함없이 애틋했다.

"씨버 어예 먹을리껴."

"씨버도 먹어야제."

이석은 지난봄 단옷날 헌치럽게 자란 약쑥을 베어 말려둔 걸 한 움큼 약탕기에 넣고 달였다.

"누가 아프다노?"

군불 가마솥 앞에 쭈그리고 앉아 약쑥을 달이는 이석을 보고 정원이 물었다.

"에미가 배아프다 카니더."

"……."

정원은 잠깐 짜증스러워졌다. 이석이 너무한다 싶어져 새암질까지 났다.

가끔 정원은 며느리 달옥이가 싫어질 때가 있다.

'순덕이 에미만 아니랬으마 우리 이석은 번듯한 장개를 보냈을 낀데, 그랬으마 이리 먼 데꺼정 와서 숨어 살지 않아도 될 낀데, 삼밭골에 그냥 앉아 살았으마 서억이네랑 이웃하고 살았을 거고, 불쌍한 이순이도 어찌 살고 있는지 자주 소식이라도 들을 낀데……'

그러다가도 정원은 이내

'그기 막카 지주금 팔잔데 어얄 수 없제.'

했다.

정원이뿐만 아니라 삼밭골 사람들, 조선 사람 모두가 이 팔자라는 말이 더러는 살아가는 데 약도 되고 병도 되었다.

이석이가 쭈그리고 앉아 달옥이 약을 달이는 모양이 예사 다 있는 일이 아니다. 팔자가 아니고야 어찌 저리도 지극할 수 있겠나 싶었다.

약쑥을 달여 먹어도 달옥이는 속이 여전히 편치 안했다.

이석은 의원한테 데리고 갔다.

곱사등이 늙은 의원은 달옥이 손목을 잡고 한참 맥을 짚어 보고 나서,

"이건 속빙이 아이라 뱃속에 얼라가 들었구마."

그러는 것이었다. 참으로 용한 의원이었다.

"얼라라이요?"

이석이도 놀래고 달옥이는 더 크게 놀랬다.

"그래, 이 둥춘이 끝은 사람들아, 여태 살면서 얼라 밴 줄도 모린단 말이라."

의원은 반은 놀리듯이 반은 꾸짖듯이 말했다.

"설마 그럴 리가 없니더. 단산한 지 열두 해째나 되니더."

"터울이 디디 진 거제 단산한 건 아이라네."

의원은 말하고 나서 껄껄 웃었고 달옥이는 부끄러워 몸둘 바를 몰랐다.

의원댁을 나오면서 이석은 훨훨 날아갈 듯이 기뻤다.

그렇게 해서 낳은 아이가 예쁜 딸이었으니 이석은 덩실덩실 춤이라도 추고 싶었다. 맏아들 순태는 열여덟 살, 이석이 이 나이에 달옥이와 함께 도망쳐 왔다. 그랬는데도 순태는 아직도 어리게만 보이니 아비가 자식 보는 눈은 어쩔 수 없다. 만약 순태가 지금 낯선 처녀를 데리고 훌쩍 먼데로 달아난다면 이석이 마음이 어떻겠는

가.

이석은 자식 키워 봐야 부모 마음을 안다는 어른들 말이 새삼 가슴을 아프게 했다. 외할매 수동댁도 어매도 나 때문에 얼마나 괴로웠겠나? 이석은 살아가면서 두고두고 그때 일이 꿈만 같았고 어매한테 큰 죄를 지은 듯했다.

사람이 한평생 살면서 누구 할 것 없이 얼마나 많이 남의 가슴을 아프게 하겠는가. 알게 모르게 그렇게 죄를 짓고 살아가는 것이다.

칠배골 달옥이가 봉희를 낳고 한 달 뒤 돌탭이 못골 말숙이는 아들을 낳았다. 시월 입동을 지난 때여서 가을걷이는 말끔이 끝난 뒤였다.

분들네가 첫이레를 지낼 때까지 산바라지를 했다. 사위 용필은 쉰 살에 첫 아들을 본 것이다.

용필은 내내 입을 꾹 다물고 있었지만 기쁜 마음을 주체 못하고 일이 제대로 손에 잽히지 안했다. 어릴 때 설날 새옷을 입었던 기분이 이만치나 좋았을까? 용필은 마냥 하늘을 둥둥 날아다니는 듯했다.

첫이레를 지내고 나서 분들네가 좀 유세스럽게

"이잔 자네가 아침 지녁으로 군불 때고 미역국도 디이 주게."
말하고는 돌아갈 채비를 했다.

"장모임요, 쫌 기대리이소."

용필은 어제 연자방아에 껍질만 벗겨다 놓은 메조미쌀 한 말을 자루에 퍼담아 이만치 골짜기 입새까지 져다 줬다.

"장모임, 이번 설날 광목 옷이라도 한 불 해 디립더."

"위손자 바라지 한 걸 가주고 품삯 쳐 줄란가."

"그기 아이시더. 지 마음이제요."

"자네 맘이마 마음대로 하게."

분들네는 용필이 건네 주는 쌀자루를 이고 거뜬거뜬 걸어갔다.

용필이 쉰 살에 얻은 동규는 우묵우묵 잘 자랐다.

섣달 대목장날, 용필은 장거리를 이것저것 싸 놓고 나서,

"우리 동규 업고 장 귀경 같이 가세나."

하는 것이었다.

말숙이는 동규한테 젖을 먹이면서,

"배깥 날씨가 추불 낀데 어예 가니껴?"

했다.

"글케 춥지 않구만. 개까분데 같이 가서 장모임 옷감도 한 불 골라야제."

"어매한테 옷 해 줄라꼬요?"

"동규 낳고 큰 애 쓰셨는데 그냥 있어 안 되제."

"그럼, 같이 가 보시더."

말숙이는 띠개미로 동규를 꼭 싸 업고 솜을 놓고 누빈 포대기로 머리 뒤꼭지까지 쌌다. 분이는 아배 손을 잡고 걷다가 안겼다가 하면서 온 식구가 장으로 갔다. 작은 개울물만 건너면 장터는 바로 거기 있었다.

이날, 새터 사촌댁도 모처럼 장을 보러 나섰다.

"옥주야, 할미하고 니도 장 귀경 갈래?"

"나도 할매 따라 가자꼬?"

"그래, 설날 치매라도 하나 사고 머리댕기도 있어야제."

"그래애!"

옥주는 할매가 싸 놓은 논두렁 콩자루를 머리에 이고 집을 나섰다. 서너 되가 될까 싶은 콩자루를 이고 옥주는 날 듯이 걸었다.

"할매 쌔기 가자."

"야야, 천천히 가자. 할미가 니 걸음 따라가자이 숨차구망."

섣달 그믐 대목장이어서 여기저기서 장꾼들이 몰려왔다. 새터에서 장터까지는 한참 걸어야 할 만큼 멀었다.

먼저 시계전에 가서 콩을 팔았다.

"할매, 이것만 가주고 치매감 살 수 있으까?"

옥주는 걱정부터 했다.

"할미한테 돈이 쪼맨치 더 있다. 만판 사고도 남을 끼께네 걱정 마래."

옥주는 할매 손을 꼭 붙잡고 붐비는 사람 속을 이리저리 헤집고 옷감전으로 갔다. 대목장을 보려고 그랬는지 전에서는 평시 때보다 치렁치렁 고운 비단을 잔뜩 내걸어 놓고 장사를 하고 있었다. 어느 것 하나 싫지 않고 모두 사고 싶을 만큼 옷감은 색색이 고왔다.

한참을 골라서 산 것이 인조견 공단치마였다.

"치매만 사고 저구리감은 안 사니껴?"

비단장사가 묻는다.

"저구리는 지난 게 한 분 입고 그양 둔 게 있니더."

옥주는 할매가 그러는 게 조금은 섭섭했다.

지난해 설날 입었던 반회장저고리가 하도 커서 소매를 걷어올려 꼭 한 번만 입고 벗어 놓은 게 있다. 그저께 아침 입어 보니 몸에 딱 맞았다. 그래서 할 수 없이 옥주 설빔은 치마감 한 가지만으로 참아야 했다. 머리댕기는 금박이 찍힌 명주댕기였다.

그렇게 옷감을 사서 고이 접어 콩을 담아 왔던 자루에 쌌다.

"옥주야, 저짝으로 가서 깨엿이라도 하나 사 먹자."

"응."

옥주가 할매 손을 붙잡고 막 돌아서 나오는데 아기를 업은 어마이 하나와 마주치면서 어깨가 부딪혔다. 그러느라고 둘은 무심코 얼굴을 쳐다봤다.

말숙이는 처음엔 옥주 얼굴을 못 알아봤다. 그래, 도로 돌아서 한 발 내딛다가 말고 저절로 다시 뒤돌아봤다.

말숙이는 흠칫했지만 입에서 먼저 소리가 나와 버렸다.

"옥주야!"

"어매애!"

그러면서 말숙이는 한 발짝 옥주한테로 다가갔다. 그러자 도끼눈을 한 사촌댁이 무섭게 말숙이를 흘겨본다.

"어매임요……."

사촌댁은 말숙이 부르는 소리를 못 들은 척 옥주 손을 틀어잡고 쉿소리가 날 듯이 돌아서 가 버린다.

말숙이는 얼른 뒤쫓아 따라갔다.

"옥주야아! 옥주야……."

할매 손에 잡힌 옥주가 뒤를 돌아봤다. 금세 두 볼 위로 눈물이 흐르고 있다.

"옥주야……."

그러나 옥주는 할매 손에 끌려가느라 대답할 틈도 없었다.

말숙이는 결국 옥주를 놓쳐 버렸다.

다만 할매 손에 끌려 동동 걸어가는 옥주 뒷모습만 보고 있어야

했다.

등뒤로 땋아내린 머리꽁지는 아직 짧고, 어깨판을 기워 입은 무명저고리와 강똥한 몽당치마 밑으로 고쟁이 자락이 보이고 그 고쟁이와 버선목 새로 들어난 종아리와 너덜거리는 짚신발이 동동동동 멀어져 갔다.

"옥주야……옥주야……."

말숙이는 장바닥에 마냥 선 채 울고 있었다.

장꾼들이 영문도 모르고 흘금흘금 봤다.

"이보게 분이네, 그만 가세."

용필이 말숙이 어깨를 잡고 떼밀었다.

말숙이는 그렇게 떼밀리며 용필이 하는 대로 이것저것 장을 봤다. 뭐가 뭔지 정신이 하나도 없었다. 머릿속엔 온통 옥주뿐이었다.

집으로 돌아오면서도 말숙이는 내내 옥주 생각만 했다.

'어매임요, 너무 하시니더. 너무 하시니더…….'

말숙이는 그 뒤로 장날이면 몰래 숨어서 장길을 오가는 사람을 살펴봤다.

하지만 옥주는 두 번 다시 보이지 않았다.

안 보고 안 들으면 잊혀지고 멀어지는 것이 사람의 정이다. 어미 자식 사이도 그렇게 잊을 건 잊고 살아야 하는 게 나을 수도 있다.

한겨울이 지나면서 말숙이는 그렇게 옥주를 잊어갔다.

병자년(1936년)은 봄가뭄부터 들더니 오월 초순부터 한더위가 시작되었다.

두릅골 분들네 다랑이밭에 심어 놓은 양귀비가 가뭄에 잎사귀가 오그라들고 있었다.

아침부터 분들네는 샘물을 길어다가 조롱박 바가지로 쇠오줌처럼 찔금찔금 물을 주었다. 파실파실한 녹두자갈밭은 물을 주는 대로 잦아져 금방 말라 버린다.

온나절껏 물을 주고는 저녁때는 산으로 가서 소나무껍질을 벗겼다. 산나물보다 솔껍질은 근기가 있어 하루 두 끼만 먹어도 배가 든든하다.

한 손으로는 낫자루를 잡고 한 손으로는 낫 끝을 잡고 우들두들한 겉껍질을 긁어 내면 하얀 속껍질이 들어난다. 그걸 낫 끝으로 잘 오려내면 키짝처럼 넙적한 소나무 껍질이 벗겨진다.

분들네는 그걸 반은 볕에 말리고 반은 삶아 물에 담궈 떫은 맛을 우려냈다. 하얀 솔 껍질을 끓는 물에 삶으면 빛깔이 핏빛처럼 붉어진다.

물에 한 사나흘 우려낸 솔 껍질은 빨래방망이로 두둘겨 부드럽게 한다. 그래도 모자라 디딜방아에 지치도록 찧어야 웬만큼 먹을 수 있는 송기가 된다.

먹을 것만 제대로 있어도 분들네는 이 아늑한 산골에 조용히 살 수 있었을 텐데, 둘이 입에 풀칠하기도 이토록 힘겨웠다. 게다가 재득이는 뼛속이 쑤시기 시작하면 온 방안을 뒹굴 만큼 괴로워했다.

그런 재득이한테 용필이 어디서 구했는지 양귀비 씨앗을 가지고 왔다.

"장모임, 이것 상추씨캉 같이 구석밭에 숭그이소."

"애핀 때문에 집안 망한다 카는데 이걸 재득이 믹이라는강?"

"약으로 쓰는 건 괜찮으이더. 본새 쓰는 데 따라 아편은 보약도 되고 독약도 되니더."

193

양귀비는 꽃색깔이 고왔다. 상추씨앗과 함께 심어도 꽃이 피면 금방 알아보게 되는 것도 꽃 때문이다. 더러는 진한 붉은색 꽃도 피고 하얀 꽃도 피었다. 족두리처럼 대궁 정수리에 피어나는 꽃이 하도 고와 이름도 양귀비가 된 모양이다.

상추대궁처럼 쪽쪽 곧게 자라 꽃이 피었다가 하룻만에 지면 몽그란 열매가 달린다. 아직 열매가 설익을 때 손톱으로 째겨 흠집을 내면 진이 흐른다. 그걸 따서 응달에 말리면 까만 아편덩어리가 된다.

한번 딴 아편 대궁을 베어 말렸다가 솥에 넣고 물을 부어 오래오래 조리면 역시 까만 고약 같은 덩어리가 된다. 이건 보통 배 아플 때나 이가 아플 때 대추씨만큼 물에 개어 마시면 금방 낫는다.

분들네 집 아편은 오만가지 병에 다 쓰였다. 그러니 분들네가 양귀비를 키우는 데 정성을 쏟지 않을 수가 없었다.

말숙이와 용필이가 아니면 평생 가도 누구 하나 찾아올 사람도 없는 두룹골은 재득이 피난살이에 더할 나위 없었다. 다행히 바윗돌 골짜기 샘물은 아무리 가뭄이 들어도 마르지 않았다.

집 뒤 비탈엔 감나무도 있고 고욤나무도 있었다. 언덕 아래쪽엔 샛빨간 꽃이 피는 석류나무도 한 그루 서 있다.

그 날은 오랜 가뭄 끝에 비가 내린 뒤였고 아직 밭둑 뽕나무 잎사귀에 빗물이 조로롱 맺혀 있었다. 흰구름이 나실나실 떠 있고 햇빛이 자랑자랑했다.

분들네는 어제 심어놓은 콩모종에 북을 다져놓은 뒤 호미에 묻은 흙을 골짝 물에 씻었다. 호미날은 반짝반짝 금방 씻기는데 분들네 거칠어진 손은 아무리 문질러도 깨끗해지지 않는다.

분들네는 손가락 하나하나를 바위돌에 문질러 보고는

'애고, 까짓거……'

그러면서 막 일어서려는데 그때 아래쪽 골짜기로 사람 그림자가 얼른거렸다.

'누굴꼬? 말숙이가 오나?'

분들레는 모가지를 찌붙땅 기웃거리며 아래쪽 골짜기 길로 온통 마음이 쏠렸다.

키 작은 참나무 소나무 새로 알른알른 보이던 사람 모습이 가까워지면서 분들네는 점점 더 궁금해졌다. 올라오는 사람 모습이 말숙이도 아니고 용필이도 아니었기 때문이다.

대체 누군지, 다섯 해 전에 수득이가 순사들한테 끌려간 뒤, 이 골짜기엔 낯선 사람이라곤 찾아오지도 않았고 찾아올 까닭도 없었다. 한 해 한 번쯤 산 간수 영감이 지나다니지만 분들네 집에서는 일부러 멀직히 비켜 갔다.

"숙아! 숙이라?"

분들네는 모가지를 길게 뽑으며 한번 그렇게 불러 봤다.

"……."

역시 아무런 대답도 없이 누군지 그냥 올라온다.

저기만치 가까워졌을 때, 분들네는 무릎 위까지 걷어올려 질끈 묶은 치마를 서둘러 풀어내렸다. 저고리 앞자락도 모두어 여미었다.

바로 분들네 눈앞까지 올라온 사람은 뜻밖에도 다름아닌 꿀밤 깍정이처럼 생긴 송낙을 쓴 보살님이었기 때문이다.

보살님은 어쩔 줄 모르게 그렇게 서 있는 분들네한테 두 손을 모아 합장하면서 절을 했다.

"어야꼬나! 이겐 아무 껏도 시주할 기 없는데……."

어마지두 분들네는 더럭 겁이 나서 미리 입막음부터 했다.

"어매임요, 지씨더……."

보살님이 분들네를 바라보면서 그렇게 말한다.

"어엉……."

"지씨더. 어매임요 수임이시더."

보살님이 울먹거리며 그러자 분들네는 그제서야 정신이 들었다. 언젠가 친정으로 간 수임이 머리를 깎고 중이 되었다는 소문을 떠올린 것이다.

"하제만 아가, 니가 어째 여게를……."

분들네는 하도 놀래 골짝 물이 흐르는 둔덕에 그만 털썩 주저앉아 버린다.

"어매임요……."

수임이 다가와 곁에 앉으면서 분들네 거친 손을 잡는다.

"……진작에 찾아 못 뵈서 죄송하이더. 여게저게 문소문해서 기우 이자서야 왔니더……."

수임은 가슴이 할딱거리고 말소리도 떨린다.

"아잇다. 여겐 아무도 찾아와가주 안 된다. 그르이 그만 가그라……."

"무신 말씸 그리 하시니껴, 어매임요?"

"나는 니를 벌써 전에 잊었부렀다."

"어매임, 지가 잘못했니더."

"내가 죄가 많아 그릏제, 어째 니가 잘못했노? 니는 아무 죄없다……."

분들네는 고개를 옆으로 돌렸다. 가슴 안이 갑자기 무슨 덩어리진 것이 부풀러 올라 숨이 막히는 듯했다.

둘은 잠시 아무 말 없이 흐느껴 울었다.

분들네가 소리죽여 운 것은 이때가 처음이었을 게다.

잠시 그렇게 흐느끼다가 수임이가 먼저 울음을 추슬렸다.

산골 물소리와 숲에서 우짖는 새소리 밖엔 아무도 없는 조용한 곳이었다.

"어매임요, 그이는……수복이 삼촌은 어뜨이껴?"

수임이는 아주 힘들게 떨리는 목소리로 물었다.

"아가……니는 그런 것 안 알아도 된다."

분들네는 용케도 차분하고 어질게 말했다.

"지가 참 백 분 죽어도 죄많은 년이시더."

"그게 뭔 소리로? 첨부텅 니캉 재득이는 인연이 없었는 걸 어야겠노? 절대로 니 잘못이 아이다. 그르이 이젠 가서 다 잊었부고 살어라. 나도 재득이도 벌써 이전에 니를 잊었다."

"……."

"고마, 얼른 가그라."

"어매임요……."

수임이는 다시 동방 저고리 소매자락으로 눈물을 훔친다.

"자, 그만 됐다. 얼른 가그라."

분들네는 수임이 손을 잡고 일으켜 세웠다. 어서 재촉해서 보내야 한다는 마음뿐이었다.

수임이는 시어매였던 분들네 얼굴을 멀건히 바라봤다. 헝크러진 머리 밑에 온통 주름투성이 분들네 얼굴은 소나무 껍질처럼 거칠고

꺼멓다.

수임은 그 동안 벼르고 벼르고 별러 찾아온 것이 잘한 것인지 잘못한 것인지 분간이 안 되었다. 찾아올 땐 그래도 만나면 반가울 것 같고, 찾아와 보기만 하면 그 동안 죄스러웠던 마음이 조금은 풀어질 것 같았는데, 오히려 만나 보고 나니 더 힘들게 마음이 무거워졌다.

"얼른 가그라. 가서 다시는 오지 말고 잊았뿌러라."

분들네는 그렇게 자꾸만 재촉했다.

수임이는 어쩔 수 없었다. 마냥 이렇게 마주보고 있는 것도 괴로웠다.

수임이는 저고리 안쪽 품에서 조그맣게 접어 싼 기름종이를 꺼내어 분들네한테 건넸다.

"이기 뭐꼬?"

"어매임, 그름 지는 이만 갈라니더. 만수무강하시이소."

수임이는 돌아서 무겁게 발걸음을 떼어 골짜기를 내려갔다.

분들네는 몇 발짝 따라 내려가다가 멈춰 섰다.

"아가, 잘 가그라."

"……."

수임이는 말없이 걸음을 멈추고는 돌아서 다시 합장을 했다. 목에 감긴 모감주 열매로 만든 염주알이 햇빛에 오도랗게 반짝였다.

수임이는 다시 돌아서더니 종종걸음으로 내려가 버린다. 보지 않아도 울고 있다는 걸 알았다.

그때까지 언덕 위, 분들네 오두막 집 앞에서는 이제 막 빨간 석류꽃이 몇 송이 핀 나무 뒤편에, 문둥이 아들 재득이가 가슴을 두근대며 둘이서 하는 모양을 말없이 지켜만 보고 있었다.

수임이가 아래 골짜기로 사라져 간 뒤, 한참까지 분들네도 넋을 잃고 서 있었다.

겨우 정신을 차리고 나서 분들네는 수임이가 주고 간 기름종이에 싸인 것을 살며시 펼쳤다. 거기엔 일원짜리 종이돈 다섯 장이 고이 접힌 채 들어 있었다.

그렇게 꿈처럼 수임이는 찾아왔다가 아리도록 슬픈 흔적만 남기고 간 것이다.

21

보리거둠이 다 끝났는데도 비가 오지 않는다. 오월 초순 겨우 호미자락만치 내린 뒤 구름 한 점 없이 뜨겁게 볕만 들이 쬐었다.

"풍년질라마 콩밭에 보릿단 못 찾아야 한다."

그렇게 보리거둠은 뒤로 제쳐 두더라도 모내기에 바빠야 하는데, 모판마저 타들어갈 판이니 어찌 걱정이 안 되겠는가?

오월 초사흘이 하지였고 그 하지에 중모내기라 하는데 초복이 되도록 논바닥은 보리글텅이 그대로 있다. 더러는 마른논을 갈아놓고 비를 기다렸지만 되려 갈지 않으니만 못했다.

가뜩이나 윤삼월이 들어 보릿고개가 길었는데, 내내 가뭄에 시달리다 보니 사람들은 목마름에 시달려 만나면 싸움질이었다.

어제는 어느 못자리 물꼬를 트고 막고 하다가 싸움판이 벌어져 눈알이 튀어나왔다느니, 오늘은 또 건넌들에서 물 때문에 싸움이 나서 팔 하나가 부러졌다느니, 비가 오지 않아 물 싸움은 끊이지 않았다. 다행히 어느 해처럼 사람 죽이는 일까지는 없었기 망정이다.

초복이 지나면서 성질 급한 농꾼들은 논에다 좁씨를 뿌렸다. 써레로 논바닥을 고르자니 온통 들판에 먼지가 풀풀 날아 올랐다. 그렇게 파삭한 논바닥에 조를 갈았으니 촉이 제대로 트지 않고 미친 년 나물 캔 자리처럼 얼룩덜룩 고르지 않았다.

불기(애벌)를 매고 솎음질을 해야 하는데 논고랑에 물기라고는 없어 되려 몇 개 나지 않는 실뿌리만 다친다고 그만 두고 말았다.

둥병못이 말라 들어 동네마다 자배기나 물동이 가득가득 고기를 건져다가 지지고 볶고 온통 포식을 했다. 이러다가는 강물까지 말라 고기마저 씨가 마르지 않을지 걱정이다.

산밴달 참나무가 말라 죽고 소가 뜯어 먹을 풀도 말라 갔다. 웬만한 우물은 벌써 거덜나 버리고 좀더 깊은 샘으로 여자들이 줄을 이어 물을 길러 다녔다.

"이태 다안 쓸 데 없는 비가 와가주 애를 믹이디이 하늘에 이자 한 방울도 물이 없는갑제."

"하늘도 심통 부리니라꼬 쏟아 부을 때는 사정없이 쏟아 붓고 안 올 땐 빠쌍 말려 쥑일락하제."

"너무 그르지 마소. 인간들이 이래 나쁜 짓거리를 하는데 하늘인들 가만 두고 보기만 할리껴? 이게 다 천벌이지 뭐이겠나."

이렇게 사람 인심도 말라 가는 판에 한가지 기쁜 소식이 있었다. 샛들 쌍가매가 시집 가서 팔 년 만에 배태를 한 것이다. 참말 가뭄에 단비 같은 소식이었다.

방아실 귀돌이는 작년 가을 익모초 고음을 해다 준 것이 이렇게 효험이 있게 된 것이라 생각했고, 시어매 박집사는 그 동안 쉬지 않고 기도를 해서 하나님이 응답하신 것이라 여겼다.

어쨌든 독자 아들 재성이는 대를 이을 아기가 생기게 되어 마음 놓게 되었다. 쌍가매는 쌍가매대로 한없이 기뻤다.

새벽 일찍 일어나 예배당 가는 발걸음이 날개 달린 새처럼 가벼웠다. 교회 안은 조롱박처럼 생긴 유리통 안에 노란 불꽃이 나울거리는 남포불이 마룻바닥 가득히 비추고, 어둑한 저쪽 설교단 위를 끝없이 꿈속같이 보이게 했다.

쌍가매는 무삼베 치마를 오무리고 꿇어 앉았다.

"하나님 아부지시여, 아부지 딸이 아기를 가졌나이다. 죄많고 불쌍한 저를 굽어살펴 주시어 원하고 원했던 아기를 주신 것 천 번 만 번 감시드리나이다. 아부지시여, 천 번 만 번 감사하고 또 감사하나이다……."

쌍가매는 금세 눈물이 나고 목이 메었다. 손등으로 눈물을 닦으려는데 눈물은 어느새 예배당 마룻바닥에 뚜둑 하고 떨어졌다. 쌍가매는 그대로 이마를 마룻바닥에 문지르며 숨죽여 울었다.

정신이 들어 눈을 떠 보니 어느새 유리창 문이 환하게 날이 밝아 있었다. 매무새를 고치고 일어나 뒤를 돌아보니 썰렁한 마룻바닥에 지지난해 큰물 때문에 갯골에서 이리로 온 분순이가 훌쩍거리며 기도하고 있었다. 쌍가매는 가슴이 철렁했다. 서른일곱 나이로 아직 아기를 못 가져 본 분순이다. 분순이는 주일 날이면 노랑머리 미국 사람 안드레아 목사님이 설교하는 말을 가슴 부풀리며 들었다. 아브라함은 백 살에, 사라는 아흔아홉 살에 아들을 낳았다. 말소리가 굼벵이 구불텅거리듯이 더듬거리는 목사님의 설교를 귀담아 듣는 것도 힘이 들었지만 분순이는 듣고 또 들었다. 어쩌면 분순이한테 쌍가매 배태 소식이 큰 희망도 되었지만 한녘으로는 절망도 되었다.

'참말, 사람이 백 살에도 얼라를 낳을 수 있을까? 쌍가매는 어뚷게 배태를 했제? 육모초 꿈을 먹은 때문일까? 참말 하나님이 얼라를 점지해 주신 걸까? 나도 공딜여 기도하마 인지라도 얼라 가줄 수 있으까? 사십이 다 된 나인데……꿈 긑은 일이제…….'

여자가 시집 가서 자식을 못 낳는다는 건 견딜 수 없는 벌이다.

"보이소, 만일 내가 끝끝내 얼라 못 낳으마 어얄라니껴?"

분순이 그렇게 남편 봉길이한테 물으면

"설마 하나사 낳겠제."

봉길은 속은 어떤지 겉으로는 그렇게 너그러웠다.

한 해 두 해 하매나 하매나 기다려온 것이 이토록 긴 세월이 흘러갔고, 이제는 막다른 곳까지 와 버렸다. 여자가 마흔 살이면 낳든 아이도 단산할 나이가 되는데, 무슨 힘으로 더 기다려 보겠는가.

하지만 분순이는 마흔 살이 되끼까진 아직도 삼 년이 남았다. 백 살까지야 못 기다리겠지만 마흔 살까지는 그래도 희망이 있다.

온통 세상이 비가 안 와 타들어 가도 언젠가는 시원한 단비가 내릴 것이라는 믿음이 있어서 기다리는 것처럼.

그 단비는 너무 늦게 칠월 처서에야 내리기 시작했다. 모내기조차 못 한 들판은 군데군데 조를 갈아 모질게 자라나 더러는 막잎에 도도록히 알이 배기도 했다.

비는 천둥번개를 치면서 장대 같은 빗줄기가 되어 퍼부었다.

"이렇기 짜들어 올 걸 열흘만 땡겨 와도 얼매나 좋았을꼬."

"그른 말 말게. 인지라도 흠씬 내려 마실 물이라도 실컷 마시게 되면 좋제."

농사야 어찌 됐던지 비가 내리자 농사꾼들은 덩실덩실 춤을 췄다. 사람만이 즐거운 게 아니라 집에서 키우는 소도 즐겁고 개도 닭도 생기가 돌았다.

들판에는 말라가던 풀과 나무가 되살아나고 새들이 펄펄 날아다녔다.

바닥이 났던 못에 물이 가득가득 고이고 골짝골짝 개울물이 줄기차게 흘러내렸다.

솔티 꼭지네 주막에도 비가 내리자 술손님이 불어났다.

지난 봄부터 물 건너 술도가에서는 자전차라고 하는 희한한 걸 타고 다니면서 술배달을 하고 있었다. 바퀴가 두 개 곤드랍게 나란히 붙은 자전차에 대나무 술통을 매달고 번개같이 여기저기 주막으로 술을 날랐다. 일본 순사한테 자전차 운전을 배웠다는 젊은 총각 달식이는 줄타기 광대처럼 그 자전차를 타고 훨훨 날으듯이 다녔다. 술도가는 나날이 번창해서 다섯 해 만에 근처에서 갑부가 되었다는 소문이다.

도가집 주인 강주사는 군수님, 서장님 두루 사이가 좋다고 했다. 서슬 퍼런 일본 순사도 강주사한테는 맥을 못 춘다니까 사람은 어쨌거나 우선 돈을 벌고 볼 일이다.

그런 술도가 집 배달꾼인 달식이가 한날은 꼭지네 주막에 술을 가지고 왔다가 지나가는 말처럼 하는 소리가

"꼭지네요, 혹시 도둑술 숨카 놓고 안 파니껴? 우리 주인 강주사
님이 무언가 지피는 데가 있는지 속으로 벼르는 모양 같더라."
하는 것이었다.

꼭지네는 뜨끔하니 놀라지 않을 수 없었다.

하지만 시치미를 떼고 못 들은 척했다.

"요새 술장사가 잘된다면서 도가술은 고냥 고대중 안 받아 간다
두구만요."

달식이 한 번 더 그렇게 말하자, 그적새야 꼭지네도 한마디 했다.

"손님이 불어난다꼬 어디 술을 더 마시는 게 아이라네."

"손님이 불어나마 술도 더 마실 낀데 어째서 고대중이껴?"

"술은 거짓 걸로 마시고 모두 국밥만 달라카이 그룽제."

꼭지네는 그렇게 얼버무렸지만 속으로는 여간 걱정되는 게 아니
었다. 만약 이순이한테 도둑술 받아 파는 걸 들키면 어찌 되겠는가.

도가술 한 말에 일 원 주고 사다가 한 되 십일 전씩 받고 무슨
장사가 된다고 관에서는 각자 집에서 술을 못 담그게 했다.

장삿술만 못 담그는 게 아니라 설 명절이나 농사철에 새참으로
마실 술까지도 한사코 못 빚게 했다. 만약 들키면 감옥에도 가고
엄청난 벌금도 물어야 했다.

그런데도 도둑술은 끊이지 않고 빚어내었고 술손님에게 팔려나갔
다.

도가술 한 말 사다가 물을 두어 되씩 타서 팔아도 술맛은 술맛대
로 싱겁기 짝이 없고 남는 돈도 없다. 하루 두어 말 갖다 팔아도
쌀 서너 되밖에 안 남는다. 거기다 술이 싱거워 손님들이 마시지
않는다. 이러니 어쩔 수 없이 꼭지네뿐만 아니라 주막마다 도둑술

을 빚어 파는 건 알려진 비밀이었다.

벌써 열 달째 그런 도둑술을 빚어 몰래 내다 팔고 있는 이순이도 이제나저제나 들킬지 모를 일이다. 그러나 목구멍이 포도청이니 굶어 죽으나 맞아 죽으나 매한가지인 것이다. 산다는 것은 목숨을 걸어 놓은 전쟁이나 같다.

이순은 그렇게 하루하루 위태로운 싸움을 해 나가야 했다. 시아배 조석이 죽고 장득이가 일본으로 끌려가고 시어매 분들네가 이녁 앞만 생각하고 찌꺼기만이나마 오불처 가 버린 뒤, 이순이한테 남은 건 토끼새끼 같은 자식 다섯뿐이었다. 친정집 이석이 오라배도 동생 이금이도 제 갈대로 가 버렸다. 야박한 세상은 시골뜨기 아낙네인 이순이한텐 너무도 모질고 험악했다. 거기다 하늘마저 이순이를 괴롭혔다. 두 해를 내리 비가 쏟아져 다 쓸어가 버리더니 올해는 그나마 남은 것까지 가뭄에 모두 타 버렸다.

그렇게 여섯 해를 살아왔으니 이순이한테 아무 것도 없다.

근근이 근근이 입에 풀칠이나 하면서 견뎌 온 것만도 용한 일이다.

맏아들 수복이가 집 나간 지도 다섯 해가 된다. 그 아들이라도 곁에 붙어 있었으면 입벌이하는 데 조금이나마 보탬이 됐을지도 모른다. 그런데, 매정하게 떠난 뒤 죽었는지 살았는지 소식도 없다.

사람 기다리는 것만큼 힘든 것이 어디 또 있을까? 이순은 남편 장득이를 기다리고 아들 수복이를 기다렸다.

해질녘이 되면 괜히 집 밖을 내다보고 밤에 자다가도 바스락 소리가 나면 가슴을 두근대며 귀를 기울였다. 그렇게 육 년을 살았다.

그런 이순이한테 둘째 아들 재복이는 참으로 살갑게 집안 일을 보살펴 줬다. 어매가 물을 길러 가면 저도 손잡이가 붙은 국단지를 들고 따라가 계집애처럼 물을 길어 머리에 이고 왔다. 할배 조석을 닮아 작은 키가 네 살이나 아래인 지복이만했다.

"이잔 어매는 산에 나무하러 안 가도 된다. 내하고 지복이 둘이서 해 오꾸마."

"그래, 둘이 가서 해 오이라."

이순은 재복이가 흡사 조석이 대신 태어나 곁에 있는 듯했다. 재복이 등에 업혀 자란 차옥이는 벌써 일곱 살이나 된다. 순옥이와 차옥이는 가끔 싸우기도 했지만 언제나 사이좋게 놀았고 둘이서 부엌에 들어가 설거지도 하고 방을 쓸고 닦기도 했다.

먹을 것만 있으면 이 아이들은 이젠 쑥쑥 걱정 없이 자라 줄 것이다.

그러나 이순이는 점점 살아갈수록 힘든 일만 생겼다.

온 여름 내내 가뭄에 시달리면서 이순은 솔티 주막에 도둑술을 빚어 파는 데 다섯 식구 목숨을 걸어 놓고 있었다.

처음 몇 달 동안 꼭지네는 쌀을 대 주고 품삯으로 돈을 주더니 쌀값이 조금씩 오르면서 이순이한테 방법을 바꾸게 했다. 이순이가 쌀을 받아 술을 빚어 오면 꼭지네가 술값을 주고 사 주는 것으로 한 것이다. 아무리 맘씨 좋은 꼭지네지만 장사는 어디까지나 장사로 따지기 마련이다.

"쌀 한 말 사자면 돈이 없는데 어야니껴?"

이순이 그렇게 말하자

"내가 임시로 변통해 줄 채미니 이 담에 갚게나."

꼭지네는 쌀 한 말 값 삼 원 오십 전을 꺼내 주었다. 지난 봄까지 삼 원하던 쌀값이 그만치나 오른 것이다. 더군다나 가뭄 때문에 장날이 되어도 쌀 사기가 쉽지 않았다.

읍내 장날은 이틀 이레에 열린다. 이순은 장날이면 아침 일찍 나가서 시계전에 죽치고 앉아 쌀짐을 기다렸다. 더러 인심 좋은 촌사람을 만나면 쌀값을 십 전쯤 깎아서 사기도 했다.

쌀 한 말을 반으로 나누어 닷 되씩 아귀가 좁은 양치미단지에 술을 빚으면 막걸리 두 말이 나온다. 한 말에 일 원 십 전씩 받으면 쌀 한 말 술값은 모두 사 원 사십 전이 된다. 구십 전이 남을 때도 있고 일 원이 남을 때도 있다. 그건 이순이가 쌀을 받을 때 얼마씩 사는가에 달린 계산이다.

그 남은 일 원으로 다섯 식구가 닷새를 살아야 했다.

술지게미로 하루 한 끼는 때웠지만 재복이는 술지게미만 먹으면 낯이 달아올라 힘들어 했다.

"어매, 물에 매애매애 힝거 먹을까?"

지복이는 술지게미를 찬물에 넣고 술기가 하나도 남지 않을 때까지 헹구었다.

아이들은 어매 혼자 고생하는 걸 훤히 알았다. 그래서 먹기 싫은 술지게미도 참고 먹었다.

더러 가다가 재복이 나무짐을 지고 땀을 뻘뻘 흘리면서 오면 이순은 알 듯 모를 듯 한 숟갈이라도 재복이 밥그릇에 밥을 눌러담아 줬지만, 사 남매 중 어느 하난들 소홀히 할 수가 없었다. 안쓰러운 건 모두 다 똑같았기 때문이다.

곡식 낟알 한 톨이 없이 맹물만 끓여 소금을 타서 훌쩍훌쩍 마실 때도 멀건 나물 갱죽을 쑤어 먹을 때도, 이순은 언제나 재복이부터 차례차례 나눠 줬다.

이순이네가 살고 있는 솔티 마을 산밑 오두막에 순사가 들이닥친 건 가을걷이가 끝난 시월 보름께였다. 진작부터 이런 날이 올 것이라 짐작은 했지만 막상 닥치고 보니 이순은 쓰러질 듯이 놀랐다. 이른 아침 살얼음이 얼고 서리가 내린 지붕에 막 돋아나는 아침 햇빛이 차갑게 비추고 있었다.

허위대가 큰 순사 하나에 옹골지게 생긴 남정네 둘이 좁은 마당에 버티고 서서 방안에 있던 아이들 모두를 밖으로 내쫓았다.

차옥이는 어매 이순이 치맛자락을 붙잡고 사시나무 떨 듯이 떨었다. 무서워서 떨고 추워 떨고, 떨면서도 차옥이는 울지 않았다. 울수도 없을 만큼 무서웠기 때문이다. 차옥이 옆으로 재복이가 순옥이 손을 잡고 그 옆에 지복이가 서서 눈을 동그랗게 뜨고 허리에 칼을 찬 순사를 뚫어지게 보고 있었다.

때가 고질고질하게 묻은 바지 저고리를 입은 남정네 하나와 홀태바지에 일곱 개 단추를 졸로래기 꿴 똥색 양복을 입은 남정네 둘이 안방문을 열어 젖히고 들어갔다.

안방 아랫목엔 이불로 꼭꼭 싸서 덮어 놓은 술단지가 이제 한창 술이 익어드느라 냄새를 풍기고 있었다. 홀태바지 남정네가 덮어 씌워 놓은 이불을 걷어 헤쳤다. 그리고는 단지 아귀에 엎어 놓은 바가지를 열고 코를 바싹 들이대어 "흠 흠" 냄새를 맡는다.

"제기랄!"

남정네가 무슨 심통이 나는지 지껄이고는 바지 저고리 남정네를 보고

"들고 나가!"

했다.

바지 저고리 남정네는 굽신거리며 단지를 한아름 껴안듯이 손잡이를 잡아 들고 마당으로 나왔다.

술단지를 마당에 내려놓자 이순은 다리가 후들거려 금방이라도 주저앉을 듯이 온몸에 힘이 빠져 나갔다.

칼을 찬 순사가 가시돋힌 듯한 눈으로 떨고 있는 이순을 노려보고는

"아지마씨, 날 따라오시오."

했다. 그리고는 두 남정네한테

"단지 둘러메고 가자."

하고는 목이 긴 구둣발을 저벅거리며 앞장서 갔다.

이순은 칼을 찬 순사가 일본 사람이 아니어서 조금은 마음이 놓였다. 그래서 용기가 생겼는지 한마디 사정을 했다.

"용서해 주이소……."

이순이 생각에도 목소리가 너무 작다는 걸 알았다. 그래서 그냥 못 들은 척 걸어가는 순사 나으리한테 한 번 더 떨리는 소리로

"이보래요! 용사해 주이소……."

했다.

"잔말 말고 따라와!"

이순이 소리보다 열 갑절이나 크게 고함을 치는 바람에 마당가 잎 떨어진 살구나무에 오롱조롱 앉아 있던 참새들이 화로롱 날아올랐다.

이순은 치마꼬리를 틀어잡고 있는 차옥이 손을 떼내어 재복이한테 붙잡게 했다.

"어매, 어디 가노?"

"어매가 얼른 갔다 오꾸마. 방에 들가 있그라."

이순은 아이들을 뒤에 두고 발걸음을 바쁘게 옮겼다. 순옥이가 "어매애!" 부르면서 맨 먼저 울음을 터뜨렸다. 잇따라 차옥이가 울고 지복이가 울었다.

이순은 걷던 걸음을 멈추었다. 그러나 어금니를 가지껏 깨물고 그냥 뒤돌아보지 않고 순사 나으리의 뒤를 따라 걸었다. 어벅다리 짚신 신은 발은 아직 버선도 신지 않은 맨발이다.

어깨에 술단지를 둘러맨 남정네는 단지가 무거운지 가다가는 내려 반대쪽 어깨에 옮겨가며 메고 갔다.

읍내 경찰서까지는 십리길이 멀었다.

지나가던 사람들이 흘금흘금 쳐다봤다. 이순은 쳐다보던지 말던지 꼿꼿하게 얼굴을 들고 앞만 보고 걸었다. 집을 나서 걸으면서 이순이 가슴 속에 맺히고 서린 한이 꿈틀꿈틀 뒤틀리면서 그것이 오기로 바뀌어져 핏덩어리로 뜨겁게 한풀이로 치받쳤다. 이순은 점점 뚝심이 생기고 개망이졌다. 이젠 아무 것도 무서운 게 없어진 것이다. 정말 싸움은 이제부터인 것이다.

신작로 자갈밭길에 어벅다리 신은 맨발은 후끈후끈 달아오르고 등짝에 땀이 맺힐 지경이었다.

여섯 해 전에 장득이와 시동생 수득이가 다른 남정네들과 함께 일본으로 끌려가면서 잠시 머물렀던 군청이 있는 넓은 길 맞은편에 경찰서가 있었다.

이순은 줄곧 순사 나으리의 구둣발 뒤를 밟으며 따라갔다. 생전 처음 딱딱한 돌가루로 바닥을 바른 층계를 딛고 들어가자 이리저리 구부러진 복도를 지나 사방이 꽉 막힌 방으로 들어갔다.

　술단지를 메고 온 남정네들은 경찰서 뒤쪽으로 가 버려 꽉 막힌 작은 방에는 순사 나으리와 이순이 둘뿐이었다. 가운데 나무책상이 하나 놓였고 양쪽에 걸상이 놓여 있었다.

　"아지마씨, 앉으소."

　순사가 건너편 걸상에 앉으면서 이순이한테도 앉으라고 한다. 이순은 어째야 좋을지 잠깐 머뭇거리다가 순사가 앉은 대로 따라 앉았다.

　"아지마씨, 내가 묻는 대로 절대로 거짓말하지 말고 똑바로 대답하시오."

　순사는 처음부터 겁을 주고 있었다.

　이순은 입안이 바짝 말라 입을 한 번 우물거렸다.

　"그래, 밀주는 언제부터 해 왔소?"

　"예에?"

　이순이 무슨 소린지 몰라서 그렇게 되물었다.

　"밀주를 언제부터 해 왔나 물었소."

　"……."

　"밀주 말이오. 도둑술 언제부터 맨들어 팔았나 카이!"

　"예에……, 일 년이 됐니더."

　이순은 말을 더듬었다.

　"뭐야! 일 년 동안이나 했다고……?"

　"예에, 달로 쳐서 꼭 열한 달째시더."

　이순은 눈꼽만치도 거짓말은 하고 싶지 않았다. 싸움을 하자면 끝까지 바른 말 바른 행동으로 해야 한다.

"그래, 모두 얼마너치나 해다 팔았소?"

"한 달에 쌀로 서 말 할 때도 있었고 엿 말 할 때도 있었너니더."

"그럼, 돈을 많이 벌었겠구망."

"뭔 소리이껴? 다섯 소실 입에 풀칠하기도 힘들었는데, 돈을 벌다이요."

"쌀 한 말 술을 담그마 막걸리 몇 말 나오나?"

"쌀 한 말에 막걸리 너 말이 나오니더."

"그럼 막걸리 한 말에 얼마씩 내다 팔았지?"

"요새는 일 원 십 전 받았니더."

"쌀은 한 말에 얼마고?"

"삼 원 오십 전이시더."

"그럼 한 말에 구십 전이 남는구마. 한 달에 여섯 말이면 오 원 사십 전 남으면 열한 달이면 오십구 원 사십 전이네."

"그건 아이시더. 쌀 엿 말 한 것은 및 달이 안 되고 거진 서너 말쓱밲에 못했니더."

"아뭏든 벌금 오십 원이요. 보름 동안 기한을 줄 테니 그때까지 꼭 갚으시오. 안 갚으면 감옥에 잡아 넣겠소."

결국 이순은 싸움에 져 버렸다.

"나아리, 보래요. 용서해 주이소."

이순은 두 손을 모았다.

"집도 절도 없이 아아들 디루고 하리하리 사는 처지에 뭔 힘으로 그리 많은 돈을 갚을 수 있을끼여? 지발 한 분만 용사해 주이소."

"시끄럽소! 하필이면 왜 나라에서 금하는 도둑술을 해서 파는 거요? 이건 역적 노릇이요. 자, 여기 손도장을 찍으시오."

순사 나으리는 이순의 손을 끌어다가 엄지 손가락에 인주를 묻혀 여태 얘기를 나눈 진술서에 꾸욱 눌러 찍었다.

"이제 됐소. 그만 돌아가시오. 보름 안으로 오십 원 갚지 않으면 감옥에 가둘 테니 명심하시오!"

순사는 주먹으로 책상을 꽝! 두들겼다.

이순은 그 꽉 막힌 작은 방에서 떼밀리다시피 쫓겨 나왔다.

경찰서를 나오면서 귀에 쟁쟁 남은 건

"……오십 원 갚지 않으면 감옥에 가둘 테니 명심하시오."

그 말뿐이었다.

이순은 돌아오면서 걷다가 한참씩 멈춰 섰다가 그렇게 늦게야 집으로 돌아갔다.

아이들이 반기며 뛰쳐나왔다. 이순은 아무 일도 없었던 것처럼 아이들을 하나하나 다독거렸다.

"이순아, 하늘이 무너져도 솟아날 굼기 있다."

이럴 때, 이순은 칠배골 어매 정원이보다 외할매 수동댁이 떠오른다. 그리고 그 수동댁 목소리가 바로 옆에서 들리는 듯 했다.

"하늘이 무너져도 솟아날 굼기 있다는 기 참말일까?"

이순은 일어났다. 한나절이 훨씬 지났는데 아직 아무도 아무 것도 먹지 못했다.

이순은 아궁지에 불을 지피고 국단지에 남은 쌀을 있는 대로 쓸어담아 밥을 지었다.

경찰서 순사하고는 싸움에 졌지만 아직도 싸움은 끝난 것이 아니다. 옳은 싸움은 지금부터다.

이순은 아이들과 밥을 먹고 나서 서둘러 꼭지네 주막으로 갔다.

"재복이네 어서 오소."

꼭지네가 전에와는 달리 허둥스럽게 맞이한다.

"어짜마 좋제요? 이자 술 못해 디릴시더."

"알고 있구망. 그래 경찰서꺼정 갔든가요?"

"갔다 왔니더. 벌금 오십 원 안 내마 징역 살린다디더."

"벌금 오십 원이나!?"

"글케 말이시더. 내가 너무 바른 소리 해서 그리 된 것 같으이더."

"그럼, 그걸 어째 내제?"

"할 수 없제요. 어디 일거리 있는가 찾아봐 주이소. 뭔 일이라도 내가 할 수 있는 건 다 함시더."

"그래, 어뚷게 무신 구체가 나겠제."

그러나 이순은 세상이 그리 쉽게 무엇이나 되지 않는다는 걸 다시 한 번 깨달았다.

여름 내 가뭄이 들어 흉년이 진 세상에 가을이라고 해도 오히려 인심이 야박했다. 하루 종일 방아품을 팔고 빨래품을 팔아도 아이들 끼니만 겨우 이어나갈 뿐이었다.

어느새 순사가 말한 보름이 다가오고 있었다.

이순이 그 동안 모아 온 돈은 아직 오십 원의 십분의 일도 안 된다.

벌금 갚는 날 하루 앞두고 이순이 꼭지네 주막에 갔다. 근처에 그 누구도 의논할 데가 없다. 꼭지네는 이순이 손가락에 끼워진 은가락지를 보고 말했다.

"그 가락지 은가락지제요?"

"예에."

"답답은데 그거라도 팔면 보탬이 될 낀데……."

"뭐락꼬요 !?"

이순은 턱도 없는 짓이라 생각했다. 순지 형님이 목매달아 죽기 전에 이순이한테 준 그 은가락지다. 그건 보통 가락지가 아니라 순지 형님 목숨이나 같은 것이다.

"까짓거 가락지 긑은 거 없으마 어때서요. 팔아서 요긴케 쓰는 게 낫제."

"……."

그렇다, 이까짓 은가락지가 어떻게 사람 목숨에 견줄 수 있을까?

하지만 이순은 순지 형님한테 큰 죄를 짓는 것 같았다. 이걸 팔아 버리면 순지 형님은 저승에서 날 보고 어떻게 생각할까?

그러나 한편으로는 다른 생각도 들었다. 순지 형님이 이런 절박한 사정을 알면 꼭지네 말대로 요긴하게 쓰는 걸 기뻐할지도 모른다.

"이 가락지 팔마 얼매나 받을시껴?"

"그거야 은방에 가 봐야제요."

이렇게 해서 벌금을 마감하는 날 이순은 꼭지네와 함께 읍내 은방으로 가서 가락지를 팔았다. 그러나 가락지 값은 겨우 십 원밖에 받지 못했다.

은방 주인은 저울에다 가락지를 달아 보더니,

"석 돈이 좀 안 되는구만. 구 원 주겠소."

하는 것이었다.

"어예서 그래밲이 안 되니껴?"

꼭지네가 따지듯이 물었다.

"요새 은값이 별로구만요. 싫으마 그양 가지고 가소."

은방 주인은 사뭇 배짱을 낸다.

"재복이네, 어짜만 좋제?"

"……."

이순은 아무 말도 나오지 않았다.

꼭지네가 다시 은방 주인에게

"그럼 기왕 팔러왔으이 십 원 채워 주이소. 이 댁이 하도 딱해서 이거라도 팔러 왔는데……."

은방 주인은 이순이를 이윽히 쳐다보고 나서

"그렇게 딱한데 내가 좀 속아 줘야제요. 여기 있소."

그러면서 구 원에다 일 원짜리를 더 보태어 건네 줬다.

"재복이네 가진 돈이 얼매제?"

꼭지네가 조심스레 물었다.

이순은 허리에 맨 주머니를 끌렀다. 꼬기꼬기 접힌 돈이 모두 오 원이 나왔다.

"에고, 기우 막카 보태도 십오 원밲이 안 되네."

"어야만 좋제요?"

이순은 젖은 두루마기처럼 온몸이 풀이 죽었다. 이젠 할 수 있는 건 다했다. 가락지를 뽑은 빈 손가락 자리엔 자국만 움푹 들어나 있다.

'차라리 감옥살이 하는 게 낫지 않을까?'

이순은 이제 기운이 다했다. 그냥 주저앉아 천길만길 구덩이 속에 깊이깊이 빠져들고 싶어진다.

"재복이네, 내캉 둘이 이거라도 가주 가서 사정해서 담에 남거지

갚아준다고 해보시더."

은방을 나와 꼭지네가 그렇게 말하면서 이순이를 끌었다.

이순은 꼭지네가 고마웠다. 경찰서까지 둘이서 가면 큰 힘이 될 것 같았다.

그러나 지난번 그 허위대가 큰 순사 나으리는 인정머리없이 거들 먹거리고만 있었다.

"저어게 선상님, 오늘은 이것만 받고 넉넉잡아 한 달만 기대러 주이소. 내가 그때꺼정 못 갚으마 감악살이를 해도 할 테니 지발 봐 주이소."

이순은 꼭지네가 술손님한테 아양부리듯이 그리 말했다.

"봐 주는 것도 내 마음대로 할 수 없소. 약속한 대로 감옥살이를 해야겠소. 아지마씨 따라오시오."

순사는 이순이를 데리고 구석진 곳으로 갔다. 쇠창살이 얽힌 큰 닭둥우리 같은 곳에 이순이를 밀어넣고는 문을 잠그어 버렸다.

"어야꼬나!"

꼭지네가 자지러질 듯이 소리쳤다.

꼭지네는 쇠창살을 붙잡고 안에 있는 이순이한테 헐떡대며 다그 쳤다.

"재복이네, 이르마 안 되니더. 집에 아아들을 어짤라꼬요. 재복이 네, 내가 얼른 가서 급전이라도 땡겨 올 끼께네 이 자리서 다짐하 시더. 여기서 나오그던 무신 짓이라도 해서 급전을 갚겠다 카소. 내 가 씨겠는 대로 한다꼬 다짐만 하소……."

꼭지네는 목이 쉬기까지 다급해져 있었다.

"그리 할 수 있으만 그리 해주이소. 씨겠는 대로 하라카는 대로

다 함시더."

기어코 이순은 울고 말았다. 차라리 감옥살이를 하는 편이 낫겠다고 생각한 건 간곳없이 집에서 가다리고 있는 아이들이 어찌 될까 겁이 났다.

"지발 지발 뭐든지 씨겠는 대로 함시더. 집에 돌아가게 해주이소……."

꼭지네가 나갔다가 삼십오 원이란 큰 돈을 가지고 온 것은 어두워진 저녁이었다. 그 동안 이순은 십 년이나 되는 듯이 길고도 긴 시간을 기다렸다.

순사 나으리는 두 여인네가 겁에 질려 떨고 있는 모양을 보며 빙글거리며 웃었다.

"아지마씨, 앞으론 정신 똑바로 채리고 나쁜 짓 하지 말고 사시오."

이순은 억울했다. 나쁜 짓이라니, 어째서 그게 나쁜 짓인가?

그랬다. 이순은 앞으로 정말 나쁜 짓을 하게 되었다. 이순이가 하고 싶어 하는 것이 아니라 힘든 세상이 그렇게 이순이를 자꾸 나쁜 곳으로 몰고 간 것이다.

동짓날, 그날은 올들어 첫눈이 내리고 있었다.

이순은 저녁 설거지를 끝내고 아이들이 잠들기를 기다렸다.

"어매는 왜 안 자?"

재복이가 누운 채 어매를 쳐다보고 물었다.

"재복아, 어매 어디 잠깐 댕기오꾸마."

"어데 가는데?"

"꼭지네 할매가 잠깐 볼일이 있다는구마."

"일찍 와야 된대이."

"그래, 일찍 올 끼께네 암말도 마고 니도 자그라."

밖에는 벌써 눈이 발등까지 묻힐 만큼 소복이 쌓였다.

이순은 눈을 밟으며 걸었다. 눈은 자꾸 머리 위로 콧등으로 어깨 위로 내려 앉았다.

꼭지네 주막 앞엔 유리로 둘러친 작은 초롱불이 빤히 켜져 있었다. 이순은 사립문 앞에서 자근당 가만히 서 있었다. 눈이 사부락이 내리는 한데 길가에서 이순은 조금이라도 때를 미루고 싶었다.

그러나 갑자기 정신이 들자 이순은 눈을 꼭 감고 안으로 들어갔다.

"인제 오는구마. 눈이 많이 내리제?"

꼭지네는 되도록 이순이 얼굴을 안 보고 그리 물었다.

"예에."

"자, 얼른 채비를 해야제. 저짝 뒷 골방이제."

"……."

"이봐, 선돈 오 원 미리 받아놨다."

꼭지네는 치마폭을 들쳐 큼지막한 귀주머니 끈을 풀어 속에서 오 원짜리를 꺼내 보인다.

이순은 자꾸 가슴이 두근거리고 몸이 떨려 꼭지네가 하는 말소리도 하는 몸짓도 들리지도 보이지도 않았다.

"왜 이래 멍청이 서 있네?"

그러면서 꼭지네는 무명 수건으로 이순이 머리를 닦아주고 조그만 사기단지에 담긴 매시꺼운 냄새가 나는 분가루를 찍어 얼굴에 발라 준다.

"나이 사십이 넘은 총각이라네. 빠란구이인지 화적팬지 그냥 떠돌이로 살다가 지난 여름부터 등짐장사로 나섰다는구망. 팔이 한짝이 없어."

"……."

이순은 점점 점점 후들거려졌다.

꼭지네가 나가더니 김이 오르도록 데워 놓은 막걸리를 한 사발 가지고 왔다.

"자, 이것 마시게나. 내하고 다짐했잖애? 무신 짓이라도 한다꼬……."

이순은 꼭지네가 내미는 술 사발을 받아 벌컥벌컥 마셨다.

"됐구마, 이제 들가소."

꼭지네는 뒷골방 문짝을 열고는 이순의 등을 떼밀어 넣었다.

이순이 산밑 오두막집에 돌아와 정지 아궁이 앞에 쭈그리고 앉자 첫닭이 홰를 치며 운다.

이순은 솥에 물을 그득이 붓고는 아궁이에 묻어둔 불씨를 꺼내어 마른 갈비에 불을 부쳤다. 그리고는 그저께 산에서 쪼아다 놓은 생솔가지를 자꾸자꾸 분질러 넣었다. 내구름이 뭉글뭉글 피어올라 정지 가득히 찼다. 이순은 기침을 했다. 눈에서는 금방 눈물이 쏟아진다.

이순은 생솔가지를 또 넣고 또 분질러 넣었다. 그러면서 자꾸만 울었다. 울지 않고는 어찌 할 수 없었다. 누구한테 기댈 데도 없고 말 한마디 할 데도 없다.

솔가지는 자꾸 타고 내구름은 더 많이 뒤덮이고 그리고 솥에서는 물이 끓어 올랐다. 그래도 이순은 생솔가지를 더 더 분질러 넣었다.

아무 생각도 없이 그냥 그렇게 손으로는 불을 지피고 눈에서는 눈물을 쏟고 있었다.

어느 때쯤인지, 이순은 문득 정지문 앞에 무엇이 버티고 서 있는 걸 느낀 듯했다. 사람인지 짐승인지 시커먼 무더기 하나가 정지문 앞을 가리고 서 있었다.

이순은 가물가물 정신이 들면서 눈을 씻고 또 씻으며 멀건히 그 시커먼 무더기를 쳐다봤다. 그리고는 흠칫했다.

이순은 튕겨 오르듯이 벌떡 몸을 일으켰다. 그리고는 입으로 소리를 질렀다.

그러나, 입에서는 아무 소리가 안 난다. 도무지 소리가 목구멍에서 막혀 나오지 않는 것이다.

이순은 두 손을 뻗어 휘이휘이 내저었다. 속으로만

"안 되니더! 안 되니더……."

되풀이했다.

껑청하게 마르고 시커먼 그 남정네는 틀림없이 한쪽 팔이 없었다.

"아주머니……."

그 남정네가 불렀는데도 이순은 아직도 정신이 없었다.

"……아주머니, 겁내지 마십시오. 주막집 할머니께 모든 걸 다 들었습니다……."

"……."

이순이 흐릿하게나마 정신이 들면서 그 남정네 말소리가 귀에 들어오고 있었다.

"……나는 바쁜 몸이라 곧장 먼길을 가야 합니다. 이 돈 얼마 안 되지만 아주머니, 빚을 갚고 다시는 그런 데 가지 마십시오……."

"……."

그 남정네는 멍청하게 서 있는 이순이한테 다가와 한쪽 손만으로 주머니에서 무언가 꺼내어 이순이 손에 쥐어 줬다.

"……앞으로 인연이 닿으면 또 만날 수 있을지 모르겠군요. 부디 기운 차리고 몸성히 사십시오……."

"……."

남정네는 그냥 멍청하게 서 있는 이순이를 그대로 둔 채, 뒤돌아서 걸어나갔다.

그때 이순은 문득 외할매 수동댁 목소리를 또 들었다.

"순아……이순아……하리 굶고 이틀 굶고 사흘 만에는 쌀자루 진 놈이 찾아온단다."

이순은 눈이 번쩍 뜨였다. 환하게 밝아진 들판으로 눈이 마냥 내리고 있었다. 이순은 정지문 밖으로 쫓아나갔다.

"보래요오!"

목구멍이 그제서야 트인 모양이다. 하지만 한쪽 팔이 없는 그 남정네는 들길 어디에도 보이지 않았다.

다만 걸어간 뒤, 발자국만 움푹움푹 남아 있을 뿐이었다.

이순은 그 자리에 주저앉았다.

"할매애, 하제만 너무 늦었부렀구망……이잔 너무 늦었부렀구망
……."

이순은 그 남정네가 쥐어 주고 간 종이돈을 쥐고 가슴께로 오부리면서 점점 더 외로워지고 있었다.

눈은 무심코 내려 쌓이기만 했다.

22

"위천주고아정영생불망만사의"

참봉댁 며느리 은애는 혼자 틈이 나면 주문을 외웠다. 아홉 살짜리 외아들 창규가 먼물동 학교에 가 버리면 은애는 방안에 들어앉아 바느질을 한다.

은애네 방은 들기름을 먹인 닥종이 장판방이다. 노랗게 윤기가 나는 방안은 아랫목이 가뭇하게 지들어 알맞게 묵은 장판이라는 걸 금방 알 수 있다.

문간방 실경이네 멍석방은 여기저기 바닥이 닳아 멍석날이 굶주린 노인네 갈비뼈처럼 비죽비죽 들어나 있다. 멍석자리는 그냥 수수비로 대강대강 쓸고는 앉고 누워 비비대면 절로 때가 닦인다.

실경이는 일평생 그런데다 뒹굴다 보니 온몸이 멍석자리처럼 살가죽이 굳어 버렸다. 자고 나면 일하고 일하고는 자고, 실경이는 그렇게 평생 넋이 나가도록 물레 꼭지 머리에서 돌아가는 실꾸리같이 뱅뱅 돌면서 살았다.

그런 실경이네 문간방 살림에 대면 은애는 대궐살림처럼 호사스럽다. 맨질맨질한 장판방에 폭신한 요대기를 깔고 누워 잔다. 은애는 물 한 동이 길어 보지 못했다. 바깥 대문까지 나가 보는 것도 한 해 두세 번뿐이다. 실경이네 딸 춘분이와 정지에서 밥을 짓지만 밥솥에 물을 맞추고 반찬이나 국솥에 간을 맞추는 일밖에 안한다. 허드렛 일, 힘든 일은 모두 문간방 춘분이가 한다.

은애는 스물아홉 살, 춘분이는 열아홉 살이다. 그런데도 은애는 얼굴도 손도 하얗고 보드랍지만 춘분이는 거칠고 검다. 둘이 십년 나이 차이가 난다는 걸 아무도 못 믿을 게다.

춘분이는 정지에서만 일하는 게 아니라 산에도 가고 들에도 간다. 그 해 가뭄에도 춘분이는 어매 실경이와 동생들 춘식이 말분이와 머슴 구만이하고 논물을 푸고 조밭에서 김을 맸다. 그러고 보니 참봉댁 머슴은 구만이 하나가 아니라 모두 다섯이다. 바깥 머슴 둘에 안 머슴 셋이다.

실경이는 옛날 읍에서 종살이 할 땐 들일은 안했다.

타고난 심성 때문인지 실경이는 도무지 화를 안 낸다. 시키면 시키는 대로 하고, 그것이 버거워 배기지 못하면 그냥 훌쩍이며 운다. 우는 것이 실경이가 할 수 있는 대거리이다.

참봉댁 논은 한들에서도 알짜배기 논이다. 해가 뜰 때부터 질 때까지 그늘지지 않는다. 어떤 가뭄에도 물이 마르지 않는다는 논인데 이 해는 그런 알짜배기 논도 거북등처럼 말라 버렸다.

참봉님은 머슴 구만이를 앞세우고 실경이네 식구 모두를 논으로 몰고 갔다. 흡사 콧구멍을 꿴 소떼처럼 실경이네는 물동이를 이고 들로 나갔다. 거렁가에 웅덩이를 파고 물을 퍼 날랐다. 구만이와 춘식이는 단지에 물을 퍼담아 지게로 져 나르고 실경이네 모녀 셋이서는 물동이로 여 날랐다.

참봉님은 저만치 버드나무 그늘에 앉아 끝까지 물긷는 모습을 지켜 보았다.

거북등처럼 마른 논에 아무리 부지런히 물을 길어 날랐지만 한 방울도 고이지는 않고 붓는 대로 땅속으로 잦아져 버렸다.

해가 지고 어두워지면 집으로 가서 저녁밥을 먹고 다시 달이 뜨는 밤이면 밤에도 물을 길어 날랐다. 아랫웅덩이에 물이 없어지면 윗쪽으로 가서 웅덩이를 또 팠다.

한 달이 넘도록 그렇게 물을 펐다.

실경이는 그새 다섯 번도 넘게 훌쩍이며 울었다. 힘이 겨워 울고 자식들이 고생하는 것이 안스러워 울었다. 우는 실경이를 보고 딸들도 따라 울었다.

"어매, 힘드는데 저짝에 가서 쫌 쉬어라."

춘분이가 그러면

"저게 참봉님이 지키고 있는데 어예 쉬겠노."

하면서 훌쩍였다.

훌쩍이면서 물동이를 이고 숨을 헐떡거리고 논뚝길을 걸으면 아찔해지도록 위태로웠다. 옷은 땀에 젖고 흘러내린 물에 젖고 눈물에 젖었다. 맨발로 자갈밭길을 걷고 논뚝길을 걸어 발바닥은 구덕살이 백히고 손은 물에 젖어 퉁퉁 불었다. 얼굴은 뙤약볕에 그을러

벌겋게 달아오르다가 해질녘이면 시커멓게 주름이 졌다. 주름진 이마에 소금기가 바슥바슥 말라 붙었다.

참봉댁 며느리 은애가 이런 실경이네 식구가 진정으로 불쌍하게 보이기 시작한 것은 동학에 나오는 〈도덕가〉 〈홍비가〉 같은 것을 자꾸 읽고 나서부터이다. 《용담유사》는 시집 올 때 친정 오라배가 몰래 이바지 그릇 속에 넣어준 것이다. 그걸 장롱 안에 숨겨둔 채 여태 잊고 살았는데 은애는 새삼 생각이 나서 꺼내어 읽었다.

동학 최교주님이 무참히 죽임을 당한 뒤에도 이렇게 숨어서 믿는 동학신자는 끊이지 않았다. 은애네 친정 식구도 그렇게 숨어서 동학을 믿었다. 지금은 부모님 모두 돌아가시고 오라배는 충청도 어딘가로 떠나고 없다.

어쩌다가 은애가 참봉댁 며느리가 되었는지, 그건 모두가 양쪽 부모님들 뜻에 따른 것뿐이다. 아마 참봉댁 아들이 신식공부를 하는 훌륭한 청년으로 보였기에 부모님은 딸자식을 맡겼을 것이다.

은애가 지금 이래 고적하게 살아가는 걸 부모님이 아시면 어떠실까?

은애는 어쨌든 수운 스승님의 가르침대로 밤낮으로 틈만 나면 주문을 외웠다.

"위천주고아정영세불망만사지."

"시천주조화정영세불망만사지."

들판이 가뭄에 타들어 갈 때, 은애는 집안에서 혼자서 '위천주시천주'를 외우며 가슴을 태웠다.

은애는 정지일을 한 가지씩 손수 늘려 갔다. 춘분이 몫의 일을 점점 줄여 주고 힘든 일 궂은일도 해 나갔다.

뒤란에 있는 우물에 물을 길러 가자 춘분이가 황급히 붙잡는다.

"작은마님, 안 되니더."

"괜찮다. 춘분이는 하루 종일 물을 퍼 나르잖애."

"하제만 작은마님은 힘든 일 못하시잖니껴."

"왜 못하네. 나도 힘든 일 배워야제."

은애는 억지로 물동이를 들고 갔다.

향나무가 있는 우물가엔 창포도 심어 놓았고 오월이면 모란꽃도 피고 하얀 나리꽃도 핀다. 담밑으로는 자귀나무가 서 있고 나무 백일홍도 있다.

은애가 두레박으로 물을 길어 올리자 춘분이는 엉거주춤 서 있었다.

"춘분아."

"예."

"인지부터 작은마님 하지 말고 형님이라 불러."

"예애?!"

춘분이는 입이 딱 벌어진다.

"이 세상은 상전도 머슴도 없고 모두 형제간이네."

"……."

"그르니까 형님이라 불러 응?"

"그르다 큰마님이 야단하실 낀데요?"

"어매임도 안 꾸짖으신다. 내가 미리 말씀드렸다."

은애는 여덟 폭 스란치마를 다섯 폭으로 줄여 통치마로 만들어 입었다. 실경이네가 질배나무(산사나무)를 베다 솥에 삶아 검정물을 들여 입는 것을 따라 검정물을 들여 입었다.

참봉댁이 눈살을 찌푸렸다.

"에미야, 그건 분수에 안 맞다."

"어매임, 사람은 지주금 모두 하늘이라는데, 분수 찾고 웃아래 찾다 보마 도로묵같이 되잖니껴? 어매임은 안죽 안 하세도 되제만 지는 수운 스승님 말씀대로 살아야제요."

은애는 망설이지 않았다. 좁은 집안 울타리 안이지만 은애는 그렇게 스스로 하늘이 되어갔다.

곳간에서 쌀을 퍼내어 실경이네 잡곡과 바꿔다 보리밥 조밥을 먹었다.

"어매임, 죄송하이더. 어매임한테 도리가 아니게 힘들게만 해드려 괴로부이더."

"아잇. 내가 늙어서 날래 못 깨치는 게 한이다. 묵은 때가 접접으로 쌓였는데 그걸 어째 한꺼번에 털어낼 수 있겠노? 에미 니라도 가는 데꺼정 앞서 가야제. 나는 할 수 없이 천천히 갈꾸마."

그렇다. 은애는 시어머니 참봉댁이 그만큼만 알아주고 같이 해주는 것만도 고마웠다.

참봉댁은 "지기금지원위대강"을 외웠다. 하늘님의 영기가 크게 내려와 달라는 주문이다. 참봉댁 마음에만 내리는 게 아니라 참봉님 마음에도 이 집안 구석구석 하늘님의 영기가 가득하기를 빌었다.

참봉댁은 여태 크게 잘못 살아온 것을 알고 있었다. 일본으로 훌쩍 떠나가 버린 외아들이 지금 어쩌면 그 벌을 받고 있는지도 모른다. 참봉댁이 은애가 가르쳐 준 동학을 받아들인 것은 이렇게 은애처럼 선하게 살자는 마음보다 어디라도 기대어 여태 지은 죄를 용서받고 싶었기 때문이다. 그러니까 "지기금지원위대강"을 외우면 그만큼 마음이 편해지는 것이었다.

가을이 왔다.

여름내 고생고생 물을 퍼다 준 논에 군데군데 타 죽은 모 포기가 있었지만 나락 이삭은 자랑자랑 영글었다. 참봉댁은 곳간도 뒤주 안도 가득가득 오곡이 쌓였다.

"춘분아."

"응."

실경이는 올가을에도 춘분이를 시집 못 보낼까 걱정이다. 열아홉 살을 넘기면 스무 살이 된다. 큰 걱정이 아닐 수 없다.

"니가 한분 작은마님한테 여쭤 볼래?"

"뭘 여쭙게?"

"이것아, 니는 평상 시집도 안 가고 이래 늙을래?"

"……."

춘분이는 갑자기 말이 막힌다. 어매 실경이는 벌써 삼 년째 춘분이 걱정이다. 참봉댁은 알고도 그러는지 여태 한 번도 춘분이 혼인 말을 하지 않는다.

혹시나 이웃에서라도 중신을 들어주면 큰 마음 먹고 참봉댁한테 여쭐 텐데 모두가 무슨 의논이라도 있었는지 그냥 그렇게 모른 척 지냈다.

후분이를 중신들어 줬던 돌음바우골 분들네 빈집지기 영선이는 숨실쪽으로 이사를 가고는 소식이 없다. 왜기재 분들네 집 복판으로 기찻길이 뚫리게 되었기 때문이다. 대구에서 서울까지 이어진다는 기찻길(중앙선)이 공교롭게도 분들네 집 가운데로 거쳐 가도록 간잡아진 것이다. 네 칸 반짜리 윗채와 조석이 자고 깨고 자리에 몸져 누웠다가 죽은 사랑채도 모두 헐리었다. 삽작 옆 양쪽 대추나무 두 그루도 살구나무도 잘려 나갔고 뒤란 모퉁이 작은 똬리감나무 한 그루만 겨우 살아 남았다.

조석이 수없이 짐을 지고 오르내렸고 이순이 물동이를 이고 다녔고, 분들네가 손자들을 업고 다니던 비탈길, 순지가 마지막 목매달아 죽으러 내려가던 그 길도 모두 깎여 나갔다.

집을 저당잡았던 장터 이가네는 집값 텃값 모들쳐 곱으로 보상금을 챙겼다고 한다. 관에서는 언제나 누구나 힘 있는 사람에겐 후한 모양이다.

소문을 들은 두룹골 분들네는 낫으로 생솔가지를 짱! 짱! 쪼아대었다. 쪼아대면서 입속으로 "이눔아 장득아, 이눔아……." 중얼대었다.

감나무 가지에 잎이 떨어지고 빨갛게 익었던 감도 모두 따 버리고 까치밥 한두 개씩만 꼭대기 가지에 대롱대롱 남았을 즈음, 실경이네 둘째딸 춘분이한테 드디어 신랑감이 생겼다.

빈 논 나락 글텅이에 서리가 하얗게 쌓이던 이른 아침, 동녘골 사는 천서방이 고질고질 때묻은 동저고리 바람으로 찾아왔다. 천서방은 사랑채 앞에서 수없이 굽신대며 참봉님을 찾았다.

여느 때는 참봉님은 방문을 그냥 닫아 놓은 채 내다보지도 않고 밖에서 말하는 걸 듣기만 했다. 그런데 이날은 웬일인지 천서방은 발바닥이 다 해진 목거리 버선발로 사랑방에 불려 들어갔다.

천서방이 벗어놓은 너부러진 짚신이 봉당 아래쪽 바닥에 놓인 채 한참이나 지났다.

이날 밤, 참봉댁 마님이 실경이한테

"춘분이 혼인이 됐다네."

하는 것이었다.

"예에?"

"동녘골 총각인데 자리가 좋다는구만."

"나이 몇이라니꺼?"

"스물다섯이라 하네."

"예에."

그것뿐이었다. 그러면 되는 것이다. 성이 뭣이고 이름이 뭣인지도 모르고 부모는 어떻고, 맏아들인지 지차인지 인물은 어떻게 생겼는지 알 까닭도 없었다. 그냥 신랑감이 생겼고 가라면 가면 될 뿐이었다. 춘분이는 그렇게 시집을 갔다.

언니 후분이와 달랐던 건 족두리를 쓰고 혼례를 치른 것이다. 신랑 두용이는 목이 짧고 키도 작았다. 삼형제 중에 둘째였고 후분이 신랑 중섭이는 쌀 한 섬 반을 주었지만 두용이는 참봉님네 반머슴으로 삼년을 살아 주는 조건이었다. 반머슴이란 한 달이면 보름 동안은 참봉댁 일꾼으로 살아야 한다. 어떻게 보면 쌀 한 섬 반보다 훨씬 비싼 값일지도 모른다.

그러나 이제 실경이는 한숨을 놓았다. 참봉댁 마님께 열 번 백 번 절을 했다.

잔칫날 삼거리 후분이가 왔다. 후분이는 내년 봄이면 해산을 한다. 배가 아직은 알 듯 모를 듯 부른 몸으로 이십 리 길을 걸어왔다. 어매 실경이를 닮아 고분고분 심성이 부드러운 후분이는 뒷산에서 주워 모은 알밤 한 바가지를 싸왔을 뿐, 아무 것도 못 가지고 와서 풀이 죽어 있었다.

"춘분아, 옷고름 하나 못 보태 줘서 미안테이."

그러자 춘분이는 고개를 흔든다.

"괘안타 싱야, 안방 작은마님이 비개머리 한 불캉 한 분도 안 입은 물아룽지 저구리캉 치매하고 주드라."

춘분이는 굉장히 들떠 있었다. 그러면서 버들고라짝에 담아놓은 베개 한 쌍과 치마 저고리를 보여줬다. 빨간 목단꽃 수를 놓은 것과 두루미 한 쌍을 수놓은 베개 한 쌍은 잘 말린 메밀 껍질을 넣고 통통하게 꾸며 놓았다. 물아룽지 치마 저고리는 열석 새 명주에다 쪽으로 물들인 치마에 치자물을 들인 저고리였다. 후분이는 눈이 둥그래졌다.

"이거 막카 작은마님이 주셨는 거라?"

"그래, 작은마님은 내한테 형님이라 부르라 캤데이."

"어야만 그래 됐제?"

"작은마님 마음 끝으마 더 많이 이것저것 주고 섶은데, 안죽은 때가 안 되어 이것만 준다 캤어."

"……."

후분이는 점점 놀랠 뿐이었다.

춘분이가 두용이를 따라 시집살이를 떠나고 후분이도 삼거리 시댁으로 떠나는데, 은애는 자투리 보자기에 무언지 싸서 후분이를 건네 줬다. 허리 뒤쪽으로 감추는 걸 보니 참봉댁 몰래 주는 모양이다.

"이게 뭐이껴?"

후분이는 어쩌면 춘분이가 얻은 똑같은 물아룽지 치마 저고리였으면 싶었다.

"집에 가서 풀어 봐라."

"고마부이더, 작은마님."

"시집 갈 때 암 것도 못 줘서 섭섭했제?"

"아이시더. 괜찮으이더."

"얼라 낳을 때 오마 내가 산바라지 해주께."

"뭐라꼬요?"

후분이는 갑자기 눈물이 찔끔 났다.

"왜, 내가 바라지하마 안 되까?"

"그기 아이시더. 하도 고마버서 그르니더."

"후분아, 나는 후분이, 춘분이 모두 내 동생같이 정 나누며 살고 섶단다."

"작은마님……!"

북쪽 하늘에서 기러기떼가 날아오고 있었다.

썰렁한 들길을 걸으면서 후분이는 은애가 건네준 보자기 귀틈을 비집고 안을 들여다봤다. 흰 무명옷 같은 것인데 얼른 뭣인지 알 수 없어 후분이는 길섶 마른 풀밭에 앉아 보자기를 풀어 헤쳤다.

"어야꼬나!"

후분이는 절로 소리가 났다. 보자기 안에는 은애가 일부러 후분이 겨울에 입으라고 손수 지은 핫저고리와 치마였기 때문이다.

사람 살아가는데 옆옆 이웃 간에 작은 것으로 정을 나눈다는 게 얼마나 소중한지 모른다. 후분이는 이 해 겨울 뱃속 애기를 가지고도 은애가 지어 준 핫저고리로 훨씬 따뜻하게 살아갈 수 있었기 때문이다.

양지쪽으로 보랏빛 쑥부쟁이가 띄엄띄엄 남아 피어 있는 골짜기, 분옥이가 묻혀 있는 다래골에도 가을이 깊어져 갔다.

동준이는 분옥이 무덤 풀을 베고 손으로 헝크러진 풀을 긁어 가지런히 했다. 흡사 분옥이 살았을 때 머리를 곱게 빗어 쪽을 쪄 주듯이 그렇게 무덤을 다듬는다.

동준이는 가랑잎 하나까지 살살 걷어낸 뒤, 한참 동안 분옥이 무덤 옆에 무릎을 세우고 앉았다. 앉아서 가까이 피어 있는 쑥부쟁이꽃 하나를 따서 무덤 언저리에 살짝 놓는다.

"서방님, 고마부이더."

무덤 안에서 분옥이가 그리 말하는 듯했다.

동준이는 하늘을 쳐다봤다. 희끄무레 하늘이 운애에 가리워졌다. 동준이는 그 하늘에다 분옥이 얼굴을 그렸다. 선녀처럼 예쁘고 깨끗한 얼굴이다.

'부디 저승에서는 병도 없이 이쁘게 이쁘게 살아야 한데이.'

동준이는 일어났다. 저기만치 소나무 둥치로 다람쥐 한 마리가 쪼르르 기어오르고 있다. 분옥이 살았을 때, 저렇게 다람쥐가 보이면 얼마나 좋아했던가.

어느새 동준이 눈에 한 방울 물기가 맺혔다.

골짜기를 내려오다가 동준이는 한 번 분옥이 무덤쪽으로 돌아봤다.

올 겨울 동준이는 또 어디로 어떻게 떠돌아다니며 살아갈까? 분옥이가 죽고 나서 두 해를 동준이는 많이도 떠돌아다녔다. 예전엔 성한 몸으로 장타령을 부르며 다닐 땐 사람들이 괜히 입방아를 찧기도 했다.

"멀쩡한 늠이 할 일 없이 돌아댕기는구만."

그러나 이젠 동준이도 문둥이 거지다. 아무리 돌아다녀도 누가 무어라 하지 않는다. 동준이 동냥자루 안에는 숟가락 한 개와 옛날부터 가지고 다니던 피리가 들었다. 동준이 다니는 곳마다 분옥이도 함께 따라다녔다. 눈만 감으면 분옥이는 언제나 곁에 있었기 때문이다.

잠자리도 아무데면 된다. 눈비를 피하고 추위만 가리면 굴뚝 밑에도 좋고 아궁이 앞에도 된다.

분옥이 살았을 때 지어준 바지 저고리가 너덜너덜 해졌다. 동준이는 가랑이가 너덜거리는 바지를 벗어 쭈그리고 앉아 기웠다. 양쪽 저고리 등받이도 헝겊을 덧대었다. 소매자락도 너덜댄다.

동냥자루에 곡식이 웬만큼 차면 외딴 뚱천이나 산밑으로 가서 비댕이솥에 죽을 끓여 먹었다. 짠지 쪼가리가 있으면 그걸로 반찬을 하고 그것도 없으면 소금으로 먹었다.

더러는 곡식자루를 메고 다니다가 거지 아이를 만나면 그냥 쏟아부어 주기도 했다. 흉년이 들어서 그런지 아니면 세상이 어지러워 그런지 걸버생이들이 자꾸 불어났고, 더러는 굶주린 채 죽어가기도 했다. 동냥 얻기도 어려워지고 한 숟갈 밥을 얻기도 힘들었다. 다행히 동준이는 피리소리 때문인지, 아니면 장타령을 구성지게 불러서인지 사람들이 매정히 홀대하지 않았다.

"어이 동준이, 각시가 아프다디 어옜제?"

"각시는 먼저 옥황상제님이 불러 서천시옷골로 갔비랬니더."

동준이는 남의 말 하듯이 그렇게 대답했다. 속으로는 울고 있으면서도 언제나 사람들 앞에서는 시원시원했다. 그래야 된다. 징징

울거나 찌푸린다면 누가 좋다고 말 한마딘들 건네고 한 줌 곡식인들 나눠 주겠는가.

동준이가 울 수 있는 시간은 얼마든지 따로 있다. 밤이 오고 한뎃잠을 자면서 별이 반짝거리는 하늘을 보면서 운다. 죽은 어매 생각이 나서 울고 키워 준 걸버생이 아배 생각도 난다. 외롭다.

어쩌다가 이런 몸으로 이렇게 평생 떠돌이로 살아야 하는지 동준이는 그게 서러웠다.

정말 동준이는 세상에 쓸모 없는 밥버러지밖에 안 된다. 남이 다하는 빤란구이도 한번 못 되어 보고 신작로 부역에도 나가지 못했다. 남이 땀 흘려 농사지은 곡식을 뻔뻔스럽게 그냥 공으로 얻어먹기만 한다.

깨굴아 깨굴아 청깨굴아
너어기 집이 어딨노?
가다가 가다가 가상이 자리
오다가 오다가 오금이 저려
그냥그냥 눕는 자리가 내 집일세

깨굴아 깨굴아 청깨굴아
너어기 집이 어딨노?
사르랑사르랑 늘어진 버들
하느작하느작 춤추는 냇물에
나막신 굽다리 동배타고
얼렁얼렁 내 집일세.

이 세상 사람들이 하나하나 생김새가 모두 다르고 살아가는 모습도 다르게 임금이 있고, 신하가 있고, 백성이 있고, 남자가 있고 여자가 있고, 그리고 그 모든 살아가는 모양이 다르듯이, 걸버생이도 구색을 맞추기 위해서는 누군가는 그 몫을 해야 하는지도 모른다. 그러니 동준이가 떠돌이로 살아도 어쩌면 세상에서 아무도 하기 싫은 거지노릇을 하게끔 태어났다고 보면 된다. 아무도 아무도 하기 싫은 떠돌이 거지를 말이다.

동준이는 그래서 오늘도 장마당에서

"어얼 씨구씨구 들어간다⋯⋯."

를 부르며 광대짓을 하고 있었다.

이 해 겨울 도리원 배서방이 결국 견디지 못하고 일본으로 떠났다. 지난해 금아 동생 종금이가 태어나 식구가 다섯이 되었다. 신작로 공사장에서 돌 깨는 일은 여름엔 볕에 그을려 살갗이 벗겨지고 겨울엔 얼어서 살갗이 갈라졌다.

일이 산더미처럼 밀리면 밤을 새우기도 했다. 몸이 조금 굼뜬 배서방이 망치로 돌을 다듬을 땐 어쩌면 그리 날랜지 석수쟁이도 팔자인 모양이다. 그렇게 부지런히 일하는데도 월급은 한 푼 오르지 않는다.

"이보게⋯⋯."

배서방은 춘영이한테 몇 번 말을 꺼냈다가 타박만 맞았다.

오늘도 역시 배서방은 말을 꺼내다가 그냥 집질리어 버렸다.

배서방은 호롱불 저만치 떨어진 구석쪽에 앉아 그만 훌쩍대며 울고 말았다. 덩치는 큼직하면서도 마음을 어쩐지 애기처럼 여리다.

춘영이는 우는 배서방을 같잖아서 쳐다봤다. 그러다가 할 수 없다는 듯이 여전히 새초롬히 말하였다.

"이녁이 정 힘들마 좋을 대로 하이소. 내가 언지꺼정 말릴 수야 없잖니껴."

"……."

배서방은 훌쩍대던 울음소리를 죽이고 가만히 듣고 있었다.

쌓인 눈이 얼어 붙어 쇳눈이 된 마달길을 배서방은 삼진이를 데리고 걸었다. 두룹골 오르막길은 쫄드락쫄드락 미끄러웠다. 삼진이는 할딱대며 걷기 싫은 걸음을 억지로 걸었다.

삼진이는 외할매가 싫다. 그런데도 아배는 사람 도리를 해야 된다고 목맨 송아지 잡아끌 듯이 데리고 나온 것이다.

삽짝도 울도 하나 없는 집에서 분들네는 정지 솥에다 눈을 수북이 담아 놓고 불을 때고 있었다. 삼진이네 부자가 정지 앞에 껑충 다가설 때까지 분들네는 궁둥이를 치켜 들고 부지깽이로 아궁이를 휘젓고 있었다. 눈을 맞아 칙칙해진 지적개비가 잘 타지 않았기 때문이다.

"장모임, 뭐 하시니껴?"

"……."

분들네는 요즈막 귀가 엄청 어두워져 잘 듣지 못했다.

"장모임요……!"

"뭐라카노!"

분들네는 흘끔 돌아보고는 놀란 듯이 일어섰다.

"배서방이 뭔 일로 이 눈길에 여게꺼정 왔는공?"

분들네는 아궁이 불은 그냥 두고 한줌 치켜 올려 묶었던 치맛자락을 내리면서 정지문을 나선다. 어벅다리 짚신에 발은 쭈그러진 등발이 그냥 들어난 맨발이다.

"추분데 얼른 방에 들가세."

방구들에 틈이 생겨 방안에는 연기가 자부룩이 들어차 있었다. 군데군데 떨어진 짚자리 새로 흙바닥이 들어나 어떻게 골라 앉아야 할지 망서려야 했다.

삼진이는 쭈빗거리며 서 있다가 아배가 아무데나 앉아 할매한테 절을 하자 얼른 따라 앉아 절을 했다.

"삼진이 많이 컸구나."

분들네가 짐짓 치레 인사로 하는 소린데도 삼진이는 낯이 붉어지면서 콩당거리던 가슴이 가라앉았다. 열두 살이 되도록 삼진이는 외할매를 옛날처럼 마냥 무섭게만 여겨왔기 때문이다.

배서방이 들고 온 보자기를 분들네한테 내밀었다.

"이게 뭐제?"

분들네는 보자기를 끌렀다.

소금에 절인 간고등어가 두 손이나 되고 작은 베갯짝만한 게 따로 싼 문종이엔 백설기떡이 꼬당꼬당 굳은 채 싸여 있었다.

"웬 고등어 괴기를 두 손이나 사왔제."

말하면서 분들네는 떡봉지는 밀어놓고 날고등어 한 마리를 빼내어 배떼기 살점을 뚝 떼어 입에 넣고 허겁지겁 씹어 삼킨다.

삼진이는 아까 잠깐 동안 풀어졌던 마음이 다시 굳어지고 할매가 무서워졌다.

분들네는 고등어를 자꾸 뜯어 입에 넣고 씹어 삼켰다. 고기맛을 못 본 지가 벌써 몇 해나 되었던가? 분들네는 지금 정신이 하나도 없다. 앞에 점잖은 사위가 앉아 있다는 것도 안 보이고 외손자가 쳐다보고 있다는 것도 모른다. 다만 그 동안 주리고 또 주려온 고픈 배를 채우는 짐승이었다.

어느새 고등어 한 마리가 앙상한 뼈와 대가리만 남았다.

그때까지 넋이 나간 듯이 보고만 있던 배서방이

"저어 장모임요, 처남은 어디 있니껴?"

하고 물었다.

그때서야 분들네도 제정신이 든 듯했다.

"어엉? 재득이 말인가……?"

그러고는 건넌방을 향해

"야야, 재득아! 재득아!"

소리쳐 불렀다.

"……."

그러나 건넌방에서는 대답이 없다.

"재애득아아!"

"……."

여전히 대답이 없자 분들네는 일어나 밖으로 나가 건넌방 문을 열어 보려 했다. 그러나 문은 안으로 걸어 잠겨 있고 재득이는 꼼짝도 않고 죽은 듯이 있었다.

"야야, 너어 매형이 왔다."

"……."

"나와 인사를 해야제, 어엉?"

"……."

"정 보고 싶잖으마 할 수 없제."

분들네는 도로 안방으로 왔다.

"야는 이자 사람 만내는 기 귀찮은갑제. 문 걸어 놓고 안 열어 주는구망."

"그만 두시이소, 장모임요. 우리가 모레 소실끈 일본으로 가게 됐니더. 그래서 장모임께 인사디리러 왔니더."

"뭐라꼬? 소실끈 가마 사무 떠난단 말인가!"

분들네는 훌쩍 놀란다. 방금 전에 뜯어 먹은 고등어가 대가리와 뼈만 남은 채 방바닥에 뒹굴고 있다. 그렇게 허접쓰레기 같은 방바닥에 분들네도 뼈만 앙상하게 남은 몸뚱이로 금방 쓰러질 듯이 힘이 빠진다.

"시상 살기 힘들어 그짝에는 쫌 낫다 카이 한분 가 보는 거제요. 힝핀이 좋아지마 돌아와 장모임 잘 모셔디립시더."

"……."

분들네 빼쩍 마른 볼 위로 눈물이 흐른다. 만주로 간 말대가리 윤서방 생각이 났다. 강생이는 지금 어째 살고 있을꼬?

배서방 부자는 이내 자리에서 일어났다.

두룹골 미끄러운 눈길로 배서방이 떠나가는 뒷모습을 하염없이 보라보면서 분들네는 목매달아 죽은 순지 생각이 나자 오금이 떨리기도 했다. 삼진이가 헤어지면서

"위할매 잘 기시이소."

하고 절을 했다.

분들네는

"그으, 그래애……."

그렇게만 대답하고 어정쩡 서 있었다.

'다아 팔자가 기박해 이리 된 거 어짜겠노……'

이날 밤, 분들네는 낮에 먹은 짠 고등어 때문인지 물을 몇 사발이고 들이켰다. 들이킨 물은 다시 오줌이 되어 제대로 잠도 못 자고 자꾸 일어나야 했다.

간고등어 때문에 사흘 동안 포식을 했다.

말린 콩잎을 서 말지기 솥에 그득히 삶아 서너 죄기씩 솥에 넣고 간고등어 한 마리를 나물 속에 묻는다. 거기다 좁쌀 두어 줌과 물을 부어 끓이면 온통 콩잎나물까지 고기맛이 밴다. 툭사발에다 두어 그릇 퍼 먹으면 하루 종일 배가 든든했다.

"재득아, 많이 먹어라."

분들네는 고등어 나물죽을 실컷 먹을 때까지 그냥 힘이 생겼다.

눈덮인 산을 타고 올라가 민다리를 쪼아오고 깨조배기를 주워 왔다.

건넌방에도 군불을 아궁이가 넘치게 지펴 방구들이 설설 끓었다.

고등어를 다 먹고 나자 또다시 맨나물에 소금만 넣고 끓인 나물죽을 먹어야 했다. 사흘 동안 입을 호강시켰다가 졸지에 맨나물죽을 들고 앉으니 입안이 꺼끄러웠다.

"애고오오……."

분들네는 죽그릇을 밀어 놓고 한숨을 쉬었다.

밤이 되어도 잠이 안 온다. 갑자기 서러워졌다. 배서방도 이젠 이 땅엔 없어졌다.

밖은 매섭게 겨울바람이 불어치고 있다. 앞산자락 소나무와 뒷산 꿀밤나무 숲이 불어치는 바람에 우우 우우 무섭게 운다. 문틈으로 들어온 찬바람은 분들네가 덮고 있는 누더기 이불 같은 건 아무 소용도 없었다. 어깨를 여미고 발치 끝을 오무려도 누더기 이불은 분들네 비쩍 마른 몸뚱인데도 다 감싸지 못했다.

새우처럼 웅크리고 분들네는 눈을 꾹꾹 짜듯이 감았다. 아무리 감아도 잠이 안 온다. 웅크리고 웅크리고 그러다가 어느새 분들네는 입술을 비쭉대며 울음을 터뜨린다.

"애고오오……애고오오……이눔의 팔자야아……내 팔자야아……."

한번 터져나온 울음은 감당하지 못하고 봇물처럼 쏟아져 나왔다. 소리가 점점 커진다.

"……애고오……! 애고오……! 이누움으 파알자아야아아 아……!"

건넌방 아랫목에 쭈그리고 누웠던 재득이는 어매가 우는 소리를 들으며 어금니를 힘껏힘껏 깨물고 있었다.

23

둔둘배기에 할무대꽃이 무데기무데기 피었다. 벌써 꽃이 지고 명주실 같은 하얀 털이 늙으니 머리칼처럼 불불 날기도 했다.

이순은 그 둔둘배기에 구부리고 쑥을 뜯었다. 탑쑤룩한 머리쑥은 티껍지가 묻어 털어내며 뜯느라 더디다. 이순은 한 포기 한 포기 손재바르게 뜯는다. 한 줄거리라도 더 뜯어야 제비새끼 같은 자식들 입에 쑥죽 한 숟깔이라도 더 먹일 수 있다.

"어매, 이것도 먹나?"

차옥이 둔둘배기 위쪽에서 말빼기 잎을 한 줌 뜯어 쥐고 이순이를 쳐다보며 묻는다.

"아잇다. 그건 못 먹는다."

이순은 힐끗 쳐다보고 대답한 뒤, 이내 돌나물 틈새로 자란 쑥잎을 뜯느라 바빴다.

차옥이는 일껏 뜯은 나물이 못 먹는다니까 섭섭했다. 그래서 언니 순옥이한테 가지고 갔다.

"싱야, 이것 참말 못 먹나?"

"그래, 그건 시궂은 말빼기잖애."

"말빼기는 먹으마 왜 안 되나?"

"뭐은 뭐래. 못 먹으니까 못 먹는 거제."

차옥이는 한 줌 쥐었던 나물을 홀쩍 내던졌다.

"어매캉 싱야는 내가 뜯은 건 뭐라도 못 먹는다 카제!"

차옥이 소가지가 나서 군시렁거리자 이순이 돌아보고 깜짝 놀란다. 어디선가 언젠가 들은 소리 같았다.

'이금아⋯⋯!'

이순은 섶밭밑 거렁뚝에서 이금이랑 같이 나물 캐던 일이 생각났다. 이금이는 아무거나 잡히는 대로 풀을 뜯어 바가지에 집어 담았다. 이순은 못 먹는 것이라고 도로 덜어내면 이금이는 한사코 먹는 나물이라고 우기며 못 버리게 했다. 심술궂고도 못된 이금이었다.

'이금아, 니는 신랑 잘 만내 배고프지도 않고 외롭지도 않고 잘 살제?'

누가 볼따귀를 때리고 간 듯이 이순은 울컥 눈물이 난다.

이순은 이 해 봄, 아무런 벌이도 없이 힘들게 살았다. 먹는 둥 마는 둥 말 그대로 굶기를 부잣집 밥 먹듯이 했다. 굶는 데 이력이 나서인지 이젠 아이들도 그냥 말없이 참는다. 차옥이는 설설 끓는 물을 툭사발에 떠 주면 훌훌 입으로 불어 가면서 끝까지 다 마셨다.

이순은 지난 겨울 꼭지네 주막에 꼭 두 번 찾아갔다.

한번은 그냥 아무 말도 못하고 돌아왔고 두 번째 가서 가까스로 입을 열었다.

"저어, 그 사람 언지 한분 안 왔디껴?"

"그 사람이라이?"

꼭지네는 짐짓 알면서도 그렇게 묻고 있었다.

"그 사람 말이시더. 외팔이 그 사람요."

꼭지네는 혀를 찼다.

"언가이도 모르는구만. 등짐장사 한다꼬 다 똑바른 사람인가. 참말 그 인간이 지대로 된 긴지 삐뚜래진 늠인지 어째 알제. 그라고 찾아온들 재복이네가 또 어얄 챔인데?"

"……."

이순은 말문이 막힌다. 정말이다. 그 사람, 바람같이 떠돌아다니는 그런 사람을 찾는 게 우습다.

"내사 재복이네 속마음 다 모른다만 인지라도 정신 채리고 살아갈 궁리를 해야제."

"그른 기 아이시더."

이순은 할딱거리는 가슴을 누르고 얼굴을 딴 데로 돌린 채 말을 이었다.

"……내가 지끔 홀몸이 아이시더."

"홀몸이 아이라이?!"

꼭지네가 그제서야 놀라 이순이 뒷꼭지를 바라봤다.

"이 일을 어짜마 좋을리껴……어짜다 이런 일이 있니껴?"

"할 수 없제."

갑자기 꼭지네가 가슴을 송곳으로 찌르듯이 차갑게 말하였다.

그리고는

"차옥이 아시동상 생겼는데 뭘 어짜긴 어째……."

그런다.

"이게 어째 차옥이 아시동생이이껴? 그른 소리 하지 마이소."

이순은 꼭지네가 야속했다.

"그럼, 차옥이 동상이 아니마 누구 동상인공? 내사 이날 입때꺼 정 열 서방 만내도 배태 한 분 못해 봤제. 개새끼라도 좋으이 자식 하나 갖는 기 소원인 년은 정작 눈까진 자식 하나 없는 데……재복 이넨 무단히 호강시러버 그른는 거제."

"……."

"자식 하나 얻기 위해 십 년 불공도 드리고 온가지 약을 다 먹고 할 짓 안할 짓 다 하는데도 평생 얼라 하나 못 낳고 사는 년 마음 을 그래, 재복이네가 안단가?"

"……."

"사람 나고 죽는 거 모두 하늘에 달린 걸 우리 인간이 뭘 어짜겠 노? 나도 재복이네 마음 어째 다 알겠나만 우리 겉은 무지랭인 닥 치는 대로 이래 살아가는 거제 뭐."

꼭지네는 이순이한테 되려 이녁 한풀이를 해대고 있었다.

결국 세상은 아무도 남의 짐을 대신 져 주지 못한다는 걸 알았 다. 이순은 그래서 혼자 답답한 가슴을 오불쳐 안고 겨울을 났다.

이 해 봄, 삼거리 후분이가 딸을 낳았다. 그리고 샛들 쌍가매는 깔밤같이 잘생긴 아들을 낳았다.

귀돌이는 딸만 내리 다섯을 낳고 단산을 했다. 그런데 쌍가매가 아들을 낳은 것이다. 소식을 듣고 달수는 처음엔 아무 말없이 혼자서만 벙긋 한번 웃었다. 시간이 흐르면서 달수는 점점 점점 웃는 도수가 많아지고, 그러다가 이것저것 장거리를 들고 장으로 갔다. 돌아올 땐 달수 어깨엔 키짝같이 넓은 큰 미역 오리가 걸쳐 있었다. 달수 걸음은 싸움터에서 이기고 돌아오는 장군 같았다.

귀돌이는 같잖기도 하고 고맙기도 했다.

"어야꼬, 이것 가주고 내가 쌍가매한테 댕겨 올까?"

"무신 소리이껴? 남정네가 딸이 몸풀고 칠도 안 갔는데 사돈집에 어예 가니껴."

무심코 그리 말했다가 귀돌이는 가슴이 뜨끔했다.

스무 해 전, 달수는 귀돌이가 능마루 장씨네 안방에서 쌍가매를 낳고 누워 있는데 염치도 체면도 없이 찾아왔지 않았던가? 사람 살아가는데 어떤 게 옳은 걸까?

"그룽그덩 이녁이 이것 가주고 댕겨 오게나."

달수는 귀돌이한테로 미역 오라기를 내밀었다.

귀돌이는 미역을 받아 들면서 손이 떨렸다.

샛들 가는 골짜기 길섶으로 보리둑나무가 탑탑한 잎을 하얗게 피우고 질배나무꽃이 노랗게 상그러웠다. 귀돌이는 재빠른 걸음으로 걸으면서 눈에서는 자꾸 눈물이 났다. 달수가 고마운 만큼 귀돌이는 어깨가 짓눌리듯 그것이 짐이 되었다.

겉으로 내색하지 않았지만 달수는 귀돌이 아들 하나 낳아 주길 애달프도록 기다렸을 게다. 그런데 귀돌이는 그런 아들 하나 달수한테 낳아 주지 못했다.

달수는 아배 뜻을 거역해 가면서까지 남의 색시가 된 귀돌이를 찾아왔다. 그것도 딸까지 낳은 처지였는데, 어쩌면 달수는 천륜도 인륜도 다 어기었는지도 모른다. 그래서 그 죄값으로 아들 자식 하나도 얻지 못한 불효자가 된 것이라 지레 짐작까지 하는 것이었다.

샛들 마실 앞에까지 와서 귀돌이는 짜박짜박 돋아나는 돌나물 방구에 주저앉아 눈물을 닦고 옷 매무새를 만졌다.

쌍가매는 그저께 첫이레를 지내고 아직 얼굴이 부석부석 부어 있었다.

야소교를 믿는다는 사돈댁은 구석구석 집안이 매뜻했다.

안사돈 용계댁은 귀돌이네 모녀를 안방에 앉아 있게 해 놓고 서둘러 점심 준비를 하러 나갔다.

"가매야, 니가 나가 보지 안 해도 되나?"

쌍가매는 고개를 저었다.

"어매임은 안죽 세이레꺼정 찬물에 손을 못 옇게 한다네."

"세이레꺼정이나?"

"나도 답답하고 미안해도 할 수 없제."

"……."

귀돌이는 뭣 때문인지 또 한 번 가슴 안이 찡했다.

"어맨 요새 형편이 안 좋을 텐데 미역꺼정 사 가주 찾아왔제?"

"아배가 위손자 낳다이까네 단걸음에 장에 가서 사왔단다. 이녁이 들고 온다는 걸 그건 예법에 어긋난다꼬 내가 억지로 왔는걸."

"아배가 글케나 좋하해?"

"그래, 아배는 쌍가매 니가 시상에 없는글이 귀혼갑제."

"……."

이번에는 쌍가매쪽이 울먹해진다.

그때, 잠들었던 애기가 끼득끼득 울기 시작했기에 망정이지 쌍가매는 걷잡을 수 없이 울고 말았을지도 몰랐다.

귀돌이는 쌍가매 품에서 젖을 빠는 외손자를 물끄럼이 보면서 딸 쌍가매는 복이 많은 아이라고 생각했다.

들에 나갔던 바깥 사돈과 사위가 돌아왔다. 사위 재성이는 장모 되는 귀돌이한테 큰절을 올린다. 재성이는 앉음새나 말씨나 하나도 흐트러진 데가 없다. 너무 얌점한 것이 귀돌이는 대하기가 꺼끄러웠다.

'야소교를 믿으마 막카 저래 되는 건가?'

귀돌이는 사돈네 식구 모두가 조용조용 말하고 움직이는 게 신기했다. 안사돈이 점심 상을 앞에 놓고 고개 숙여 기도를 하자 귀돌이는 얼굴이 화끈해지기도 했다. 뭔가 편치 않고 힘들었다.

다행히 이날 밤, 안사돈이 안방을 내어 줘서 모처럼 쌍가매와 둘이서 자리에 누웠다.

쌍가매는 친정집 소식을 끝도 없이 물었다.

"어매, 옥남인 시집 가서 잘살고 있나?"

"철파 김서방이 맘이 좋애 괜찮은갑드라."

"그래, 그짝엔 어데 김가인고?"

"김해 김간지 경주 김간지, 자시 모르겠네."

"옥남이도 잘살어야 될 낀데……."

"괜찮게 살 끼다. 사돈네 사람들이 모두 똑똑으이께네."

"순남이 밥할 줄 아나?"

"너어 아배가 거들마 잘할 끼다."

"아배 고상 많이 하제?'

"……"

"이 시상에 우리 아배만치 착한 아배는 없겠제?"

"그래애……."

"어매도 아들 하나만이라도 낳았으마 아배가 좋아했을 낀데……."

"그건 인력으로 안 된다. 너어 아배 팔자가 그른 걸 할 수 없제."

"어매, 수복이 어매 소식 듣나?"

"수복이 어매 아바이가 일본으로 끌려 가서 벌씨로 오래 됐는데 안죽 소식이 없는갑제?"

"어매, 수복이네 엉가이 에랍은갑드라."

"에랍겠제. 니는 누구한테 무신 소리라도 들었나?"

"갯골에서 이사온 조서방댁이 같이 살았다 카드라."

"그래, 수복이네 어째 산다노?"

쌍가매는 귀돌이 귀에다 입을 대고 속살거렸다.

"뭐라꼬?!"

귀돌이는 자리에서 몸을 벌떡 일으켰다.

귀돌이는 날이 밝을 때까지 잠을 못 이루었다.

'이순아, 니가 어짜다 그리 됐노? 이순아…….'

귀돌이는 아직 식전인데도 사돈댁을 나섰다.

"어매, 아침밥이라도 먹고 가그라."

"아잇다. 일찍 가야만 해넘기 전에 집에꺼정 갈 수 있잖애."

"암만 그래도 빈 입으로 배고프마 어짜노?"

영문도 모르는 사돈댁은 뭔가 알궂다는 낯색까지 한다.

"사돈요, 어디꺼정 가시는데 이리 서두시니껴?"

"이전에 이웃에 살던 동무한테 가니더."

귀돌이는 아무 체면도 눈치도 차리지 못했다. 오직 이순이 생각만이 머리에 가득 찼다.

샛들에서 재를 넘어 아틈실에서 배를 타고 강을 건너면 솔티는 금방 닿는다. 옛날에 두어 번 아배 따라 하회까지 가 본 적이 있다.

귀돌이는 동동걸음으로 걸으면서 입속으로 자꾸 이순이 이름만 불렀다.

마실 밖 논다락길까지 나왔을 때 갑자기 뒤에서 누가 부른다.

"장모임요! 장모임요!"

사위 되는 재성이었다.

귀돌이가 뒤돌아보며 걸음을 멈추자 재성이는 어깨에 조그만 자루를 메고 헐떡거리며 좇아온다.

"이것 어매가 갖다 디리라 해서 왔니더."

재성이가 건네 주는 자루엔 쌀인 듯한 것이 댓 되나 실히 되어 보였다.

"사돈도 고맙그러……."

"그럼, 상심해 댕계 오이소."

재성이와 헤어져 쌀자루를 머리에 인 귀돌이는 훨씬 힘이 생겼다. 재를 오르는 것도 힘들지 않았다.

이순이를 못 본 지도 벌써 십 년이 가까워 온다. 사는 게 바쁘고 세월이 무정해서 그랬다.

이날, 귀돌이는 십 년 만에 만난 이순이와 마주 앉아 한없이 울었다.

"싱야, 난 어야마 좋제?"

이순은 껍대 같은 모가지를 들고 귀돌이를 쳐다보며 물었다. 무슨 좋은 수라도 있을까 싶어서였다.

"이순아, 하늘이 무너져도 솟아날 굼기 있다 안카나? 그양그양 참고 살아야제."

매번 하는 소리가 그 소리뿐이었다.

둘은 쌍가매 시댁에서 준 쌀을 덜어 점심을 지어 먹었다. 이순은 밥을 먹으면서도

'이걸로 죽을 끓었으마 멧칠은 먹을 낀데……'

생각했다.

모처럼 먹는 쌀밥이어서 아이들은 정신이 없었다. 차옥이는 꿇어 앉아 밥숟깔로 크게 떠서 입에 넣는다.

한 바가지 수북이 무쳐 놓은 산나물도 쌀밥하고 먹으니 꿀맛 같다.

귀돌이는 점심 먹은 밥그릇을 모두 깨끗이 씻었다. 마음 같아서는 그냥 눌러앉아 이순이 곁에 있고 싶기도 했다.

설거지를 하다가 문득 분옥이 얼굴이 떠오른다.

'분옥아, 니는 죽어 아무도 없는 외딴 산중에 혼자 묻체 있제? 한 분 가 보지도 못하고 얼매나 외롭겠노……'

귀돌이는 미적거리고 있다가 그래도 집으로 가야 하는 걸 어쩔 수 없었다.

"이순아, 내 가서 또 오꾸마. 행여 나쁜 마음 먹으마 안 된대이!"

"그래."

이순은 크게 고개를 끄덕였다.

여름이 왔다.

이순이 배가 점점 불러오면서 삼밭골 골짜기까지 소문이 퍼졌다.

두릅골 분들네는 앉으나 서나 "그년 화냥년!" 하고 모질게 뱉어 내고 있었다. 호미로 콩밭을 매면서도 쇠비름 줄기를 지렁이 난도질하듯 짓찧었다. 온통 세상에 대고 성풀이를 했다.

반대로 못골 말숙이는 정지에서 밥을 하다가도 그냥 쪼그리고 앉아 소리 없이 울었다.

'형님아, 형님아……'

꿈꿈 오월

미끈당 유월

어정 칠월

둥둥 팔월

설렁 구월

세월은 바쁘게 느리게 흘러간다.

보리 거둠이 시작되면서 모내기야 콩밭매기야 글조갈기, 그렇게 오월 유월이 정신없이 지나가고 칠월이 왔다. 초가 지붕마다 퍼렇게 덮인 박넝쿨 마디마디마다 숫송아지 불알 만한 박이 주렁주렁 달려 투실투실 굵었다.

칠석날 이틀 전에 두릅골 분들네 외딴집에 쫄대바지를 입은 우체부가 편지 한 통을 주고 갔다.

쫄대바지만 보면 그냥 겁을 내는 분들네는 얼떨결에 건네 주는 편지를 받으면서 손발이 덜덜 떨렸다. 가까스로 마른 침을 삼키면서

"이게 뭐이껴?"

물었다.

"일본에서 온 핀지시더."

장터 우편소에서 삼십 리나 할딱거리며 걸어온 우체부는 그다지 정나미도 없이 가르쳐 주고는 곧장 돌아서 갔다.

잠깐 정신없이 서 있던 분들네는 옷 매무새도 안 만지고 십 리 밖 말숙이네 집으로 달려갔다.

"이보게 박서방, 이기 뭔고?"

"장모임, 이건 큰처남한테서 온 핀지시더."

"뭐라꼬! 애비한테서 온 기라꼬……?"

분들네는 그냥 딸네 집 흙봉당에 주저앉아 대성통곡을 한다.

편지 안에는 집안 사람들 안부를 두루 묻고 나서, 이순이한테 아이들을 데리고 일본으로 오라는 사연과 함께 돈 이십 원이 들어 있었다. 분들네는 절대로 절대로 안 된다고 악을 써 댔다.

"하늘이 두 쪽이 나도 그건 안 된다. 안 되고 말고제. 절대로 절대로……."

하지만 분들네도 그 누구도 이녁 뜻대로 되는 일이 어디 있었던가. 말숙이가 울며불며 애걸했고 사위 되는 용필이가 달래고 얼래고 해서 분들네 마음을 가까스로 돌렸다.

"어매, 형님 나무래지 마래이. 형님이 무신 죄가 있노?"

말숙이는 이순이가 혹시나 잘못될까 한 걱정이었다. 한시 바삐 소식을 알려 오라배한테 보내야제.

"보소, 분이 아배요. 솔티꺼정 얼른 댕겨 오이소."

다음날로 용필이를 보채어 솔티 이순이한테 보냈다.

이순은 찾아온 용필이 앞에서 넋나간 듯이 앉아 있었다. 그러면서도 용필이 하나하나 들려주는 장득이 소식을 한 가지도 빠뜨리지 않고 들었다.

"여게 돈 십 원 가주고 왔니더. 장모임께서 십 원은 가주 가셋니더."

용필이 건네 주는 돈을 말없이 받으면서 이순은 그대로 멍한 채 앉아만 있다. 하도 말이 없으니 용필은 잔기침을 연신 하다가 그만 자리에서 일어났다.

용필은 이순이하고 마주 쳐다보는 것도 불안코 힘들었다.

"저어, 처남우딕이 힘드시마 지가 면소에 가 볼일 봐 디릴까요?"

용필이 엉거주춤 일어선 채 조심스레 물었다. 이순은 말없이 고개만 젓는다. 고개를 젓는 것을 보니 그래도 정신이 있어 보여 마음이 놓인다.

"그라마, 지는 이만 감시더."

용필은 이순의 까맣고 기다란 모가지를 흘끔 한 번 쳐다보고는 돌아서 나왔다. 짚신을 신으면서 봉당 아래로 발을 내려 디디면서 혹시나 한마디 무슨 말이라도 할까 귀를 기울였지만 이순은 끝내 말없이 굳어진 채 앉아 있었다.

용필이 돌아가고 난 뒤에는 한참 동안 이순은 꼿꼿이 앉아 있었다.

이날 밤, 오래오래 생각에 잠겼던 이순이는 재복이와 지복이를 불러 앉혔다.

"재복아."

"……."

"내일 지복이캉 위갓집에 갔다 온나."

"위갓집이 어딘데?"

재복이는 깔딱질이 날 만큼 겁이 났다.

"칠배골인데 뒷들로 가만 곧잘 갈 수 있단다."

"위갓집 가서 어야는데?"

"위할매 데루고 온나. 어매가 많이 아프다 캐라. 그라고 할매가 보고 섶다카고……."

첫 닭이 울 때까지 이순은 한잠도 못 잤다. 신새벽에 일어나 보리쌀을 앉히고 장떡을 만들었다.

아직 어둠살이 걷히지도 않았는데 재복이 형제를 깨웠다.

"자 일나서 밥 먹고 나서야 한다."

이순은 비냉이에 물을 떠다 봉당에 놓고 낯을 씻도록 했다. 정신이 들게 해야 먼 길을 떠나는 데 쉽기 때문이다.

재복이와 지복이는 보리밥 한 그릇씩 된장에 비벼 먹고 삼베 보자기에 싼 장떡을 어깨와 겨드랑이를 둘러 질끈 둘러메었다. 닥껍질로 신들매를 단단히 묶고 길을 나섰다.

행계쪽 강물은 물살은 좀 빠르지만 강물이 옅은 편이다.

"뒷들로 가면서 자꼬자꼬 물어 가그래이."

재복이는 지복이 손을 잡고 형제는 이슬이 내린 들길을 걸어갔다.

한나절까지는 지복이도 잘 걸었다. 강을 건너고 들길을 걷고 재를 넘고 산길을 걷고 또 걸었다. 칠배골 가는 길은 끝도 없이 멀었다.

"싱야, 안죽도 멀었는갑제?"

지복이는 헐떡거리고 있었다. 칠월의 햇볕은 물을 아무리 마셔도 이내 목이 말랐다.

마을 앞을 지날 땐 사람들에게 길을 물었다. 아직도 멀었으니 쌔기쌔기 걸어가라고 한다. 한나절이 지날 때, 둘은 개울가에 앉아 장떡을 꺼내 먹었다. 그리고는 또 걸었다.

백 리 길을 걸어 칠배골에 닿은 건 해가 서산으로 넘어가고 어둠살이 내릴 즈음이었다. 참으로 아슬아슬하게 외갓집을 찾아간 것이다.

외할매 정원은 지복이 손을 잡고 목이 메여 말이 안 나왔다. 마당에다 거적을 깔고 재복이와 지복이를 앉혀 놓고 온 식구들이 둘러앉았다.

벌써 스무 살이나 된 순태는 먼 길을 걸어온 사촌동생들을 위해 모깃불을 피우고 환하게 광솔불까지 켜 놓았다. 외숙모 달옥이는 감자 한 바가지를 따로 삶고 갈무려 뒀던 쌀로 밥을 지었다. 저녁밥이 차려졌다.

"애고, 요것들아 그 먼 길을 어예 걸어왔노. 쯧쯧……."

정원은 연신 혀를 차며 외손자들을 다독인다.

밥을 먹고 감자도 먹고 그리고 물을 마셨다. 지복이가 허겁지겁 밥을 먹는 것을 분이가 빤히 쳐다봤다. 여섯 살이 된 봉희는 생전 처음 보는 사촌 머슴애들이 참말 재미있었다. 새까맣게 그을린 데다 등어리까지 쫑쫑 땋아내린 머리꽁지가 어쩌면 쌍둥이같이 똑같아 보였다. 정말 재복이와 지복이는 네 살 터울이면서도 재복이쪽이 키가 작아 몸집이 엇비슷했다.

"그래, 먼 일로 왔노?"

저녁 상을 물리고 나서 다시 둥그렇게 둘러앉아 정원이 물었다. 지복이는 고달파진 몸에 잔뜩 저녁을 먹은 탓에 조름이 왔다. 하품이 나와 입을 좌악 벌리자 봉희가 깔깔 웃는다.

　"저어게, 어매가 아프다고 할매 데루고 오라캤니더."

　재복이가 말하였다.

　"뭐라꼬! 어데가 많이 아프드노?"

　정원이도 놀라고 둘러앉은 외갓집 식구들이 모두 놀라자 재복이는 거짓말한 것이 겸연쩍어졌다.

　"아이시더. 참말은 아픈 기 아이고 그냥 할매가 보고 섶다 그랬니더."

　"그냥 보고 섶다이?"

　"저어게 일본카는 데서 아배가 핀지 보내 왔니더."

　"일본 아배한테서 핀지가 왔다꼬? 그른데 왜 할매가 보고 섶으다제?"

　"……."

　정원은 점점 이상한 마음이 들었다.

　'무신 일이제?'

　다음날, 정원이 서둘러 외손자들을 데리고 칠배골을 나서는데 어느새 이석이가 밤새 새 짚신을 삼아놓고 옷을 매뜩하니 갈아입고 있었다.

　"어매, 나도 같이 가 볼라니더."

　"오야, 고맙다. 같이 갔다가 내일 같이 오자."

　재복이와 지복이는 외숙부 이석이가 새로 삼아 준 짚신으로 갈아 신고 외숙모 달옥이가 싸 준 삶은 감자와 강냉이를 들고 나섰다.

정원은 이순이 지금 뭔가 말 못할 큰 일이 있다는 걸 알고 발걸음이 바빠졌다. 어제 재복이네가 하루 동안 걸어간 길을 오늘은 훨씬 빠르게 솔티 집까지 닿았다. 해는 겨우 저녁답 나절 가웃밖에 되지 않았다.

"어매애!"

재복이 큰소리로 부르는 소리에 이순이 삽짝거래로 내다봤다. 정원이 그런 이순이를 보고 금새 가슴이 철렁 내려앉는다.

'어야꼬나······.'

정원은 앞이 캄캄해졌다.

"오라배요!"

이순은 구레나룻 수염이 덥수룩한 이석을 보자 그만 울음을 터뜨렸다. 그러면서 이순은 뒤로 몸을 돌려 손으로 얼굴을 감쌌다. 만삭이 된 배가 이순이 그 동안 살아온 내력을 모두 말해 주고 있었다.

"순아······."

이석은 어릴 때 동생을 불렀던 대로 이순이를 불러 방으로 데리고 들어갔다.

"순아, 내가 잘못했대이. 이 오라배가 잘못했다······."

이석은 이순의 앙상하고 거칠어진 손을 잡고 어깨를 들먹이도록 함께 울었다.

그러나 정원은 눈물조차 안 났다. 너무도 기가 막히면 사람은 그냥 넋이 나가 버리는지도 모른다. 숨을 쉬고 있기에 정원은 살아 있지 어쩌면 머리 끝에서 발끝까지 기운이 다 빠져나갔다. 그런데도 정원은 끝까지 쓰러지지 않고 버티고 앉아 있었다.

이순이 울음을 그치고 정지로 나가 저녁을 짓고 밥상을 들고 올 때까지 정원은 마냥 앉아 있었다. 차려온 밥은 한 숟갈 뜨다가 그냥 놓아 버렸다.

"어매, 먼길을 걸어왔는데 왜 밥을 안 먹제?"

이순이 어매 정원이를 쳐다보고 말하면서 흠칫 무섭다는 생각이 났다. 정원의 낯빛이 예사스럽지 않기 때문이다.

"괜찮다. 배 안 고프다."

정원이 낯빛이 그렇듯이 말소리도 쌩하니 차가웠다.

저녁 상을 물리고 이순은 설거지를 하고 그리고 다시 오라배 이석이와 정원이와 마주 앉았다.

"오라배, 이것 보래."

이순이 장득이한테서 온 편지를 내 보였다.

이석이 편지를 읽고 나서 이순이를 쳐다봤다.

"김서방이 아아들 디루고 일본으로 오라꼬 하네."

"……."

"돈도 보냈고……."

"오라배, 내사 일본 안 갈란다."

이순이 갑자기 소리가 커졌다.

"왜애?"

이석이는 알면서도 이맘모지 그렇게 물었다.

"우리 칠배골 가서 오라배네캉 같이 살마 안 되까?"

"……."

"내가 가서 오라배네 신세 안 끼치고 살 끼께네 근방에 같이 살 그러 해 도고, 엉?"

이순은 열 살짜리 어린애가 되어 오라배한테 조르듯이 말하였다.

"칠배골에 가고 섶단 말이제?"

"그래, 오라배. 앞으로 무신 일이 생겨도 그땐 오라배한테 성 안 가실끼께네 이분에만 내 말 들어 도고."

"그래, 니가 천상 그르고 섶으만 그라제. 칠배골 가서 오라배네캉 같이 살자."

"오라배, 고맙대이. 고맙대이."

이순은 또 찔끔대며 흐르는 눈물을 치마폭으로 닦는다. 그때였다.

"안 된다!"

정원이 벼락치듯이 소리쳤다.

이순이보다 이석이 더 크게 놀랐다.

"시상이 뒤배껴도 그건 안 된다. 일본 김서방한테 가야 된다. 아 아들 모도 데루고 하리라도 날래 가그라."

이순은 얼른 어매 낯을 쳐다봤다. 그리고는 무슨 큰 잘못을 저리른 아이처럼 몸을 웅크렸다. 여태껏 한번도 보지 못했던 정원의 무서운 얼굴을 봤기 때문이다.

"지가 저지른 잘못은 지가 매를 맞아야 한다. 죽든지 살든지 김서방한테 가서 해라."

"어매……."

이순이 정원을 다시 한번 쳐다보며 불렀다.

"와? 무신 소리도 듣고 섶지 않다. 이런 꼬라지 보일라꼬 에미를 불렀나. 나는 니 겉은 딸을 낳아 키운 기 남새시럽다."

"……."

이순은 어쩔 수 없다는 걸 깨달았다.

'어매 말이 맞어.'

이순은 속으로 그러면서, 그래도 어매 정원이 야속했다.

'수복이도 어데 가서 죽었는지 살았는지도 모리는데……'

하지만 이순은 숨쉬기도 힘이 부친다. 여지껏 그랬듯이 되는대로 또 살아갈 수밖에 없다고 생각했다.

이석이 오라배를 따라 귀미장터 면소와 주재소를 다니며 일본까지 가는 여행증을 받았다.

관청이라면 왜 무섭기부터 할까? 읍내 경찰서에서 겪었던 일이 이순이를 더 주눅들게 했다. 머리를 치켜 깎고 얼굴을 맨질맨질 잘 다듬은 면서기는 마주 쳐다보기도 무서웠다.

"식구가 모도 몇이오?"

"지하고 아아들 너이시더."

이순은 수복이를 빼놓고 그렇게 알렸다.

"그럼 모두 다섯인데, 여행증은 넷밖에 안 됩니다."

"너이뿐이 안 된다꼬요?"

"규정이 그러니 하나는 빼야 됩니다."

"어예 다섯이 막카 안 되까요?"

"안 됩니다. 행여 다섯이 갔다가는 연락선도 못 타고 되돌려 보내니 조심하십시오."

여행증은 닷새를 걸려 마지막 주재소에 가서 받았다. 그때까지 정원은 이석이와 함께 기다려 줬다.

손바닥만한 종이 한 장을 받아 들고 이순은 이것만 있으면 아주 먼 바다 건너 낯선 곳으로 갈 수 있다는 것이 차라리 편하기도 했다. 장득이만 빼놓고 그 누구도 모르는 낯선 곳에 가서 살면 홀가분타는 마음도 들었다.

아이들도 법석대며 좋아했다. 아배한테 간다는 것 하나만으로도 순옥이와 차옥이는 발끝에서 손끝까지 달떠올라 깔깔 웃어댔다.

이순은 재복이 눈치를 봤다.

"재복아, 이짝으로 온나."

재복이 정지 부뚜막 앞으로 갔다.

"재복아, 내 말 잘 들어래이."

이순은 여태 살아오면서 가장 힘든 말을 재복이한테 해야만 했다.

"저어게 민소에서 쪼가리 나왔는 거 너이뺑에 못 가는 거 알제?"

"응."

재복이는 다 알고 있는 듯이 수월하게 대답한다.

"지복이하고 순옥이는 니보다 작고 어리제?"

"응."

"그라이께네 니는 할매한테 있으마 아배가 이내 데릴러 올 끼다. 알았제?"

"응."

재복이는 어매 말이 당연하다는 걸 안다. 그래서 그냥 말 한마디 없이 어매 말을 듣기만 했다. 말을 하면 곧장 울음이 터질지도 모른다.

정말 그날 밤, 이순이 자다가 무슨 소리에 깨어났다. 들어 보니 바깥 봉당 모퉁이에서 누가 훌쩍거리며 운다. 나가 보니 재복이었다.

칠월 여름이지만 밤바람은 선뜻했다.

"재복아, 재복아. 어매가 잘못했대이. 내 가서 하리라도 싸게 재복이 데룰로 오꾸마."

재복이 어깨에 손을 얹어 쓰다듬자 재복이는 더욱 섧게 운다.

두룹골 가는 길엔 모장가리 나락이 한창 자라고 있다. 길섶으로
는 달개비꽃이 피고 가장자리 냇기슭엔 물봉숭아가 슬프도록 곱게
피어 있다.

할미새가 울고 먼 데 산에서는 산비둘기가 운다.

"어매, 힘드는데 쉬이 가자."

이순이 재를 넘을 적마다 헐떡헐떡 숨이 가쁘게 걷자 재복이는
도리어 어매한테 미안했다.

"그래, 여게 앉아 쉬이 가자."

이금실 재를 넘고 이릿재를 넘고 재를 모두 셋이나 넘었다.

돌탭이 말숙이 액씨와 함께 길고도 먼 두룹골 분들네 막살이에
닿았다. 미둑새로 인 지붕이 시커멓게 썩어 군데군데 골이 져 있다.
문종이가 다 해져 너덜거리는 문짝이 모두 열린 채 집안엔 사람이
있는지 없는지 소리 하나 없다.

"어매애!"

말숙이가 길게 불렀다.

"⋯⋯."

"어매애!"

좀더 크게 부르며 말숙이는 정지쪽으로 가서 기웃거렸다.

"어데 갔제, 모도?"

말숙이가 열린 방문마다 기웃거리다 도로 봉당 밑으로 내려올 동
안 이순은 숨이 막힐 듯이 생가슴을 옥죄고 있었다.

그때였다. 뒤란 모퉁이 정구지밭에서 딸이 부르는 소리를 듣고 분들네가 호미로 김을 매다가 일어서 나왔다. 쪽진 머리는 반 너머 풀어져 헐크러졌고 본바탕보다 기운 데가 더 많은 누더기 무삼베 치마 저고리를 걸치고 새카만 맨발이었다.

"박실이 왔나?"

"어매임요, 지가 왔니더."

이순은 어느새 울컥 목이 맨다. 그런데 분들네는 흘깃 이순을 보고는 한쪽 손엔 호미를 든 채 두 주먹을 불끈 쥐며 얼른 뒤로 돌아서 버린다.

"어매임요……."

이순은 온몸이 떨려 그냥 주저앉을 것처럼 힘이 없는데도 간신히 서서 등을 돌린 분들네를 바라봤다.

"어매애, 형님이 일본 간다꼬 인사하러 왔는데, 지발 이짝으로 돌아서소."

말숙이 분들네한테 가서 팔을 잡아 끌었다. 그러나 뱁댕이같이 비쩍 마른 분들네 팔은 요지부동이었다. 말숙이가 달래고 빌수록 분들네 부아는 더욱 끓어 오르기만 했다. 낯빛이 붉다가 도로 파랗게 질렸다가 입술을 떤다. 어깨가 떨고 가슴이 떨고 두 팔과 다리가 사시나무처럼 떤다. 분들네는 그렇게 한 시간이 넘도록 서서 버티었다.

속으로는 줄곧

'화냥년……화냥년…….'

이를 갈며 되씹고 있었다.

이만치 떨어져 서 있는 이순은 끝내 서 있지 못하고 맨흙바닥에 주저앉아 버렸다.

"어매임요, 지가 죽을 죄를 졌니더. 어매임요……."

이순은 제발 분들네가 돌아서 며느리가 드리는 절만이라도 받아 줬으면 싶었다. 그러나 기다려도 기다려도 분들네는 돌아보지 않았다.

친정 어매 정원이가 쌀쌀맞게 등을 돌렸고 시어매마저 저렇게 박대를 한다. 이순은 그냥 땅 속으로 잦아들고 싶도록 가슴이 아프다.

이순은 무거운 몸을 도로 일으켜 섰다.

"어매임, 재복이 어매임 곁에 두고 가니더. 애비한테 얼른 디루고 가도록 말함시더. 어매임요, 그럼 지는 돌아감시더. 몸 편히 기시이소."

이순은 땅바닥에 엎드려 분들네 등에 대고 큰절을 올렸다. 분들네는 역시 꼼짝도 않는다. 이순은 돌아서 삽짝 앞으로 걸어나갔다.

말숙이가 갑자기 큰소리로 울음을 터뜨렸다. 뒷곁 정구지밭에서 그때까지 앞마당에서 들려오는 소리만 말없이 듣고 있던 문둥이 재득이는 두 눈을 꼭 감은 채 쭈그리고 앉아 있었다. 소리 없이 흐른 눈물 한 방울이 쑥부쟁이 잎사귀 위에 떨어졌다.

이순이는 두룹골을 내려갔다.

저어쪽 골짜기 떡갈나무 숲에서 뻐꾸기가 운다.

"어매애!"

재복이가 저만치 둔덕에 서서 어매를 부른다. 이순은 걷던 걸음을 멈추었다. 그러나 돌아보지 못했다.

"형님아! 오라배한테 가그든 재복이 얼른 디루고 가라 캐래이!"

말숙이 액시가 큰소리로 말한다. 그래도 이순은 뒤돌아보지 않았다.

땀과 눈물이 범벅이 되어 눈알이 아리고 코가 따갑다. 이순은 그러면서 날래게 걸음을 재촉했다.

다음날, 주막집 꼭지네가 청송사기단지에 고추장을 담고 지난해 타 됐던 바가지 두 짝을 줬다. 이순은 올망졸망 보따리 몇 개와 함께 이석이 오라배가 떠받쳐 주는 대로 트럭 짐칸에 올라탔다. 이석은 순옥이와 차옥이를 차례로 안아 올리고 지복이 엉덩이를 떠받쳐 줬다.

이순은 아이들을 보듬어안고 짐칸 바닥에 앉았다. 트럭이 움직일 때, 그때까지 말 한마디 없이 너무도 쌀쌀맞게 지내온 정원이 이제 막 움직이는 트럭 뒤를 쫓아오며 큰소리로 부른다.

"순아아⋯⋯!"

그러면서 몇 발짝 쫓아오던 정원은 그만 신작로 자갈밭에 털썩 주저앉는다. 달리는 트럭 바퀴에 쓸려 뿌연 먼지가 구름처럼 일어난다.

"어매애!"

짐칸에 올라탄 이순이 큰소리로 불렀다.

트럭은 점점 멀어지고 뿌옇게 일어났던 먼지가 사방으로 흩어지자 신작로 바닥에 주저앉은 정원이 모습이 조그맣게 보였다. 정원은 두 팔을 휘저으며 통곡을 하고 있었다.

24

진보청청 진삼가리
하개소산 높은 진개
동래 울산 꽃광주리
영해 영덕 광솔가지
울 오라배 광솔 패고
우리 아배 광솔 놓고
우리 형님 밤참 하고
우리 어매 나리 치고
이내 나는 비비 치고
어제 저녁 삼고 나니
열손가리 반이 남디

오늘 저녁 삼고 나니
다손가리 반이 남네
진보청청 진삼가리
지잖애도 못 삼을래
하개소산 높은 진개
높잖애도 못 삼을래
동래 울산 꽃광주리
곱잖애도 못 삼을래
영해 영덕 광솔가지
과잖애도 못 삼을래
우리 형님 밤참 해여
배고파도 못 삼을래

영분이는 신랑 서억이를 말짱 잊고 살기로 했다. 영분이한테는
서억이 말고도 시어매가 있고 아들이 있고 딸이 있다. 집이 있고
엇가리돼기지만 밭도 있고 논도 있다. 그리고 이웃 아낙들이 있고
산이 있고 하늘이 있고 강이 있고 바람도 있다.

산에는 새가 울고 들에는 꽃이 핀다.

이렇게 많고도 많은데 왜 여태껏 서억이 그 매정한 남정네한테
목을 매달고 있었을까? 밤이면 뜬눈으로 가슴앓이를 하고 눈물 흘
리고, 왜 목이 쓰리도록 그리워했을까?

영분이는 저녁마다 이웃 아낙네들을 마당이 비좁도록 불러 모아
삼을 삼았다. 광솔가지로 불을 밝히고 감자를 삶아 내놓고 열무김
치를 시원하게 담가 내놓는다.

삼을 삼으며 이야기하고 노래부르고 웃고 떠든다.

열손가리 한 가리 삼실을 잇자면 밤이 이슥도록 무릎이 닳아 해지고 딱지가 앉도록 비벼대야 한다.

하얗게 톺아 놓은 삼실 끝을 입으로 홈빨고 감빨고 입술이 알알하지만 이내 그런 건 잊어버린다. 광주리에는 노란 삼실이 반짝반짝 윤기나게 쌓이고 하늘에 은하수는 뽀이얗게 이슬을 내려준다.

입담 좋은 용이네가 옛날 이야기를 새끼 타래 풀 듯이 줄줄 풀어놓는다. 옥단춘이도 하고 장화 홍련이도 한다. 슬픈 대목에서는 눈물을 흘리고 기쁜 대목에서는 함께 웃는다.

목소리가 고운 앵두나무집 새댁이 쌍가락지 노래를 부른다. 장화 홍련이 억울하게 죽어간 노래다.

생금생금 생가락지
호작질로 닦아내니
곁에 보니 처잘네라
먼데 보니 달일네라
그 처자야 자는 방에
숨소리도 둘일네라
글소리도 둘일네라
천도복상 오라밧님
거짓말쏨 말으시소
동지섣달 설한풍에
풍짓떠는 소리로다
조그만 지피방에

275

비상 닷 말 피워 놓고
명주전대 허리 매고
비단전대 목을 매어
자는 듯이 주고제라
이내 내가 죽거들랑
앞산에도 묻지 말고
뒷산에도 묻지 말고
연밭에다 묻어 주소
비가 오면 덮어 주고
눈이 오면 쓸어 주소
우리 동무 날 찾거든
연꽃쌍쌍 피거들랑
날본 듯이 보고 가소.

웃고 울고 떠들다가 배가 고파지면 감자를 삶아 먹고 강냉이도 쪄 먹는다. 더러는 수박밭에서, 모둠보리를 갖다주고 서너 덩이 수박을 사다가 샘물에 담가 뒀다가 건져다 쪼개 먹는다.

영분이네 앞마당은 여름밤 아낙들의 세상이다. 삼베적삼 소매자락을 팔굽치까지 걷어올리고 장다리를 훌렁훌렁 들어내 놓아도 흉이 안 되는 별난 곳이다. 삼삼기에는 얌전하게 감출 수도 없다. 훨훨 타오르는 광솔불에 아낙들의 허여멀건 다리가 어둠 속에 봉실봉실 떠 있다. 일을 하는 건지 놀이를 하는 건지 분간이 안 간다. 일이 놀이가 되고 놀이가 일이 되기도 한다.

그렇게 떠들며 삼아 놓은 삼실이 아침이면 돌방광주리에 수북이 담겨 있다. 아낙들의 웃음이, 아낙들의 눈물이, 아낙들의 삶이 이어져 실이 된 것이다.

삼밭골 여인네들은 그렇게 살았다.

"어매임요, 밥 채리니데이."

영분이는 정지에서, 마당 멍석자리에서 순난이 머리를 빗어 땋아 주고 있는 시어매 복남이한테 말한다.

손녀딸 까만 머리를 촘촘 땋아 주면서 복남이는 그 소리를 듣는다.

"옹야, 쪼매마 참어라."

일곱 새 삼단 같은 순난이 머리를 땋는 손이 더 빨라지고 얼축댕기를 묶어 주는데 벌써 밥상이 나온다.

멍석자리 가운데 개다리밥상이 놓이고 감꽃같이 푸욱 퍼진 보리밥에 김이 무럭무럭 오른다.

"수식아, 수식아!"

"……"

"얼른 밥 먹어라."

수식이는 개울에 담가 뒀던 통발에서 건져온 물고기를 옹배기에 옮겨 담고 있었다. 지난 봄, 수식이는 장터 이발소에 가서 머리를 깎아버렸다. 쫄대바지도 사서 입고, 혼자서 일본글도 배웠다.

열아홉 살의 수식이 머리 속엔 소문으로만 듣고 있는 동경이란 도회지가 가득했다. 어릴 적 칼을 찬 순사를 보고 커서 순사가 되고 싶었는데 지금은 다르다. 뻣절로 나가던 게 많이 달라졌다.

멍석자리에 둘러앉아 아침밥을 먹을 때, 영분이는 세상에 부러운 것이 없다. 웃을 때 눈가상이에 주름이 잡히는 거랑, 하얀 이가 가

즈런한 거랑, 모두 아배를 빼다 꽂은 듯한 수식이 얼굴이 영분이는
사랑스럽기도 하고 밉기도 했다. 수식이는 옥식기에 둥둥산처럼 담
아 놓은 밥도 모자라 어매 바가지밥을 더 먹어야만이 직성이 풀린
다.

애동호박 볶은 것, 열무김치에 찐된장, 영분이네 찬이래야 끼니마
다 그렇다. 그래도 밥맛은 꿀맛 같다.

"어매, 오늘 조밭 묻어야제?"

수식은 멍석자리에서 일어선다.

"조밭은 안죽 미칠 뒤에 묻어도 되제만 보리거름 장만해야제. 가
실이 오기 전에 풀을 비다 썩혀야 할 낀데……"

"그럼, 풀 비로 가꾸마."

수식이는 시원시원 대답을 한다. 어매 말도 잘 듣고 할매 말도,
순난이 말도 잘 들었다.

"아침 나절 한 짐쓱만 해라. 조밭은 내가 가서 묻으꾸마."

밥상 앞에서 복남이는 찐 호박잎을 알마직하게 찢어 된장에 적셔
먹으면서 손자 수식이가 힘든 일 하는 것이 아까워 그렇게 말했다.

"할매, 괜찮다. 보리거름도 많이 장만코 조밭도 내가 묻을 끼구
마. 할매는 순난이하고 집에 있어."

"그르이더. 어매임은 들일 그만하시고 집에 계시이소. 지가 조밭
묻고 나물 밭에도 가봅시더."

영분이는 아들 수식이가 일을 하면 절로 힘이 난다. 수식이 한
몫을 하면 영분이는 두 몫 세 몫을 해도 힘든 줄을 모른다.

"어매, 그르마 얼른 설거지 해놓고 내캉 같이 가자."

순난이는 멍석자리에 널려 있는 빈 그릇들을 거둔다. 청송 사기

주발, 뚝배기, 바가지, 중발이, 종지, 모두 거두어 널찍한 쌀배기에 담아 정지로 간다. 자배기에 물을 넉넉히 담아 짚수세미로 그릇을 부신다. 서 말지기 무쇠솥은 꼭지새 뿌리로 된 수세미로 닦고, 구정물을 모두 퍼내고 맑은 물로 한 번 헹군다. 소두뱅이를 덮고 보드라운 행주를 볼끈볼끈 짜 솥 언저리랑 두뱅이를 반질반질 닦으면 설거지는 끝난다.

수식은 지게를 지고 산으로 가고 영분이는 순난이하고 조밭으로 간다. 맨발에 짚신을 신고 사립문을 나서는데 복남이가 무명수건을 들고 얼른 일어서 소리친다.

"난아! 순난아! 낯 끄실린다. 수건 가주가서 쓰고 해래이."

순난이는 돌아서서 할매 손에서 수건을 받아들고,

"할매, 우리 늦게 오그덩 배고픈데 미리 점슴 먹어래이. 할매 먹으라꼬 가지나물 무친 거 동짝솥에 옇어 뒀다."

그렇게 예쁜 목소리로 말했다.

"볕이 뜨거분데 방낮에꺼정 밭에 있지 말고 날래 온나."

복남이는 손녀딸 순난이가 기특해서 더 애껴 주고 싶다.

영분이는 벌써 저만치 개울 둑길로 종종 걸어가고 있었다.

쇠뜨기풀이 빗지 않는 더벅머리처럼 퍼드러지고 물여뀌가 너무 자라 옆으로 쓰러지고 물봉숭아꽃이 볼긋볼긋 피어 있는 개울엔 물이 찰분찰분 알맞게 흐르고 있다. 피라미들이 쏙쏙 헤엄치는 물속 가장자리로 미나리아재비랑 파래나물이 길게 누워 있다.

돌다리를 징검징검 건너 버드나무 둥천을 조금 올라가면 영분이네 비탈밭이 보인다. 두 벌째 숨음질을 한 조밭이 때깔 고운 여인네 치마처럼 펼쳐졌다.

영분이는 밭머리에 짚신을 벗어 놓고 치맛자락을 무릎 아래까지 올려 끈으로 허리를 단단히 묶었다. 밭고랑 흙은 아직 아침이슬에 산산하다.

선 채 구부려 호미등으로 밭이랑의 흙을 긁어 조 포기에 북을 돋운다. 구부린 등쪽으로는 삼베적삼 뒷자락이 말려 올라가 등떼기가 훤히 드러난다. 그래도 된다. 삼밭골 여자들은 그렇게 안팎 일을 했다.

해가 점점 하늘 높이 솟아오르면서 볕이 따갑게 등을 쬐었다. 등가죽이 벌겋게 타고 껍질이 벗겨진다.

한나절이 넘게 두 모녀는 조밭을 묻었다.

"어매, 이자 고만 집에 가자."

순난이는 자주자주 구부렸던 허리를 일으켜 세우면서 얼굴에 난 땀을 닦았다.

"그래, 그만 가자."

조밭은 아직 하루 반은 더 매야 할 만큼 남았다.

둘은 밭머리에 벗어 놓았던 짚신을 신지 않고 그냥 들고 맨발로 개울까지 걷는다. 아침에 밭으로 갈 때는 어매가 앞장섰는데 돌아오는 길엔 딸이 앞서 걸었다.

개울물에 와서 둘은 낯도 씻고 발도 씻었다.

"난아, 이짝으로 와서 내 등에 물 좀 쳐 줄래?"

어매가 개울가 버드나무 그늘로 가서 삼베적삼을 벗는다.

순난이는 얼른 다가가서 어매한테 등물을 끼얹었다,

"아이고, 아이고 시원타."

순난이는 무명수건으로 등을 닦는다.

"니도 적삼 벗을래?"

"뭐라꼬?" 어매는 남새시럽그러······"

순난이는 질겁을 하면서 얼른얼른 낯을 닦고 손을 닦고 발을 닦았다.

영분이도 땀기를 모두 씻어내고 둘은 버드나무 그늘 아래 잠시 앉았다.

"어매는 아배 생각 안나?"

순난이가 물었다.

"아배 생각 뭣 때문에 나제."

영분이는 일부러 덤덤하게 말하는 듯했다.

"꼭대배기집 할배 말로는 아배는 강원도 숯가마에서 일한다든데?"

"······"

"아배는 이자 영영 집에 안 올 낀가?"

"아배 기대리지 마라. 아배는 어디 있어도 심지 굳은 사람이니 시상 바로잡히면 올 끼까네."

"언제 시상 바로잡히제? 아배가 불쌍해서 그르제."

"불쌍한 사람이제. 너그 아배는 집에 오면 하릿밤 지내기도 그리 힘드니 어짤 수 없제. 너어 할배가 아배한테 큰 짐을 지어준 거제."

"아배는 너무 일찍 시상일에 눈떠 저리 됐다고 할매가 그르든걸."

"할 수 없제. 할매도 너어 아배한테 그리 가르쳤으이."

"할매가 아배를 잘못 가르쳤단 건가?"

"······"

"할매는 할배 돌아가시고 아배뿐이 아무도 없었잖애?"

"할매는 너어 아배가 잘못될까봐 진작부터 매정하게 가르친 거제."

순난이 열네 살 될 때까지 아배 서억이 얼굴을 몇 번 봤던가? 순난이는 아배 얼굴조차 생각나지 않는다. 할매는 입만 열면 영판 수식이 오라배가 아배를 빼애꽂았다고 하기만 했다.

그 수식이 오라배만이라도 집에 남아 살갑게 살아 주어 복남이도 영분이도 웃으며 살 수 있었다.

그런데, 수식이는 혼자서만 꼭꼭 감추고 그 날만 기다렸다.

개울 섶으로 여뀌꽃이 분홍색 좁쌀처럼 피어나던 가을에, 수식이가 칠십 리 밖 읍내장에서 자전차를 사 온 것이다.

"이거 어디서 났노?"

복남이는 뭔가 가슴 속에 무너져 내리는 소리가 났다.

"읍내 가서 샀니더."

"니가 무신 돈이 있었제?"

"삼 년 동안 모았니더."

"……"

수식이는 얄밉도록 혼자서 그렇게 꿍꿍이속을 감춰 놓고 있었던 것이다.

바람이 쌩쌩 나도록 수식이는 자전차를 타고 다녔다. 논둑 밭둑 곤드라운 길을 줄광대같이 잘도 타고 다녔다.

그리고 어느 날, 수식이는 어매 영분이한테 말했다. 가을밤 달빛이 차가워진 날이었다.

"어매, 나는 돈 많이 벌어 할매하고 어매하고 오래오래 같이 살고 싶다."

집 모퉁이 추녀 밑에서 깻조자리를 깔고 앉아 영분이는 머리 안이 멍하니 넋을 잃었다. 어쩌자고 이 문씨집 남자들은 집 밖으로만 나가려 하는지.

이날 밤, 영분이는 수식이 무슨 말을 하는지 정신없이 듣고만 있었다.

수식이는 수없이 기와집을 지어 놓고 있었다.

"……바랑들 논도 사고, 밭도 사고, 여덟 칸 기와집 짓고, 나는 참한 색시한테 장개가고, 할매하고 어매하고 순난이하고 오래오래 같이 살 끼다."

수식이는 가을걷이를 끝내고, 텅빈 들판에 가을 안개가 자욱하던 날, 그 자전차를 타고 집을 떠났다.

그리고 한 달 뒤에, 수식이한테서 편지가 왔다. 일본 동경 변두리 이나리 저자 모퉁이 이발소에 취직을 했다는 소식이었다. 편지에 이런 글귀가 들어 있었다.

—주인집에서 내가 조선 청년인데도 부지런하고 귀엽게 생겼다고 칭찬을 했습니다.—

영분이는 넋이 나간 듯이 멍하니 감나무집 어르신네가 읽는 편지 사연을 듣고 있다가 그날 밤 몰래 혼자서 정지 구석 마른 억새풀 북데기에 머리를 박고 소리죽여 꺼이꺼이 울었다.

하지만 복남이는 낯빛 하나 변치 않았다. 마흔 해 전 그 추운 겨울, 복남이는 남편 길수를 떠나보내고 시아배까지 잃었다. 간난아기

서억이 하나를 안고 그 모진 목숨을 살아온 복남이다.

"몹썰 시상이제, 몹썰놈의 시상이제……"

복남이는 이제 서억이한테도 수식이한테도 몹쓸놈이란 말을 안했다. 몹쓸 것은 그놈의 세상이라는 걸 알았기 때문이다.

복남이는 수식이가 벗어 놓고 간 헌 바지 적삼을 손수 빨아 구멍 난 무릎을 기웠다. 그리고 곱게 개어 이전에 남편 길수 옷을 그랬듯이, 아들 서억이 옷을 그랬듯이 손자 수식이 옷도 장농 깊숙이 갈무려 뒀다.

그리고는 아침저녁 정화수를 떠놓고 칠성님께 빌고 미륵님께 빌었다. 수식이 먼 타국에서도 배고프지 않고 헐벗지 않고 튼튼하게 살아주기를 빌고 빌었다.

동녘골 두용이네 오두막에선 춘분이 웃는 소리가 하루 종일 떠나지 않았다. 삼밭골에서, 아니 한티재 이쪽 저쪽 안동고을에서 춘분이만큼 포시라운 여자는 없을 게다. 하루 종일 팬팬 놀고 먹고 지내다보니 도리어 심심해서 못견딜 지경이다. 춘분이가 게을러서 그런 게 아닌데도 할 일이 너무 없다.

두 말지기 동솥에 좁쌀 한 뚜뱅이 밥을 재져 콩잎 무친 거랑 조곤조곤 먹고 나면 설거지 할 것도 없다. 두용이는 참봉댁에서 밥먹고 하루 종일 일하다가 캄캄해져야 집에 온다.

방 설거지는 하루 열 번도 넘게 쓸고 닦고 쓸고 닦고, 그리고 봉당도 쓸고 마당도 쓸고, 춘분이는 할 일을 요것조것 찾아보지만 더 없다.

쓸어 놓은 방바닥에 벌렁 누웠다가 얼른 일어나면서 깔깔 웃는

다. 저고리 앞자락을 훌렁 열어 젖가슴을 들여다보고는 또 얼른 옷
자락을 여민다. 그러고는 또 까르르 웃는다.

지난 밤, 두용이와 한 이불 속에서 뒹굴던 게 자꾸 생각난다.

춘분이는 눈을 꼭 감고 두용이 팔에 안겨 있다. 두용이는 춘분이
를 안고 짓궂게 얼른다.

"분아 분아 눈 좀 떠라."

"싫애! 싫애!"

"왜 싫노?"

"이녁 낯이 보기 싫애!"

"왜? 왜?"

"하도 못생겨서 싫애!"

"에고, 요 조둥이만 까져가주고."

"해해해해……"

어느새 둘은 잠이 들고, 잠이 든 듯싶으면 금방 날이 샌다.

두용이는 툴툴 털고 일어나 새벽같이 참봉댁으로 가고 나면 얼마
동안 춘분이는 어미 떨어진 꿩병아리같이 겁도 나고 외로웠다. 하
지만 그건 잠깐이다. 춘분이는 엉덩이를 흔들며 쓸고 닦고 쓸고 닦
고 깔깔대며 하루를 보낸다.

깨소금 같은 이런 춘분이 시집살이하고는 반대로 두용이는 참봉
댁 머슴살이가 힘들었다. 참봉댁은 아예 전에 있던 머슴을 보내버
리고 두용이 온 머슴으로 바꿔버렸다. 두용이는 동녘골 집에는 잠
만 자고 낮에는 처갓집이면서 참봉댁 일꾼으로 보냈다.

문간살이를 하는 처갓집엔 장모님인 실경이와 처남인 춘식이 그
리고 막네처제 말분이가 있다. 두용이는 참봉댁에서 밥 먹고 일은

실경이네와 같이 했다.

그 해, 가을걷이가 시작되면서 두용이는 장모인 실경이까지 들로 데리고 다녔다. 이제 열아홉 살인 춘식이는 순뎅이 총각이다. 덩치가 커서 힘쓰는 일은 잘하면서 요령이 모자라 걸채에 짐을 실은 소를 하루 몇 번씩 그루박았다. 그래도 일을 배워야 한다고 두용이는 어거지로 나락단을 실어 보냈다.

콩을 뽑아 거두고 나면 조밭이 누렇게 영글고, 조를 거두고 나면 나락걷이가 또 바빠진다. 서리가 내리기 전에 고추대궁도 뽑아야 되고 명다래(목화)도 뽑아야 한다. 입이 마르고 코에 단내가 난다.

밥만 먹고는 일하고 또 밥먹고 일하고, 낯 씻을 새도 없고 발 씻을 틈도 없다. 옷이 땀에 젖으면 저녁때 선들바람에 그냥 마른다. 그 옷을 빨 여가도 없이 때가 찌들고 냄새가 난다. 단벌밖에 없는 중우 적삼이 그렇게 걸레짝이 되도록 두용이는 가을을 보낸다.

만약 이런 두용이한테 춘분이가 없었으면 어찌 할까? 그래서 두용이는 황소같이 일하면서도 고달프지가 않았다.

하루 일이 끝나면 사방이 어둡다. 그 어두운 들길을 걸어 두용이는 춘분이가 기다리는 집으로 간다. 두용이가 낯을 씻고 발을 씻는 건 그때다. 웬만하면 아예 옷을 다 벗어 던지고 어두운 강물에 몸을 담근다. 우둑우둑 몸을 씻고 나면 날아오를 것처럼 개운하다.

두용이는 그렇게 개운해진 몸으로 집으로 가면 예쁘고 참한 색시가 있다.

두용이는 마당에 사뿐사뿐 걸어 들어가 조그맣게 속삭인다.

"꽂감아, 꽂감아……"

그때까지 혼자서 몸을 옹그리고 기다리던 춘분이는 그 말 대답을 이렇게 한다.

"꽂감아, 와서 날 잡아 먹어라."

두용이는 방문을 발캉 열고는 엎어지듯 들어가 춘분이를 껴안는다. 호롱불을 끄고 둘은 옷을 모두 홀랑홀랑 벗어버리고 알몸이 된다. 그렇게 부둥켜 안고 뒹굴면 춘분이는 낮에 혼자서 외로웠던 것이, 두용이는 낮에 고달팠던 것이, 씻은 듯이 풀어졌다.

참봉댁 가을걷이가 얼추 끝나가고 있었다. 실경이는 밭에서 논에서 콩단을 묶고 나락단을 묶느라 바닥에 엉덩이를 뭉개고 앉아 통치마 뒤가 풋굿 때 서 되짜리 차노치만큼 구멍이 나버렸다. 소꽂자리에 바람드는 건 괜찮은데 남의 눈 때문에 낭패였다.

"작은 마님, 치매 지버 입을 헝겊이 없을리껴?"

실경이는 참봉댁보다 며느리인 은애가 더 가까이하기 쉬웠다. 은애 앞에서 구멍난 치마를 펼쳐 보였다.

"어짜다가 그리 됐니껴?"

은애는 아직 실경이 치마 엉덩이 구멍이 왜 뚫어졌는지 알아차리지 못했다. 은애는 아직 논바닥에 뭉개고 앉아 일을 해본 적이 없기 때문이다. 문간방 실경이네 처지를 한길이 넘는 담장 안에서만 겨우 헤아리고 있었을 뿐이었다.

"마님, 지는 워낙 굼떠가지고 맨바닥에 뭉개고 앉아 일하다 보니 그리 됐니더."

"무신 일을 맨바닥에 앉아서 하니껴?"

"콩단 묶을 때도 나락단 묶을 때도 조잖어서 하다가 그양 바닥에 앉았뿌니더. 칠칠치 못해서 그르체요."

"……"

은애는 잠깐 머리 속으로 생각해 본다. 하지만 왜 그렇게 치마 엉덩이가 양푼이만큼 뚫어졌는지 몰랐다. 어쨌든 은애는 장농 안에서 두어 번밖에 빨지 않은 무명치마 하나를 꺼내어 실경이를 건네 줬다.

"마님, 일케나 말짱한 새 치매를 주시마 어야니껴."

"새거는 아이시더. 가주 가서 입으시소. 잘못하마 궁뎅이 잃었부 겠니더."

"호호호호……"

실경이는 웃었다.

거랫마당에 노적가리가 쌓이고 바숨질이 시작되었다. 장정 다섯을 놉을 하고 다섯 개의 챗돌을 놓고 볏단을 태질하는 타작이다.

"임서방 자네 댁이 좀 디루구 와서 거들어주면 좋겠네. 혼자서 놀면 뭘 하겠는고."

실경이가 사위한테 그러자 두용이는

"그름시더."

했다.

어째 쉽게 대답하는 게 미심쩍었지만 실경이는 다음날 춘분이를 기다렸다. 하지만 두용이는 대답만 했지 춘분이한테는 그런 말 전 하지 않았다. 턱도 없는 소리다. 이젠 두용이 색시가 된 춘분이를 뭣 때문에 새삼스레 종노릇 시키겠는가. 뼈가 부셔지고 살이 떨어 져 나가도 두용이 혼자만으로 버틸 셈이다. 두용이한테는 춘분이는 참봉댁 논 문서보다, 노적가리보다 천 배 만 배 더 귀하다.

"춘분이는 왜 안 오는공?

실경이가 묻자,

"장모임, 잊었부렀니더."

하고 능청스레 대답했다.

"내일은 꼭 잊었부지 말고 디루고 오게."

"예."

그러나, 바숨질이 끝날 때까지 두용이는 춘분이를 데리고 오지 않았다.

실경이는 말분이를 데리고 일꾼들 밥해주고 새참 내놓느라 안대문 문지방이 닳도록 넘나들었다.

'고년, 시집가디이만 에미가 이리 고상시러븐 걸 다 잊었부렀나.'

실경이는 딸년이 괘씸했다. 사위가 잊어버려 말하지 않는 게 아니라 춘분이가 일부러 오지 않는다고 생각했다.

참봉댁 곡간마다 알곡이 쌓이고 망초대로 엮은 긴 발에는 하얀 목화가 북시럽게 널렸다.

이래서 은애는 올 겨울도 따뜻하게 지낼 수 있었다.

그런 은애한테 동경으로 유학을 떠났던 창규 아배가 죽었다는 소식이 전해진 건 뒷곁 오동나무 잎이 하나도 남지 않은 늦가을이었다.

읍내 우편소에서 바로 전해 온 전보쪽지엔 갑자기 죽어 어서 와서 시체를 거두어 가라는 소식이었다.

지난 밤, 참봉댁은 이상한 꿈을 꿨다. 마당에서 뭔지 섧게 우는 소리가 났다. 사방이 캄캄한 밤중이어서 그 울음 소리가 사람인지 짐승인지 알 수 없었다.

참봉댁은 불을 켜 들고 밖을 내다 봤다. 흐릿한 불빛이 우는 소리쪽으로 비추었다.

"거게 누고?"

참봉댁은 물으면서 신을 신고 마당으로 내려갔다.

우는 소리가 더욱 섧게 들렸다. 곁에 다가가 보니 뜻밖에 울고 있는 것은 조그만 새끼 호랑이였다.

참봉댁이 다가가자 새끼 호랑이는 참봉댁 품으로 안기면서 더욱 섧게 운다. 참봉댁은 어쩐 일인지 호랑이 새끼가 무섭지 않고 측은했다. 안겨 오는 새끼 호랑이를 보듬어안았다. 그러면서 참봉댁은

"아가."

하고 불렀다.

새끼 호랑이는 한없이 한없이 울기만 했다. 참봉댁은 더욱 애처럽게 새끼 호랑이를 품어줬다.

한참이나 그렇게 새끼 호랑이를 안고 있는데 잠에서 깨어났다.

참으로 이상한 꿈이었다.

그랬는데 뜻밖에 아들이 죽었다는 소식이 온 것이다.

소식은 들었지만 참봉댁은 마냥 꿈같기만 했다. 그래서 그냥 덤덤했다. 눈앞에는 꿈에 보였던 새끼 호랑이가 웅크리고 앉았고 참봉댁은 정신이 오락가락하였다.

참봉님이 사람을 시켜 일본으로 보냈다. 아타미 바닷물에 빠져 죽은 아들은 자살인지 실수로 빠져 죽은 건지 알 수 없었다.

닷새 만에 아들은 뼛가루로 나무통에 담겨 왔다.

참봉댁은 대문간으로 들어오는 자식의 유골 상자를 보고 뒤로 넘어졌다. 말 한 마디 못하고 쓰러진 참봉댁은 하룻밤을 가쁘게 숨만 들이쉬다가 그대로 숨을 거두고 말았다.

윗목에 단정하게 놓인 오동장농 객개수도 함으로 된 자개농도, 피나무로 짠 세 칸짜리 빼닫이가 예쁜 경대도, 그냥 반짝거리며 놓여 있었다. 그 빼닫이 안에는 쪽빛 옥가락지도 들어 있고 비녀도 은장도도 들어 있었다. 언젠가 좀더 나이 들어 죽을 때가 되면 며느리인 은애한테 시애미 사랑을 듬뿍 담아 건네 주려던 물건들이다.

지난해 윤사월에 은애가 많이 머뭇거리면서

"어매임요, 무지기 명주가 있는데 아배임, 어매임 먼 옷 꾸며 놓으면 어뜰까요?"

했다.

"야야, 그른 소리 들으니 섭섭구만. 윤달이 올개만 있는 기 아인데, 쫌더 기대리 도고.

참봉댁은 그때만 해도 애지랑 떨 만큼 틈이 있었다. 사람 언제 어떻게 죽는 걸 누가 알겠는가?

그래서 참봉댁은 아직 먼 옷도 장만하지 못했다. 죽는다는 것은 꿈에도 생각해 본 적이 없었기 때문이다.

이제 열 살짜리 손자 창규가 커서 손부며느리도 보고 어쩌면 증손자 증손녀까지 보면서 즐길 수도 있었다. 참봉댁은 겨우 쉰 살을 갓넘긴 고운 나이였기 때문에 앞날이 멀고 멀었다는 생각뿐이었다.

나이만큼 허리가 약간 굵어지고 턱살이 좀 처졌지만 까맣고 윤끼나는 머리칼과 목덜미가 희고 보드라웠다. 사철 신고 있는 버선발은 갓난애기 살결 같았다.

스물두 살에 딱 아들 하나 낳고는 그걸로 끝이었다. 딸이라도 하나 더 낳고 싶어 절집에 가서 불공도 드려보고 갖가지로 애를 썼지만 삼신할매는 끝끝내 아들 하나밖에 점지해 주지 않았다. 어떻게 키운 아들인가. 불면 날아갈까 만지면 닳아 없어질까, 그렇게 곱게 애지중지 키웠다.

그게 잘못 키운 걸까? 아니면 신식공부라는 바람이 앗아간 걸까? 참봉댁은 아무리 생각해도 세월이 잘못된 것이라 억울했다. 설마 설마 하면서 닷새 동안 밤마다 애기 호랑이 꿈을 꾸면서 그 호랑이를 쓰다듬었다.

아마도 죽은 참봉댁은 꿈속에서 그랬던 것처럼 먼 먼 저승길을 그 애기 호랑이를 보듬어안고 갔을지도 모른다.

줄초상을 만난 참봉님은 슬퍼할 겨를도 없어서인지 연신 헛기침만 하면서 줄담배를 피워댔다.

이날 저녁, 동녘골 춘분이는 두용이한테 그 소식을 듣고 어쩐지 가살스러워지면서 잔뜩 구경거리가 생겨난 것이 재미있었다. 그것도 그럴 것이 춘분이는 큰마님 참봉댁이 싫었기 때문이다. 싫은 사람이 죽었으니 섭섭할 것도 미안할 것도 없었다.

"아이고, 아이고, 줄초상난 것 처음 귀경하네!"

"땟기! 사람 죽은 게 뭐이 귀경거린공."

두용이는 그래도 의젓하게 나무란다. 그렇다고 춘분이 마음이 움추려들 턱이 없다.

"왜, 왜 없어! 내만 그른 기 아이라 참봉댁 머슴짓한 사람, 정지 중님이한 사람 모두 꼬십다 그럴걸. 죄가 많애 벌받은 거라고. 어지가이도 인정 없는 짓 많이 했제."

"……"

"우리 후분이 싱야 쌀 한 말에 사다가 얼매나 힘들게 부려먹었노.”

“그래도 이녁 소실 모두 참봉댁 신세지고 살았잖애?”

“말이 좋아 신세지고 살았다제만, 참봉댁 종느룻이 그리 수월튼
가.”

춘분이는 참봉댁 초상이 무슨 경사난 것처럼 좀처럼 들뜬 마음이
가라앉지 않았다.

상가집엔 일거리도 많고 먹을 것도 많아 사람이 모여든다. 여기
저기 소문이 나자 근처 떨거지들이 줄줄이 모여들었다.

가을걷이할 땐 콧배기도 안 보인 춘분이도 마냥 앉아 있자니 궁
금해서 두용이를 따라 참봉댁으로 갔다. 말이야 친정 어매도 보고
싶고 동생들도 보고 싶고 그리고, 초상집 바쁜 일을 거든다고 했지
만 모두 말짱 거짓말이다.

춘분이는 참봉댁님 마당에 들어서자 요쪽조쪽 살피고 나서 안채
은애한테 달려갔다.

“아이고! 아이고! 아이고!……”

춘분이는 은애의 손을 잡고 소리껏 울었다. 하지만 서러워서 우
는 게 아니라 모인 사람들 보이기 위해 우는 척하니 눈물이 나오지
않는다. 춘분이는 고개를 수그리고는 손가락에 침을 듬뿍 묻혀 눈
에다 발랐다. 그런데도 은애는 춘분이 손을 잡고 흡사 친정집 동생
처럼 반가워했다.

“춘분아, 고맙대이 고맙대이.”

연신 춘분이한테 고맙다고 했다. 춘분이는 어쩐 일인지 그러는
은애한테 미안한 생각이 들었다. 가슴이 찔린 것이다.

갑자기 춘분이는 눈물이 왈칵 쏟아졌다.

"형님! 형님……"

춘분이는 은애 가슴에 안겨 실컷 흐느껴 울었다.

이날 저녁때, 삼거리에서 후분이 언니가 왔다. 후분이는 지난 봄에 태어난 점순이를 업고 이십 리 길을 걸어와 그냥 안마당에 털썩 앉아 꺼이꺼이 소리죽여 운다. 실경이가 등에 업힌 외손녀 점순이를 내려 안고는 후분이를 일으켜 세웠다.

후분이는 그래도 줄곧 질금질금 운다. 후분이 울음은 춘분이 것과는 다르다. 본심으로 우는 것이다. 어쨌든 참봉댁 마님은 어린 후분이를 데려다가 키워줬다. 그 마님이 죽었는데 어떻게 슬프지 않겠는가.

그런데, 이런 후분이를 보다못해 춘분이는 언니를 끌고 뒤란 모퉁이 아무도 없는 데로 갔다.

"싱야, 누가 죽었는데 글케나 우노, 으잉!"

"큰마님이 돌아가셨잖나."

"큰마님 싱야한테 어쨌는데?"

"……"

"글케나 추운 겨울에도 얼음이 꽁꽁 언 거랑에 가서 서답 씻고, 대청마루 닦고 방아 찧고……"

"……"

"싱야는 뭣 땜에 우노 으잉!"

"춘분아, 글카지 마래, 글카마 안 된다."

"왜 안 되노? 내사 큰마님 죽어서 울지는 안 한다. 창규가 불쌍해서 울고 은애 형님이 가엾어서 울제."

"춘분아, 암만 캐도 큰마님은 우리를 델다가 키워 주셨잖애. 이만치 키워 시집보내 주셨잖애……"

춘분이와 후분이는 뭣 때문에 이렇게 다를까? 둘 마음이 다르기 때문일까? 후분이는 춘분이보다 더 많이 힘들었고 참봉댁 마님한테 더 많이 꾸중도 듣고 설움도 더 받았는데, 어째서 섧다고 우는 걸까? 그만큼 설움을 받았기에 정도 깊어진 걸까?

장사일이 끝날 때까지 나흘 동안 내내 후분이는 울었다. 반대로 춘분이는 이것저것 지지고 볶고, 온데 널린 먹을 걸 집어먹었다. 춘분이 마음 같으면 이런 초상일이 일년 내내 있었으면 싶었다. 심심하지도 않고 뭣이나 마음대로 먹을 수 있었기 때문이다.

상여가 떠나는 날도 춘분이한테는 큰 구경거리였다. 먼저 참봉댁 아들 상여가 떠나고, 뒤에 참봉댁 마님 상여가 떠났다. 죽은 사람은 먼저 죽은 이가 어른이 된단다. 그래서 아들이 차례대로 어른이 되어 먼저 떠나가는 것이다.

상두소리꾼이 길게 서럽게 앞소리를 멕인다.

"어어어 어어어, 저스응 길이 멀다드이 대문밖이 저승일세"
"어어하아엉 어어하아엉 어허넘차 어어하아엉"
"가네애 가네애 나는 가네애 북망산천 나는 가네에애"
"어어하아엉 어어하아엉 어허넘차 어어하아엉"
"인지이 가마 언지이 올꼬오"
"어어하아엉 어어하어엉 어허넘차 어어하아엉"
"아배애 아배애 울 아배요오, 못된 자식 먼저 가이요오"
"어어하아엉 어어하아엉 어허넘차 어어하아엉"
"어매애 어매애 울 어매요오 날캉 같이 왜 가니껴어"

"어어하아엉 어어하아엉 어하넘차 어어하아엉"

구경꾼들이 옷고름으로 눈물을 닦는다. 더러는 코를 피잉 풀어 태질치는 이도 있다.

이 골목 저 골목 아낙네들이 돌담 안에 얼굴을 삐죽삐죽 내밀고 상여 구경을 하고 있다. 더벅머리 꼬마도 애기를 업은 계집애들도, 동네 강아지들도 줄줄이 나와서 본다.

소리꾼의 앞소리는 한층 구슬퍼진다.

"열두우 칸 기와집에애 아배 혼자 냄겨어 놓고오"
"어어하아엉 어어하아엉 어하넘차 어어하아엉"
"삼대애독자아 귀한 손자아 애비이 없이이 어찌 살꼬오."
"어어하아엉 어어하아엉 어하넘차 어어하아엉"

삼껍질이 주렁주렁 너부러진 터드레를 쓰고 굵은 무삼베로 지은 상옷을 입은 은애가 대문밖 큰마당에 그만 주저앉는다. 실겡이가 곁에서 팔을 부추겨 일으키려 해도 은애는 풀 죽은 서답처럼 기운이 없다. 후분이는 점순이를 업은 채 마냥 소리 없이 울고, 그 동안 잔치집에 온 것처럼 나달대던 춘분이가 흡사 이 집 큰상주나 되는 것처럼 마실이 떠나가도록 "아이고오! 아이고오!" 소리질러 운다. 상두꾼 앞소리가 그렇고, 이제 열 살짜리 창규가 버드나무 지팡이를 짚고 짚신을 신고 상주 노릇하는 것이 그렇고, 모두 모두 보이는 게 춘분이를 울게 한 것이다. 이제야 초상집에 온 것 같고 벌어지고 있는 모양새가 정말 아찔하게 눈물겨워진 것이다.

날이 저물어서 산에 갔던 사람들이 돌아오고, 문상왔던 사람들은 흩어져 돌아갔다.

삼우제가 지나고 졸곡도 지나고, 은애는 아침 저녁 두 군데 빈소에 밥을 떠다놓고 울었다. 죽은 사람은 죽고 산 사람은 또 그렇게 산다.

참봉어르신네는 날이 가도 좀체 말을 하지 않았다.

늦가을 달이 떠오르는 밤이면 은애는 집 모퉁이 툇마루 끝에 앉아 그 달을 쳐다봤다. 창규를 어떻게 낳았는지 살갑게 정을 나눠보지도 못하고 십 년을 밖으로 나돌다가 저렇게 죽어버린 남편.

'못난 사람.'

은애는 씁쓸하게 웃었다.

청산 너머 곱내 저어쪽 삼밭골 사람들은 참봉댁 초상 이야기는 잠깐 입에 오르내리다가 그냥 잊혀졌고, 정축년(1937년) 가을도 점점 깊어갔다.